www.blue-panther-books.de

Lucy Palmer

Mach mich wild!

Erotische Geschichten

www.blue-panther-books.de

BLUE PANTHER BOOKS TASCHENBUCH
BAND 2155

1. AUFLAGE: FEBRUAR 2009
2. AUFLAGE: AUGUST 2009
3. AUFLAGE: AUGUST 2010

VOLLSTÄNDIGE TASCHENBUCHAUSGABE

ORIGINALAUSGABE

COVER: KATERYNA GOVORUSHCHENKO@ISTOCK.COM
UMSCHLAGGESTALTUNG: WWW.HEUBACH-MEDIA.DE
GESETZT IN DER TRAJAN PRO UND ADOBE GARAMOND PRO

PRINTED IN GERMANY
ISBN 978-3-940505-22-4

WWW.BLUE-PANTHER-BOOKS.DE

INHALT

Love-Toys

Neugierig betrachtete Beth den blauen Vibrator, der die Form eines Delfins hatte, bevor sie ihn ins Regal zu den anderen stellte. Beth benutzte gern Sextoys, und so kam es ihr sehr gelegen, dass sie neben ihrem Studium in einem Erotikshop jobbte.

Sie glaubte, Mr Risleys Blicke in ihrem Nacken zu spüren, aber als sie sich umdrehte, sah sie gerade noch, wie er durch einen Vorhang verschwand. Hinter der Ladentheke befand sich Risleys Büro, zu dem niemand der Angestellten Zutritt hatte. Nicht, dass es weiteres Personal gegeben hätte, denn außer ihr selbst war Beth kein anderer Mitarbeiter bekannt. Sie kam abends nach der Uni in die Shopping-Mall, wenn der Laden aufschloss, und ging erst spätnachts nach Hause.

Seufzend konzentrierte sie sich wieder auf die Arbeit. Ihr Chef schien nicht an ihr interessiert, was sehr schade war, denn sie fand ihn absolut attraktiv. Andere Frauen mochten Mr Risley nicht wahrnehmen, weil er sich kaum im Laden blicken ließ und auch sonst ein sehr unscheinbarer Mann war, aber nicht für Beth. Sie hatte längst hinter seine Fassade gesehen; er war nicht unscheinbar, nur sehr schüchtern.

Ein Räuspern an ihrem Ohr ließ Beth herumfahren. Mr Risley stand dicht neben ihr, die Wangen leicht gerötet. Eine Haarsträhne war ihm hinter seine rahmenlose Brille gefallen, die ihn beinahe wie einen Studenten aussehen ließ, obwohl er bestimmt schon an die Dreißig war. Sean Risley strich sich die Locke heraus und räusperte sich, brachte aber kein Wort über die Lippen.

Beth starrte eine Weile auf seinen sinnlichen Mund, den er leicht zusammenpresste, und inhalierte unauffällig sein Aftershave, bevor sie fragte: »Ist etwas, Mr Risley?«

Er hustete einmal. »Ich wollte Sie um einen Gefallen bitten.« Seine Stimme war angenehm und tief, dennoch hörte sie das leichte Zittern heraus.

Mr Risley war einen halben Kopf größer als Beth, weshalb sie sein markantes Kinn direkt vor der Nase hatte. Er war wirklich ein sehr attraktiver Mann, doch er verstand es nicht, seine Vorzüge hervorzuheben. Beth vermutete einen athletischen Körper unter seiner legeren Kleidung, denn immer, wenn er sich bückte, musste sie auf seinen knackigen Po starren, der sich unter der Jeans abzeichnete.

Risley drückte ihr einen cremefarbenen Dildo in die Hand, den sie noch nie zuvor gesehen hatte. Beth glaubte, dass sie ihn wegräumen sollte. »Wo soll der hin?«

Abermals verfärbten sich Mr Risleys Wangen. Er blickte an ihr herunter und stammelte: »Äh ... ich hatte gehofft, also, da Sie ja nicht nur meine beste Mitarbeiterin, sondern auch meine beste Kundin sind ... äh, vielleicht wollen Sie sich noch etwas dazuverdienen.«

Beth konnte ihm nur einen fragenden Blick schenken.

»Ich meine«, stotterte er, »würden Sie diesen Vibrator auf seine Funktionalität testen?«

»Was?!«

Mr Risley sah aus, als würde er gleich in Ohnmacht fallen. »Entschuldigen Sie, das war eine wirklich dumme Idee von mir.« Er wollte ihr das Toy aus der Hand nehmen, aber Beth ließ es nicht los.

»Nein, warten Sie, ich ...« Beth überlegte einen Moment. Es musste ihn unwahrscheinlich viel Mut gekostet haben, sie darum zu bitten. Aber warum sollte gerade sie einen Dildo testen? Die Modelle hier im Laden hatten sicher unzählige Testreihen durchlaufen, bevor sie auf den Markt kamen.

Beth war neugierig geworden. »Ich mache es, klar, warum nicht.« Vielleicht konnte sie auf diesem Weg näher an ihn herankommen.

»Danke«, stammelte er und verschwand mit hochrotem Kopf wieder hinter seinem Vorhang.

***

»Er möchte, dass du einen Vibi testest?« Samara blickte Beth aus großen Augen an. »Das ist doch pervers!«

»Sam, das ist meine Chance, ihn mir zu angeln.« Keiner konnte nachvollziehen, was Beth von Mr Risley wollte, nicht einmal ihre beste Freundin und Kommilitonin Samara.

»Das ist wahrscheinlich so ein verklemmter Typ, der noch bei seiner Mum wohnt, und jetzt holt er sich auf dich einen runter, wetten!« Samara biss von ihrem Cookie ab und sagte mampfend: »Er wird sich dann vorstellen, wie du es mit diesem Ding tust.«

Wie jeden Nachmittag saßen die beiden in der Cafeteria der Uni, um das leckere Gebäck zu genießen und mit den anderen Studenten zu flirten. Aber Beth war das langsam leid. Erstens mochte sie keine Cookies, und zweitens wollte sie auch keinen dieser Burschen oder Professoren – sie wollte Sean! »Ich weiß, dass Risley eine eigene Wohnung hat, er wohnt nicht weit vom Laden entfernt. Aber eine Wette wäre wirklich keine schlechte Idee. Was gibst du mir, wenn ich ihn noch in diesem Monat herumbekomme? Wie wäre es mit deinem MP3-Player?« Beth deutete auf das winzige Gerät, das Samara immer an ihrem Gürtel trug.

»Du bist doch genauso krank wie dein Chef!« Ihre Freundin schüttelte den Kopf und nippte an ihrem Kaffee.

Nein, Beth war nicht krank, nur schon sehr lange in Sean Risley verliebt. Auch wenn sie selbst überhaupt nicht schüchtern war, traute sie sich nicht, Sean anzumachen. Einerseits hatte sie Angst, dass er sich dann noch mehr von ihr zurückzog, andererseits befürchtete sie, dadurch eine Kündigung zu riskieren. Aber Beth war auf das Geld angewiesen. Es erfüllte sie mit Stolz, dass sie sich ihre eigene kleine Wohnung leisten konnte und nicht ihren Eltern auf der Tasche lag. Und Risley zahlte außerordentlich gut. Nein, sie konnte es auf keinen Fall riskieren!

»Abgemacht!«, sagte Samara plötzlich und riss Beth aus ihren Gedanken.

»Was?«

»Na, die Wette gilt. Du bekommst meinen MP3-Player. Aber nur unter einer Bedingung.«

»Und die wäre?«

Samara machte eine bedeutungsvolle Pause, bevor sie grinste: »Ich will euch dabei zusehen.«

»Was?! Jetzt fragt sich nur, wer hier krank ist.«

»Du wirst mir ja schlecht einen Beweis abliefern können. Und ich bin wirklich neugierig, wie du es schaffst, dir diesen Stockfisch zu angeln.«

***

Als Beth sich unter ihre Bettdecke kuschelte und die Augen schloss, hatte sie ein sehr mulmiges Gefühl im Magen. »Auf was für eine blöde Sache habe ich mich da nur eingelassen?«, murmelte sie in die Dunkelheit. Aber sie würde gewiss keinen

Rückzieher machen – sie war kein Feigling.

Beth griff nach dem Dildo, den sie sich zwischen ihre Oberschenkel geklemmt hatte, um das Material anzuwärmen. Er fühlte sich gut an, richtig samtig, beinahe wie echt. Gestern war sie nicht mehr dazu gekommen, ihn zu testen, da sie sich noch auf eine Prüfung vorbereitet hatte. Nun konnte sie es kaum erwarten. Heute hatte Beth ihren freien Tag und war äußerst spitz, weil sie Sean nicht gesehen hatte, jedoch die ganze Zeit an ihn dachte. Sie vermisste ihn, aber vor allem sein scheues Lächeln und seine angenehme Stimme.

Mit den Fingerspitzen fuhr Beth die feinen Äderungen entlang bis zum Ende, an dem ein Kabel mit einem Bedienteil angebracht war. Es gab nur ein Rädchen und einen Schalter, aber den konnte man in drei verschiedene Positionen schieben. Beth hatte das zuvor schon ausprobiert. Position eins ließ den Phallus vibrieren und an dem Rad konnte noch zusätzlich die Stärke eingestellt werden. Auf Position zwei begann die Spitze zu rotieren, nur, wofür die dritte gut sein sollte, hatte Beth nicht herausgefunden. Als sie den Schalter ganz hochgeschoben hatte, war nichts weiter passiert, außer, dass ein leichtes Klicken zu hören gewesen war.

Das Bedienteil in der einen und den Vibrator in der anderen Hand, stellte sich Beth vor, wie Sean wohl unter seiner Kleidung aussehen mochte. »Ob er auch so ein gewaltiges Gerät hat?« Sie kicherte. Der Vibrator war nicht gerade lang, aber unwahrscheinlich dick mit einer ausgeprägten Eichel. *Es kommt ja auch nicht auf die Länge an*, überlegte Beth schmunzelnd, als sie den Dildo einschaltete und den Regler für die Vibration ganz aufdrehte. Dann legte sie die Kontrolleinheit auf die Seite, damit sie wieder eine Hand frei hatte. Mit der zog sie ihre Schamlippen zur Seite, um die kleine Knospe freizulegen.

»Wow!«, entfuhr es ihr, als sie die summende Spitze an ihren Kitzler hielt.

Beth gehörte wohl zu den wenigen Frauen, die getrost auf ein Vorspiel verzichten konnten. Am schnellsten kam sie, wenn ihre Klitoris heftig stimuliert wurde, und sie hatte bis jetzt noch keinen Vibrator besessen, der so extreme Schwingungen abgab. *Dafür gibt es erst mal eine Eins mit Sternchen!*, dachte Beth.

Schon bahnte sich das sanfte Klopfen an, das sie immer wahrnahm, bevor ihr Höhepunkt anrückte, deshalb schob sie sich den Dildo langsam in ihre Muschi, die ob der freudigen Erwartung schon ganz feucht war. Beth wollte jetzt nicht kommen, sondern noch ein wenig von Sean träumen.

Sie wusste, dass eine Frau verschiedene Zonen besaß, die einen Orgasmus auslösen konnten – wie zum Beispiel den Kitzler oder den G-Punkt – aber noch nie hatte sie einen »inneren« Orgasmus verspürt. Vielleicht konnte Seans Wunderdildo ihr einen bescheren?

Beth spürte, wie das dicke Toy ihre Scheidenwände dehnte. Es war nicht einfach, das massive Teil ganz hineinzubekommen, und als es endlich in ihr steckte, fühlte sie sich wunderbar ausgefüllt. Ihre Schamlippen wurden auseinandergepresst, ihr Eingang spannte.

Sie schob den Regler eine Stufe höher und sofort begann die dicke Eichel in ihr zu rotieren. Zuerst fühlte es sich ein wenig unangenehm an, so, als ob sie eine volle Blase hätte, doch schon bald verwandelte sich der Druck in ein lustvolles Ziehen. Beth fragte sich, ob sie endlich diesen ominösen Punkt entdeckt hatte. Es schien beinahe so. »Wow, Sean, wo hast du nur dieses Hammerteil aufgetrieben?«

Sie schob den Phallus vor und zurück, sodass ihr Saft schmatzend herausgedrückt wurde. Genussvoll wand sie sich auf dem

Bett und wünschte sich, sie hätte beide Hände frei, um sich überall streicheln zu können. So berauscht von den heftigen Vibrationen und der rotierenden Spitze in ihr, verlor sie sich in Gedanken an ihren unscheinbaren, aber attraktiven Chef, der stets in sich gekehrt wirkte.

Kurz bevor sich abermals ihr Höhepunkt anbahnte, krampften sich Beths Finger um das Bedienteil, und der Schalter flutschte in Position drei. Ihr blieb die Luft weg: Plötzlich schien die Spitze des Vibrators unter Strom zu stehen! Ihr Unterleib kribbelte, sanfte elektrische Impulse breiteten sich in ihr aus und sandten Lustwellen durch ihren ganzen Körper. Sie presste ihre Schenkel zusammen und drehte sich auf den Bauch. Als sie kam, unterdrückte sie einen Schrei und stellte sich vor, es wäre Sean, der ihr gerade das Hirn rausvögelte.

***

Heute war der Tag gekommen, an dem es passieren sollte. Schon die ganze Woche war Risley um sie herumgeschlichen. Anscheinend hatte er sie nach ihren Erfahrungen mit dem Vibrator fragen wollen, sich aber nicht getraut. Also würde Beth nun die Initiative ergreifen, zumal sie auch wissen wollte, woher er dieses ungewöhnliche Vibi-Ding hatte.

Heimlich hatte Beth Samara kurz vor Ladenschluss in eine Abstellkammer eingeschleust, da ihre Freundin ja den »Beweis« brauchte. Beth war sehr komisch zumute, denn sollte es wirklich dazu kommen, dass sie ihren Chef herumbekam ...

»Oh Gott, hoffentlich findet er das niemals heraus!« Sie fühlte sich schlecht dabei, dass sie ihn so gemein hintergehen und seine Intimsphäre nicht wahren wollte, aber nun war es zu spät, einen Rückzieher zu machen.

»Haben Sie etwas gesagt?«, hörte Beth Risleys Stimme und fuhr herum.

Diesmal war sie es, die ins Stottern geriet. »Ja, ich, äh ... also, ich hätte da eine Frage zu dem Testgerät, das Sie mir mitgegeben haben.«

Beth bemerkte, wie seine Augen ganz groß wurden und er für einen Moment erstarrte, bevor er sich fasste und zur Tür schritt. »Augenblick bitte, ich schließe schnell ab«, hörte sie ihn heiser nuscheln.

Beth stand nervös an der Verkaufstheke und holte den Vibrator aus ihrer Handtasche. Risley kam zurück, löschte das Licht und bedeutete ihr zu folgen, bevor er hinter dem Vorhang verschwand.

Niemals zuvor hatte Beth die Räume ihres Chefs betreten. Sie konnte verstehen, dass er keine Lust verspürte, von neugierigen Kunden begafft zu werden, während er ihr das Gerät erklärte, obwohl man durch die Tür nur eine schlechte Sicht auf die Kasse hatte. In der Tat sah man erst auf den zweiten Blick, dass es sich bei diesem Laden um einen Sexshop handelte, denn alles war sehr diskret verpackt und aufgeräumt.

Sie trat dicht hinter ihm in ein Zimmer, das nicht viel größer als die Abstellkammer war, in der Samara gerade steckte. Es befanden sich nur ein Schreibtisch mit einem Computer und ein Regal mit überquellenden Ordnern darin. Warum sich der Mann dort fast den ganzen Tag versteckte, war Beth ein Rätsel.

Er räusperte sich und drehte sich zu ihr um. »Was wollen Sie wissen?«

Sie hielt ihm den Dildo unter die Nase. »Stufe drei. Was passiert da?« Beth erinnerte sich an das Kribbeln und die zarten Impulse, die sich wie kleine Elektroschocks angefühlt hatten.

Und als ihr Risley mit gesenktem Blick erklärte, dass es in etwa so war, wie sie gedacht hatte, fehlten ihr die Worte.

Es lag ein Schweigen zwischen ihnen, das Beth nicht unangenehm war. Die Luft war erfüllt von knisternden Schwingungen, und im ganzen Raum lag Risleys unwiderstehlicher, männlicher Duft.

»Wissen Sie, dass es dieser Dildo zum ersten Mal geschafft hat, mir einen vaginalen Orgasmus zu bescheren?«, flüsterte sie und trat näher auf ihren Chef zu, während dieser vor ihr zurückwich, bis er mit dem Rücken gegen eine Tür stieß, die Beth noch gar nicht aufgefallen war. Er atmete schwer. »Ich dachte wirklich erst, ich gehöre zu den Frauen, die das nie erleben dürfen. Mr Risley, woher haben Sie dieses Gerät?«

Ohne Scheu drehte sie vor seinen Augen an dem Regler, der den Vibrator zum Summen brachte. Dabei bemerkte sie den feinen Schweißfilm auf seiner Oberlippe. Wie gern wollte sie jetzt mit der Zunge darüberlecken. »Das Material ist fantastisch, es fühlt sich an wie echt.« Sie zog mit der Fingerspitze die künstlichen Äderchen nach.

Ihr Chef atmete schneller. Beths Herz klopfte ihr bis zum Hals, doch sie durfte jetzt nicht aufhören. Sie glaubte, dass er bald so weit war und sie küsste, deshalb fuhr sie mit gurrender Stimme fort: »Er sieht auch sehr naturgetreu aus und schmeckt überhaupt nicht nach Gummi.« Lasziv ließ sie die wulstige Eichel zwischen ihren Lippen verschwinden. Risley stöhnte auf.

Über die glatte Spitze leckend, setzte sie noch hinzu: »Dieser Schwanz ist wie gemacht für meine Muschi.«

Ihr Chef schloss die Augen. Beth spürte, wie er um Beherrschung rang, aber warum ergriff er nicht endlich die Initiative? Er wollte es doch ebenso sehr wie sie, da war sich Beth sicher. Sie fühlte, wie ihr Saft bereits das Höschen durchnässt hatte, so sehr erregte sie der Gedanke, Sean zu verführen.

»Entschuldigen Sie mich, Beth.« Plötzlich drückte Risley die Klinke und verschwand durch die Tür. Erst jetzt bemerkte sie das Schild darauf. »Zutritt verboten« stand dort in dicken gelben Buchstaben.

»Verflixt«, zischte sie durch ihre Zähne und erschrak, als sie plötzlich jemand an der Schulter berührte. Sofort wirbelte Beth herum. »Sam, bist du wahnsinnig!«

Samara verdrehte die Augen. »Komm, lass uns endlich hier verschwinden, er will nichts von dir.«

»Denkst du, ich gebe schon auf?« Beth legte ihre Hand auf den Türgriff. Sie war so spitz, dass sie sich jetzt am liebsten den Vibrator hineingeschoben hätte.

»Ich will nach Hause«, jammerte ihre Freundin.

»Einen Versuch gebe ich mir noch. Ich lasse die Tür einen Spalt offen, damit du dich selbst davon überzeugen kannst, dass ich ihn herumbekomme. Ich hatte ihn schon fast so weit.«

»Beth ...« Samara wollte sie aufhalten, doch Beth war schon durch die Tür geschritten.

Sie glaubte ihren Augen nicht zu trauen. In diesem versteckten, fensterlosen Raum sah es aus wie in einer Fabrik! Überall befanden sich Tische mit Geräten sowie verschiedenen Werkzeugen darauf, und es lagen Dildos in allen Farben und Variationen herum. Mitten in diesem kreativen Chaos stand Sean, den Kopf in den Nacken gelegt und die Augen geschlossen. Die Hände an seinen Seiten hatte er zu Fäusten geballt. Als Beth ihn genauer betrachtete, bemerkte sie die beachtliche Beule in seinem Schritt.

Langsam ging sie auf ihn zu. »Sean? Ist alles in Ordnung?«

Er drehte sich nicht zu ihr um und sah sie auch nicht an.

»*Du* hast den Vibrator gebaut, nicht wahr?« Sie ließ ihre Augen über die Arbeitsplatten wandern und bestaunte die zahlreichen Kreationen. »Das ist beachtlich!« Auffällig war nur, dass sich alle Dildos in Form und Länge glichen, auch wenn manche gebogen waren oder rotierende Ringe besaßen.

»Sie gefallen Ihnen?«, fragte er leise.

»Ich bin begeistert!« Ohne auf seine Erlaubnis zu warten, nahm sie einen auffällig pinken Phallus in die Hand.

»Vorsicht, das ist mein neuester Prototyp!« Er kam auf sie zu, um ihr das Gerät aus der Hand zu nehmen.

»Was wird er können, wenn er fertig ist?«

»Das ist noch streng geheim.« Zum ersten Mal sah sie Sean richtig lächeln und Beths Herz machte einen riesigen Satz. Himmel, war das ein attraktiver Kerl! Seine großen, hellen Zähne blitzten im Schein der Neonröhren auf, Grübchen hatten sich in seinen Wangen gebildet. Beth wurde leicht schwindlig. Sie wollte diesen sinnlichen Mund küssen, jetzt, auf der Stelle!

»Darf ich ihn wieder testen?«, fragte sie stattdessen frech.

Langsam taute Sean auf. Seine Verschlossenheit war plötzlich wie weggeblasen. Mit einem Schmunzeln auf den Lippen führte er sie durch den Raum und zeigte ihr seine Kreationen.

»Sie dürfen jeden einzelnen testen, wenn Sie wollen.« Er kam wieder auf sie zu und strahlte sie an. »Sie fanden ihn wirklich gut?«

»Spitzenmäßig«, hauchte Beth.

»Sie glauben gar nicht, wie erleichtert ich bin. Ich hatte keine Gelegenheit, ihn zu testen, ich meine ... Ich bin ja keine Frau und weiß nicht, ob meine Extrafunktionen gut ankommen.«

Als er ihr auch noch zuzwinkerte, gaben ihre Knie nach. Sofort setzte sie sich auf die nächstbeste Arbeitsplatte. Was war auf einmal mit diesem Mann los? Sie erkannte ihn nicht wieder.

»Noch mal zurück zu diesem Ding hier«, sagte Beth atemlos und drückte ihm den Vibrator in die Hand. Ihr Herz raste. Sie wollte Sean, wie sie noch nie einen Mann gewollt hatte.

Risley setzte sich vor sie auf einen Drehstuhl, worauf sich

sein Kopf nun genau in Höhe ihrer leicht geöffneten Schenkel befand. Da Beth nur einen kurzen Rock trug, konnte Sean sicher ihren Slip sehen.

Beths Rücken war vor Nervosität bereits mit einem feinen Schweißfilm überzogen. »Ihre Erfindung ist fantastisch, aber sie hat einen Nachteil.«

Sofort hob er den Kopf und starrte sie an.

»Man hat seine Hände nicht frei. Ich könnte das Gerät besser beurteilen, wenn ich mich mehr darauf konzentrieren könnte. Würden Sie mir dabei helfen?« Mit zitternden Fingern schob sie den Saum ihres Rocks nach oben, sodass ihr Chef die feuchte Stelle auf ihrem Höschen sehen musste.

Er nickte bloß, ohne die Augen von ihrem Schoß zu nehmen. Anschließend legte er das Gerät zur Seite, um seine Hände unter ihr Gesäß zu schieben. Schon zog er Beth den Slip herunter.

Beth schlüpfte aus ihren Sandaletten, um ihre nackten Füße auf seine Oberschenkel zu stellen. Dann griff Sean wieder nach dem Vibrator und reichte ihn ihr mit zitternden Händen, während er das Bedienteil an sich nahm.

Beth schob ihre Schenkel so weit auseinander, dass sich ihre rasierte Spalte schmatzend vor seinem Gesicht öffnete. Sie hörte, wie ihr Chef scharf die Luft einzog. Seans Hände, die in seinem Schoß lagen, um die beachtliche Beule zu verdecken, zitterten stärker.

Kurz blickte er zu ihr auf. »Bitte erzähle niemanden, was ich hier drinnen mache. Es ist mir peinlich.«

»Meine Lippen sind versiegelt!«, grinste Beth schief, bevor sie die Spitze des Vibrators an ihren Kitzler hielt. »Schalte ihn an, Sean.«

Ihr Chef stellte den Regler auf Position eins und drehte an dem Rad. Sofort breitete sich ein angenehmes Kribbeln auf ihrer Klitoris aus. Beth ließ die dicke Spitze durch ihre Spalte gleiten, dippte sie kurz in ihren feuchten Eingang und verteilte die Nässe zwischen ihren Schamlippen. Sean sah fasziniert dabei zu.

»Ich brauche mehr, dreh ihn ganz auf!« Beth keuchte. Sie genoss es, sich vor Sean selbst zu befriedigen, weil sie genau bemerkte, wie geil es ihn machte. Ihr Fuß wanderte an seinem Oberschenkel entlang, bis sie seinen Schritt erreichte. Vorsichtig drückte sie ihre Fußsohle gegen seine Härte.

Sofort stöhnte Sean auf. »Tu das nicht, Beth!«

»Warum denn nicht?«, versuchte sie möglichst unschuldig zu fragen, wobei sie sein Glied durch die Hose sanft massierte. Mit zwei Fingern spreizte sie ihre Schamlippen und fuhr mit der summenden Eichel über ihr Fleisch, bis sie glaubte, vor Lust zu explodieren. Daher ließ sie den Stab schnell in ihrem feuchten Loch verschwinden, was wegen seiner Dicke gar nicht so einfach war. Es schmatzte heftig, bis sie ihn sich ganz hineingepresst hatte. Vor Wonne stöhnte sie auf.

»Bitte schalte auf Position zwei.«

Sean gehorchte. Er löste seinen Blick dabei keinen Moment von ihrer gespreizten Weiblichkeit, trotzdem berührte er sie nicht. Dabei war er ihr so nah, dass er ihren Duft riechen musste.

Fahrig zog er sich die Brille von der Nase und legte sie auf den Tisch. Immer näher kam sein Gesicht ihrem Geschlecht. Rot und geschwollen präsentierte es sich seinen hungrigen Augen.

Seans Wange streifte die Innenseite ihres Oberschenkels, worauf Beth ein kehliger Laut entfuhr. Sofort drehte er den Kopf und ließ seine Lippen sanft über ihre Haut gleiten.

Beth konnte sich kaum mehr beherrschen. Sollte Sean den Schalter noch eine Position weiterschieben, käme sie auf der Stelle. Um sich abzulenken, presste Beth mühsam hervor:

»Nach welchem Vorbild hast du diese Schwänze geformt, Sean?«

»Nach meinem.« Er keuchte an ihren Oberschenkel, als sie ihren Fuß fest gegen seine Erektion drückte. »Sili…kon… abdruck.« Sean nahm ihr den Vibrator aus der Hand, und Beth legte sich zurück. Aber sie verfolgte gespannt, was Sean mit ihr anstellte. Sanft schob er den dicken Stab in ihr vor und zurück, worauf die drehende Spitze den Lustpunkt in ihrem Inneren massierte. Seans Küsse kamen immer näher, bis sein Mund an ihren Schamlippen angekommen war. Sein abgehackter Atem auf ihrem feuchten Geschlecht machte Beth schwindlig.

Mit der Zunge fuhr er über ihr gedehntes Fleisch, das von dem Vibrator auseinandergepresst wurde, während Sean nicht vergaß, den Dildo in ihr zu bewegen, bis seine Zungenspitze ihre Klitoris gefunden hatte. In flinken Bewegungen ließ er sie darübergleiten, und Beth wäre beinahe gekommen, wenn sie seinen Kopf nicht weggedrückt hätte.

Der Vibi war nach seinem Schwanz geformt … Davon musste sie sich selbst überzeugen. »Darf ich das Original mal testen? So als Vergleich?«

Er schenkte ihr einen verklärten Blick, in dem sie seine Einwilligung las. Sofort rutschte Beth von der Arbeitsplatte zwischen seine leicht geöffneten Beine. Dann hantierte sie am Reißverschluss der Jeans und holte sein Glied aus der Hose.

Es stimmte, es sah genauso aus wie die künstlichen Dildos: dick und mit einer wulstigen Eichel. Ohne zu zögern ging sie in die Knie und nahm ihn in den Mund. »Er schmeckt viel besser als dein Prototyp«, nuschelte sie. Beth nahm ihn ganz in ihren Rachen auf und versenkte ihre Nase in seinem Schamhaar, in dem es so herrlich nach Sean duftete. Sein Geruch machte sie nur noch geiler. In ihrem Unterleib pochte es gewaltig und sie spürte, wie ihr Saft aus ihr herauslief. Sie knabberte an der zarten Haut, bis er über ihr wimmerte. Sofort wurde ihr Kopf weggezogen.

Mit gespreizten Beinen stellte sie sich über ihn und senkte sich auf den Schaft. Sean umfasste ihre Taille, wobei er die Augen schloss und den Kopf zurücklegte. Seine enorme Spitze presste ihre Schamlippen zur Seite, und es dauerte einen Moment, bis er die erste Enge überwunden hatte, obwohl sie vor Nässe bereits überlief.

Sean stöhnte laut, als sie ihn ganz in sich aufnahm. »Beth, ich ... Ich will dich schon so lange.« Er griff in ihr Haar, um sie an sich zu ziehen. Ihre Münder trafen sich, und begierig schob er seine Zunge in ihren Mund. Seine Hände wanderten tiefer, bis unter den Rock, wo er an ihre Pobacken fasste, um Beth den Rhythmus vorzugeben.

Beth rieb ihre rasierte Muschi an seinem Schamhaar und fuhr mit den Händen unter sein Hemd. Seans Haut war heiß und glatt. Er stöhnte in ihren Mund, als sie seine Nippel zwirbelte und sich ihre Vagina eng um ihn zusammenzog. Er traf genau die Stellen in ihr, die sie kommen ließen.

Sean stieß immer schneller zu, wobei sie auf dem Drehstuhl durch den Raum rollten. Als er kam und seine warme Ladung in sie ergoss, konnte sich auch Beth nicht länger zurückhalten. »Oh, Sean ...« Sie saugte an seinen Lippen, die mit ihren verschmolzen schienen. *Ich liebe dich.*

Erschöpft sank sie gegen seine Schulter, und Sean hielt sie so fest, als ob er sie nie wieder loslassen wollte. Beth genoss dieses innige Gefühl. Schon seit Monaten hatte sie sich diesen Augenblick herbeigesehnt.

Sean steckte immer noch in ihr und zuckte leicht, als er Beths Kopf zwischen seine Hände nahm, damit sie ihn ansah. »Da gibt es etwas, was ich dir schon so lange sagen möchte.«

Mit wild klopfendem Herzen blickte sie zu ihm auf.

»Beth, ich glaube, ich habe mich …«

Lärm ließ beide zusammenzucken.

»Was war das?«, quiekte Beth, während sie von seinem Schoß sprang und in ihre Sandaletten schlüpfte.

»Da ist jemand im Laden!« Sofort verstaute Sean sein Glied in der Hose und zog eine Schublade auf, aus der er eine Pistole herausholte.

Samara!, durchfuhr es Beth. Sie hatte ihre Freundin total vergessen!

Sean eilte in den Verkaufsbereich, wo er zuerst das Licht anschaltete. Samara stand gekrümmt vor einem Regal und rieb sich das Knie. Sean zielte auf sie.

»Nicht, Sean, es ist meine Freundin!«

»Was macht sie …« Aber dann schien es ihm zu dämmern, denn er steckte die Waffe in seinen Hosenbund. »Sie hat uns beobachtet, nicht wahr? Du hattest das alles geplant!«

Beth erkannte den Schmerz in seinen Augen und wollte sich bei ihm entschuldigen, aber ihr fiel nicht ein, was sie sagen sollte. Es hätte sowieso nicht geholfen.

»Es war nur eine harmlose Wette«, rechtfertigte sich Samara. »Und ich hab auch gar nichts mitbekommen. Als ich gesehen habe, dass es zwischen euch losgeht, da wollte ich nur noch weg, aber ich hab im Dunkeln den Ausgang nicht …«

»Raus hier«, flüsterte Sean gefährlich leise, wobei sich sein Gesicht verfinsterte, »und lasst euch nie wieder hier blicken.«

Noch bevor Beth verstand, was das für sie bedeutete, ergriff Samara ihre Hand, drehte den Schlüssel herum und zog sie aus dem Laden.

***

»Warum musstest du auch so einen Lärm machen?«, keifte Beth ihre Freundin an.

»Ach, jetzt bin ich auf einmal schuld? Das Ganze war doch *deine* Idee!« Mit diesen Worten ließ Samara Beth in der leeren Mall zurück.

Beth fühlte sich hundeelend. Sie hatte den Job verloren, den Mann, den sie liebte und vielleicht auch noch ihre beste Freundin.

Endlich hatte sie Sean aus seinem Schneckenhaus gelockt und kurz darauf ... »Oh Gott, er wird so schnell keiner Frau mehr vertrauen können«, schniefte sie und wischte sich mit dem Ärmel über die Lider. Er hatte ihr voller Stolz seine Erfindungen gezeigt. Wie schwer musste es für ihn gewesen sein, jemanden von seinem Geheimnis zu erzählen, immerhin hatte er die Vibratoren nach seinem Ebenmaß angefertigt ... Beth hatte alles falsch gemacht. Endlich hatte sie Sean gewonnen, aber zugleich wieder verloren.

Mit hängenden Schultern machte sie sich auf den Nachhauseweg, doch als sie vor dem Ausgang der Shopping-Mall stand, setzte sie sich auf eine Bank. Die Dunkelheit verschluckte ihre Gestalt, aber das war ihr gerade recht. Am liebsten hätte sie sich unsichtbar gemacht. Ihre blöde Wette hatte alles ruiniert. Beth hätte sich die Haare raufen können, aber sie war wie erstarrt. Tränen rannen ihr an den Wangen herab.

Als sie Schritte hörte, blickte sie auf. Sie sah den Mann nur von hinten, und trotz des schlecht beleuchteten Platzes erkannte sie Sean sofort an seiner Größe und den breiten Schultern.

»Sean, warte!« Beth sprang auf, doch Sean blieb nicht stehen. Er ging sehr schnell und Beth hatte Probleme, hinterherzukommen. Sie zog ihre Sandaletten aus und folgte ihm lautlos durch die Nacht. Sie wusste, wo seine Wohnung lag, und genau darauf steuerte er zu. Er lebte in einem Mehrparteienhaus nur fünf Minuten vom Laden entfernt. Als er die Tür öffnete und ohne sich umzusehen hineinging, schlüpfte Beth schnell mit in den Hausflur, bevor die Tür zufiel.

Sie hörte Seans Schritte über sich – er war schon eine Etage höher. Leise lief sie ihm hinterher. Er wohnte ganz oben, unter dem Dach. Sie wusste das, weil er ihr einmal von der schönen Aussicht erzählt hatte, die er von seiner Dachterrasse hatte.

Und noch bevor die Wohnungstür zugefallen war, huschte sie auch durch diesen Spalt.

Mit wild klopfendem Herzen lehnte sie sich gegen die Tür und rang so geräuschlos wie möglich nach Atem. Sie hörte Sean in irgendeinem Raum herumkramen und kam sich wie eine Einbrecherin vor. Was hatte sie sich nur dabei gedacht? Jetzt stand sie hier in seiner Wohnung und wusste nicht weiter.

Als sie plötzlich seine Stimme vernahm, überlief sie eine Gänsehaut: »Ich habe mich so in ihr getäuscht, Anna.«

Anna?, dachte Beth. Oh Gott, was war, wenn er mit einer Frau zusammenlebte? Beth wusste doch überhaupt nichts über diesen Mann.

Dennoch konnte sie nicht gehen. Sie wollte ihn noch einmal sehen. Also schlich sie leise vorwärts und blinzelte um die Ecke. Dort saß Sean allein am Küchentisch. Seine Brille lag vor ihm, in der einen Hand hielt er einen goldenen Bilderrahmen, mit der anderen rieb er sich über die Augen.

Schnell ließ Beth ihren Blick durch den Raum schweifen. Außer Sean schien niemand hier zu sein. Die kleine, helle Küche lag unter einer Dachschräge und war zweckmäßig eingerichtet. Hier fehlte eindeutig die weibliche Hand. Alles wirkte leer und ein wenig unordentlich – die Wände waren kahl.

Beth sammelte all ihren Mut und flüsterte: »Sean?«

Sofort sprang er von seinem Platz auf, wobei das Bild auf

den Tisch fiel. »Du hast mich zu Tode erschreckt! Wie bist du hier reingekommen?«

»Du solltest etwas sorgsamer deine Türen schließen«, sagte Beth, ohne die Augen von ihm abzuwenden. Er wirkte traurig und verletzt. Sie allein war daran schuld.

»Verschwinde«, zischte er und ging um den Tisch herum, aber Beth ließ sich nicht so schnell vertreiben. Sie war eine Kämpferin.

»Wer ist das auf dem Bild?« Ihr Herz klopfte wild.

»Meine Frau«, sagte er knapp, ohne sie anzusehen.

Er war verheiratet! »Oh, also ...« Sie wandte sich zum Gehen. Wenn er verheiratet war, hatte sie hier nichts zu suchen. Sean war schon vergeben. »Ich bin schon weg«, flüsterte sie, wobei sich ein Knoten in ihrem Magen formte. *Er hat mich nur benutzt*, dachte sie bitter enttäuscht. *Und dann macht er mir solche Vorwürfe?*

Als sie gerade die Tür öffnete, hörte sie ihn sagen: »Sie ist seit drei Jahren tot. Sie hatte Krebs.«

Diese Nachricht traf Beth wie ein Schlag. *Natürlich, deswegen hat er sich so in sich verkrochen!* Er musste seine Frau sehr geliebt haben, und als er sein Herz endlich wieder geöffnet hatte, kam Beth daher und musste es ihm herausreißen.

Mit Tränen in den Augen drehte sie sich um. »Es tut mir so leid, Sean. Ich wollte dich nicht verletzen.«

Er bedachte sie mit einem finsteren Blick und kam immer näher, bis er sie mit seinem breiten Brustkorb gegen die Tür drückte. Auf einmal wirkte er nicht mehr traurig, sondern unheimlich wütend. »Ich war nur ein Spielzeug für dich.«

»Nein, Sean, wirklich nicht, du bedeutest mir sehr viel!«

»Beweise es«, hauchte er an ihre Lippen, ohne sie zu berühren.

Beth glaubte, sein heißer Körper würde sie verbrennen.

»Wie?« Sie würde fast alles tun, um die Situation zwischen ihnen zu retten.

»Jetzt wirst du *mein* Spielzeug sein.« Seine Stimme klang gefährlich ruhig, doch eine Ader an seiner Schläfe pochte heftig.

Er packte sie an den Schultern und drückte sie durch den Flur bis in sein Schlafzimmer. Sean machte kein Licht, aber es drang genug Helligkeit durch die geöffnete Tür, sodass Beth gerade noch sein breites Bett erblickte, bevor er sie auf die Matratze stieß.

In ihrem Unterleib begann es zu pochen.

»Zieh dich aus!«, befahl er leise, doch seine Stimme zitterte.

Ohne den Blick von ihm abzuwenden, entledigte sie sich ihrer Kleider, bis sie nackt vor ihm lag. Er jedoch blieb angezogen. Sean setzte sich auf das Bett, den Rücken an die Wand gelehnt, und bedeutete ihr, dass sie zu ihm kommen sollte. »Leg dich über meine Oberschenkel.«

»Warum?« Beth wunderte sich über sein merkwürdiges Verhalten. Sie erkannte, dass er sehr erregt war, denn in seiner Jeans hatte sich eine beachtliche Beule gebildet, aber allem Anschein nach wollte er nicht mit ihr schlafen. Zu gern hätte sie seine dicke Härte wieder gespürt.

Auf allen vieren kroch sie zu ihm, wobei ihre Brüste aufreizend vor seinen Augen baumelten. Sie wollte ihn heiß machen und ihn vergessen lassen, was vorgefallen war. Es sollte wieder so zwischen ihnen sein wie in seinem Laden.

Gehorsam legte sie sich über ihn, sodass er ihren Po genau vor Augen hatte. Sie spürte, wie sich seine Erektion gegen ihre Scham drückte, worauf sie die Beine ein wenig öffnete. Jetzt konnte er ihr feuchtes Geschlecht sehen. Sofort griff er ihr fest zwischen die Schenkel und presste seine Hand auf ihre Schamlippen. Beth durchfuhr ein wohliges Pochen.

»Nein«, sagte er leise, »du brauchst nicht glauben, dass ich dich jetzt verwöhne. Erst die Strafe, dann das Vergnügen.«

»Die Strafe?«, fragte sie und zog sofort die Luft ein, als seine Hand auf ihre Pobacke klatschte. »Hey! Was soll das?!« Beth wollte von ihm herunterkriechen, aber Sean hielt sie eisern fest.

Abermals sauste seine Hand auf ihren Hintern. Es tat nicht richtig weh, da er nicht voll ausholte, aber ihre Muschi schien darauf abzufahren. Sie kribbelte nach jedem Schlag und zog sich zusammen.

Völlig unerwartet schob ihr Sean seinen Finger rein. »Das macht dich scharf?«

»Ja, Sean«, gab sie kleinlaut zu.

Der nächste Hieb saß. Beth unterdrückte den Laut, der aus ihrer Kehle entweichen wollte. »Au, das hat wehgetan.«

Aber Sean hörte nicht auf. Immer wieder traf er dieselbe Stelle, die mittlerweile heiß pochte. Dennoch nahm auch ihre Erregung zu. Als Sean ihr mit der Hand, die erst ihren Rücken nach unten gedrückt hatte, an eine Brust griff, stöhnte sie.

»Du lässt dich tatsächlich von mir schlagen?«, flüsterte er und ließ von ihr ab.

Beth rollte sich von ihm herunter auf den Rücken. Dabei winkelte sie die Arme neben ihrem Kopf an, um einen möglichst unschuldigen Eindruck zu machen. Sie räkelte sich ein wenig, bevor sie ihre Beine anzog und auseinanderklappte, damit Sean alles sehen konnte. »Warum muss Liebe immer so kompliziert sein?«, schnurrte sie.

Sofort kam er zu ihr herüber und legte sich auf sie. »Liebst du mich denn, Beth?«

Sie konnte ihm nur ein »Ja« entgegenhauchen, bevor sie seinen Kopf an sich zog. Ungestüm presste Sean seine Lippen auf ihren Mund und drang sofort mit der Zunge in ihn ein.

Beth wühlte in seinem Haar, wobei sie ein sehnsüchtiges Ziehen in ihrer Brust spürte. »Ich liebe dich, und ich will dich, jetzt auf der Stelle!«

Sean richtete sich auf, um sich von seiner Kleidung zu befreien. Nur zu gern half ihm Beth dabei – sie wollte ihn schon so lange nackt sehen. Sie zog ihm das halb aufgeknöpfte Hemd über den Kopf und ihr Herz machte einen Sprung, als sie seinen Oberkörper erblickte. Ihre Finger glitten über seine samtige Haut, die harten Brustspitzen und den flachen Bauch. Seine Unterarme waren mit weichen Härchen überzogen; alles in allem war er ein sehr attraktiver Mann.

Nachdem er sich seiner Hose entledigt hatte und ganz nackt vor ihr auf der Matratze kniete, wobei sein Geschlecht steil nach oben ragte, musste sie einfach jede Stelle seines Körpers küssen. Sie kniete sich vor ihn, streifte mit den Lippen sein Schlüsselbein und fuhr dann tiefer.

Seans Brustwarzen schienen noch härter zu werden, als sie um diese herumleckte und sanft in die Knospen biss. Dabei fuhr Sean durch ihr Haar.

»Halt, meine Schöne, ich war noch nicht fertig mit dir.« Er klang wieder gefährlich ruhig, doch seine Erregung konnte er nicht überspielen. Sein Glied zuckte, und aus der Öffnung lief ein Tropfen. »Leg dich wieder auf den Bauch.«

Beth tat ihm den Gefallen, da ihre Pobacken wegen der Schläge immer noch empfindlich waren. Sie hörte, wie er in seinem Nachttisch kramte, bevor etwas Kaltes auf ihren Hintern tropfte. »Bist du für alle Spielarten offen?«, fragte er. Mit beiden Händen massierte er das Öl in ihr Gesäß ein.

Das tat gut! Beth räkelte sich genüsslich auf dem Laken und öffnete die Beine, damit Sean alle zu verwöhnenden Stellen erreichen konnte. Seine Hand glitt in ihrer Spalte vor und zurück. Ihrem After widmete er sich dabei besonders gründlich. »Was meinst du?«, schnurrte sie.

Als ein öliger Finger zwischen ihre Pobacken in sie eindrang, wusste Beth, was er wollte. Sie hatte schon Analsex ausprobiert, dennoch war sie noch nie so lustvoll darauf vorbereitet worden. Um ihm zu verstehen zu geben, was sie von seiner Idee hielt, drückte sie sich ihm entgegen, bis sie auf allen vieren kniete.

»Du bist außergewöhnlich, Beth.« Sean zog den Finger aus ihr und drückte seinen harten Schaft in ihre Spalte.

Beth erschauderte wohlig, aber Sean zog sich wieder zurück. Sie spürte, wie er mehr Öl nachgoss, bevor seine Hand wieder zwischen ihre Pobacken fuhr. Abermals versenkte er einen Finger in ihr, dehnte leicht den engen Ring und nahm dann noch einen weiteren Finger dazu. Es brannte leicht und erzeugte ein seltsames Druckgefühl, doch das Pochen in ihrer Scham nahm zu.

Plötzlich umfasste er ihre Hüften, um sie auf den Rücken zu drehen. »Ich will dich ansehen.« Sean drückte Beths Knie gegen ihren Oberkörper, sodass er alle ihre intimsten Stellen genau betrachten konnte. Es machte Beth unsagbar an, ihm so ausgeliefert zu sein.

»Jetzt werde ich mit dir spielen.« Mit einem unerwartet festen Stoß drängte sich Sean zwischen ihre Schamlippen. Ihr Eingang wurde gedehnt, worauf sich ihre Muschi zusammenzog. »Öffne dich für mich, Beth, ja, so ist es gut!«

Sie winselte, als er sich ganz hineingedrückt hatte, weil es sich so gut anfüllte, von seinem dicken Schaft ausgefüllt zu sein. Dabei ließ Sean seinen Daumen auf ihrer Klitoris kreisen.

»Fester«, flehte sie ihn an, denn sie war kurz davor, zu kommen.

»Du kannst wohl nicht genug haben, was?« Er löste sich aus ihr und sprang aus dem Bett. Noch bevor Beth vor Enttäuschung aufbegehren konnte, kam er mit dem Vibrator zurück. Sean nahm wieder seine Position ein und schob das Gerät in ihre Muschi.

»Ich will dich spüren«, sagte sie.

»Das wirst du, Beth.« Das Toy begann zu summen und rotierte in ihr, während sich Sean an ihren Po drängte. Jetzt wusste Beth, was er wollte und ja, sie wollte es auch, wollte ganz ausgefüllt sein und heftig gedehnt werden.

Sean drückte seine Eichel gegen ihren öligen Ring. Als er in sie eindrang, glaubte sie zu zerreißen.

»Na, spürst du mich, Beth?« Er beugte sich nach vorne, um ihren Nippel in den Mund zu saugen.

Beth war unfähig, etwas zu erwidern. Ihr ganzer Körper wurde an den unterschiedlichsten Stellen zur selben Zeit stimuliert – es war der helle Wahnsinn! Der Dildo in ihr vibrierte und drehte sich, während Sean in ihrem After steckte und sie sanft stieß. Dabei rieb er mit den Fingern hart über ihre Klitoris und knabberte mit den Lippen an ihren Brustwarzen.

Beth glaubte zu zerspringen. So ausgefüllt war sie noch nie gewesen. Während Sean heftiger in sie stieß, drückte er den Vibrator dabei jedes Mal tief in sie hinein. Kurz bevor sie kam, schaltete er den Regler auf Position drei. Ihr Körper zuckte wild unter ihm, jeder Nerv stand in Flammen. Abgehackte Schreie fuhren aus ihrer Kehle, als sie ihren Orgasmus erlebte und Sean sich im selben Moment in sie ergoss, wobei er nicht weniger laut war. Immer wieder stieß er mit seinen Hüften zu, bis er über ihr zusammenbrach. »Wow!«

Nur langsam ebbte das Pochen ab. Sean zog sich aus ihr zurück und entfernte den Vibrator. Dann legte er sich neben sie, wobei er ihr tief in die Augen blickte. Beth umfasste seine Wangen und küsste ihn auf den Mund. »Das war der heftigste

Orgasmus meines Lebens.« Sie hätte nie geglaubt, dass Sean im Bett so ein Tier war. »Ich dachte immer, du wärest schüchtern!«

»Schüchtern? Nein, ich war nur so verliebt in dich, dass ich mich anstellte wie ein Esel.« Noch leicht außer Atem schmiegte er sich an sie und zog die Decke über ihre verschwitzten Körper. »Nachdem Anna gestorben war, habe ich nur noch für meine Arbeit gelebt. Ich musste erst wieder lernen, eine Frau zu umwerben.«

»Indem du sie einen Dildo testen lässt?«, grinste Beth.

»Bei dir hat es doch geklappt oder nicht?«

Plötzlich wurde Beth ernst. »Kannst du mir vergeben, Sean?«

Er küsste sie sanft auf die Lippen. »Das habe ich doch schon.« Dann versuchte auch er ein ernstes Gesicht aufzusetzen. »Aber du wirst deine Strafe trotzdem bei mir abarbeiten. Ich werde sämtliche meiner neuen Erfindungen an dir testen.«

»Oh ja«, schnurrte Beth und kuschelte sich noch fester an ihn. Und sie würde dafür sorgen, wieder Farbe in sein Leben zu bringen ... und in seine Wohnung.

»Love-Toys No. 2«
Die Internet-Story

Mit dem Gutschein-Code

LP2TBUOP

erhalten Sie auf

www.blue-panther-books.de

diese exklusive Zusatzgeschichte als PDF.
Registrieren Sie sich einfach online oder schicken Sie uns die beiliegende Postkarte ausgefüllt zurück!

Dienerin des Barbaren

Mit zitternden Fingern strich sich Menja über ihren einfachen Rock aus Leinen, bevor ihr Vater Tamto die Tür der Hütte öffnete, um die drei Waldländer einzulassen. Wie immer betrat Fürst Ragnar als Erster den Wohnraum. Die Bodenbretter knirschten, als er mit großen Schritten den Raum durchmaß, dicht gefolgt von zwei anderen Kriegern. Alle trugen sie lederne Hosen und einen Brustpanzer oder ein Kettenhemd. Die Schwerter in ihren Händen funkelten bedrohlich im Schein des flackernden Kaminfeuers. Doch Ragnar und seine Männer kamen in Frieden – so lange die Grasländer ihre Bedingungen erfüllten. Bis jetzt hatten die Waldländer ihre kleine Siedlung verschont, die am Fluss Lyve lag. Die Bewohner des Graslandes waren einfache Leute, die ihr Land bestellten, während die Waldländer von der Jagd lebten. Sie waren Krieger, richtige Barbaren, und wurden von allen gefürchtet. Menjas Volk, die Grasländer, verschonten sie nur, weil sie den Waldländern etwas von ihren Erträgen abgaben. Jedes Mal, wenn der Mond voll und rund am Himmel stand, kam Fürst Ragnar mit ein paar Männern in ihr Dorf, um die Waren abzuholen. Während zwei der Krieger die gefüllten Säcke nach draußen brachten und auf einen Karren luden, stand Ragnar mitten im Raum, die kräftigen Arme vor der Brust verschränkt, und starrte Menja finster an.

So auch heute. Ragnar war ihr schon lange aufgefallen. Menjas Herz klopfte immer wie wild, wenn sie diesen Barbaren sah, von dem man sich die übelsten Geschichten erzählte. Er gab schon eine imposante Gestalt ab, mit seinen breiten Schultern und den nackten, muskulösen Armen, die aus seinem Kettenhemd hervorschauten. Seine Augen wirkten beinahe schwarz und schienen sich in ihren Körper zu bohren, immer, wenn Ragnar sie anblickte. Menja wusste, dass sie hübsch war, ohne deswegen eingebildet zu sein, denn sie hatte sehr viele Verehrer unter den Grasländern. Ihr hellblondes Haar und die blauen Augen machten sie zu etwas Besonderem. Das sah man nicht oft in dieser Gegend. Aber ihren zukünftigen Ehemann durfte Menja nicht auswählen, dafür war allein ihr Vater Tamto zuständig. Er war der Herrscher von Grasland. Tamto war streng, aber gerecht, doch er konnte sich nicht gegen die Waldländer wehren, denn die Grasleute waren keine Krieger, nur einfache Bauern und Handwerker.

Ragnar wendete einfach nicht den Blick von ihr ab, was Menja immer nervöser machte. Verlegen zupfte sie an ihrem Kleid und versuchte, nicht zurückzustarren. Ragnar war ein Fürst, der Anführer seines Volkes, es war ihr nicht gestattet, ihm in die Augen zu blicken. Dennoch tat sie es. Sie war ja keine Waldländerin. Beim Grasvolk hatten die Frauen fast die gleichen Rechte wie die Männer. Fast ...

Menja starrte auf sein kurzes, rabenschwarzes Haar und die hohen Wangenknochen. Ragnar war auf seine Art schön, aber wild und unbeherrscht ... einfach eine gewaltige Erscheinung! Auch wenn er ein Mann genau nach ihrem Geschmack war, würde sie um nichts auf der Welt etwas mit ihm anfangen. Er war ein Barbar und ein Feind ihres Volkes.

Als Grasländerin war es ihr gestattet, sich einem Mann ihres

Volkes hinzugeben, allerdings musste sie sich ihre Unversehrtheit bewahren, denn die durfte nur ihr Ehemann nehmen. Aber es gab ja so viele Spielarten der Liebe ...

Menja bemerkte, wie sie ins Träumen geriet, wobei sich ihre Brustspitzen aufrichteten. Sie dachte an ihren ersten Liebhaber Bove, der es verstanden hatte, sie mit dem Mund zu verwöhnen wie kein anderer. Wenn sie sich vorstellte ... Plötzlich wurde ihr gewahr, dass alle im Raum sie anstarrten. Heute war etwas anders als sonst. Ein ungutes Gefühl kroch wie tausend kleine Spinnen an ihrem Rücken nach oben und hinterließ eine eisige Spur.

»Vater, wo sind die Gaben?«, fragte Menja vorsichtig. Normalerweise standen zahlreiche Säcke und Kisten im Raum, gefüllt mit Getreide und Früchten.

Ihr Vater blickte sie traurig an. »Ragnar hat dieses Mal etwas anderes gefordert.«

»Was?« Menjas Blut rauschte ihr in den Ohren. Sie wusste die Antwort, bevor ihr Vater den Mund aufmachte: »Dich.«

Menja wich ein paar Schritte vor dem Hünen und seinen Kriegern zurück, die sie mit unverhohlenem Interesse musterten. »Nein ...«, flüsterte sie und schüttelte so vehement den Kopf, dass ihr das blonde Haar ins Gesicht fiel. »Das ist gegen die Abmachung!«

Einer der Krieger trat auf ein Nicken Ragnars nach vorne, um ihren Arm zu ergreifen. Menja versuchte ihn abzuschütteln, doch erfolglos. »Der Fürst braucht eine neue Dienerin. Es ist eine Ehre für dich, also zolle deinem Herrn den nötigen Respekt!« Er schubste sie vor sich her nach draußen, wo noch mehr Waldländer standen oder auf Pferden saßen. Die Scheuklappen der Tiere und selbst das Zaumzeug waren mit eisernen Dornen verziert. Sie wirkten ebenso bedrohlich wie ihre Reiter.

Viele Grasländer standen vor ihren Hütten und blickten ängstlich zu ihnen herüber, aber keiner eilte Menja zu Hilfe. Selbst ihr Vater nicht. Sie glaubte, zu ersticken. Sollte es etwa ihr Schicksal sein, die Dienerin eines Barbaren zu werden? »Ich bin keine Sklavin!«, schrie sie Ragnar an und wollte fliehen, aber der Krieger hielt sie immer noch in seinem stählernen Griff.

»Wie wagst du es, mit deinem Herrn zu sprechen! Du hast ihn gefälligst bei seinem Titel zu nennen!« Der Krieger holte aus. Es war eindeutig, dass er sie schlagen wollte. Im letzten Augenblick schoss Ragnars Hand hervor und stoppte ihn.

»Keiner von euch rührt sie an«, knurrte Ragnar bedrohlich. Es war das erste Mal, dass Menja ihn überhaupt sprechen hörte. Bis jetzt hatte er das immer seinen Handlangern überlassen. »Sollte es dennoch einer wagen, werde ich ihm den Kopf abschlagen.«

Dann wandte sich der Kriegerfürst an Menja. Beinahe zärtlich umschloss er mit seiner großen, schwieligen Hand ihre Wange und zwang sie dazu, ihm in die Augen zu blicken. Menja musste weit zu ihm aufschauen, da sie so klein war. »Wenn du machst, was ich dir sage, wird dir kein Leid geschehen.« Seine Stimme war tief und weich, dennoch schwang ein bedrohlicher Unterton darin mit. »Solltest du mir widersprechen, überlasse ich dich meinen Männern.«

Menja schluckte schwer, doch sie hielt seinem Blick stand. Sie würde sich von ihm nicht so behandeln lassen wie die Frauen seines Volkes. Sie war eine Graslãnderin! Sie hatte bei seinesgleichen vielleicht keine Rechte, aber Menja besaß immer noch ihren Stolz. Den würde ihr dieser Barbar nicht nehmen. Niemals!

Überrascht keuchte sie auf, als Ragnar um ihre Taille griff und sie so leicht wie eine Feder auf sein Pferd hob. Dann schwang er sich hinter sie auf den Sattel. Sofort trabten sie los.

Mit Tränen in den Augen blickte sich Menja Hilfe suchend zu ihrem Vater um, aber sie konnte ihn nicht sehen. Anscheinend war er wieder in der Hütte verschwunden. Ein paar Grasländer ballten die Hände zu Fäusten, doch auch sie wagten nicht, sich gegen den Waldfürsten und seine Mannen aufzulehnen. Sie wussten, dass Ragnar sie zerquetschen würde wie lästige Insekten.

Menja zitterte, aber nicht, weil ihr kalt war – es war die Angst vor dem Unbekannten. Der Fürst hatte den Ruf, gewalttätig und grausam zu sein. Er würde sie bestimmt nicht gut behandeln. Deshalb erstaunte es sie, als er seinen weiten Pelzumhang ausbreitete und sie darin einhüllte.

Vor einer Weile hatten sie Rast gemacht und die Pferde getränkt. Ragnar hatte dabei sein schweres Kettenhemd und den Wams abgelegt, um sich ein Leinenhemd sowie einen langen Mantel anzuziehen. Dabei hatte Menja einen kurzen Blick auf seinen muskulösen Oberkörper werfen können. Niemals zuvor hatte sie solch einen attraktiven Mann gesehen. Anscheinend kämpfte er viel, denn unter der bronzefarbenen Haut schimmerten seine Muskeln geschmeidig wie die einer Raubkatze.

Während sie weiterritten, wurde Menja unweigerlich gegen Ragnars breite Brust gedrückt und sich wieder bewusst, wie nah sie diesem Wilden war. Seine Wärme und ein unglaublich männlicher Geruch umgaben sie plötzlich. Ragnar hatte sie bis jetzt nicht unsittlich berührt, nur seine Hände auf ihren Oberschenkeln liegen gehabt, weil er die Zügel hielt. Aber jetzt stahl sich eine Hand an ihre Hüfte. Unter dem Schutz des Umhangs konnten die anderen Waldländer nicht sehen, was er tat.

Menja war es ohnehin schon peinlich gewesen, als sie sich

wie ein Mann auf das Pferd setzen musste. Dabei war ihr der lange Rock bis zu den Oberschenkeln heraufgerutscht. Lüstern hatten die Krieger ihre nackten Beine angestarrt, und selbst Ragnars Blicke hatte Menja zu spüren geglaubt. In Ragnars Mantel gehüllt, fühlte sie sich den anderen Waldländern nicht mehr ausgeliefert, dafür hatten jetzt seine Hände freies Spiel. Die Hand mit dem Zügel ruhte immer noch auf ihrem Bein, mit der anderen betatschte Ragnar sie unverfroren. Er befühlte ihren flachen Bauch durch den Stoff, wanderte weiter nach oben und wog ihre Brüste in den Händen. Menja kam sich dabei vor, als wäre sie ein Stück Ware, das er auf seine Qualität prüfte. Dennoch richteten sich ihre Brustspitzen auf, als er sie durch das Kleid sanft streichelte, bis sie hart hervorstanden. Menja erwartete jeden Augenblick, dass Ragnars Hände fest zudrückten, um ihr wehzutun, aber das taten sie nicht. Im Gegenteil: Es fühlte sich sogar ganz gut an, was er machte.

Geschickt öffnete er eine Öse und fuhr mit den Fingern unter das Kleid. Menja unterdrückte ein Stöhnen, als eine raue Fingerkuppe über ihre empfindliche Brustwarze strich. Sie wollte diesem Barbaren auf keinen Fall zeigen, wie sehr sie seine Berührungen genoss.

Mittlerweile hatten sie das Grasland längst hinter sich gelassen. Über ihren Köpfen schimmerten die letzten Sonnenstrahlen des Tages durch das Blätterdach. Menja wollte den Geruch von Laub, frischer Erde und Moos tief in sich aufnehmen, doch Ragnars Körpergeruch überdeckte all das. Ihr wurde leicht schwindlig, weshalb sie sich schwer gegen ihn lehnte. Dabei verfing sich sein Atem in ihrem Haar. Ragnar gefiel anscheinend, was er unter ihrem Kleid fand. Sein Brustkorb hob sich schneller als zuvor, und seine aufgerichtete Männlichkeit drückte sich fest gegen ihren Po.

Für einen Augenblick vergaß Menja ihr Heimweh und auch die Sorge um ihren Vater, was aus ihm nur werden sollte, wenn sie nicht mehr bei ihm war. Er hatte doch außer ihr niemanden mehr. Dennoch war Menja auch wütend, weil er sie einfach diesen Wilden übergeben hatte.

Bevor ihr das Herz wieder schwer wurde, konzentrierte sie sich auf Ragnars Hand. Diese bahnte sich mittlerweile einen Weg an ihrem Oberschenkel entlang unter ihre Stoffmassen. Erst, als seine große, schwielige Hand auf ihre nackte Spalte drückte, entfuhr ihr ein Keuchen. Hart und schnell wie Trommelschläge klopfte es in ihren Ohren, weil Ragnar ihr offenes Fleisch massierte. Er hatte vollen Zugang zu ihrer Weiblichkeit. Menjas Position auf dem Pferderücken hinderte sie daran, ihre Beine zu schließen. Sie war ihm ausgeliefert.

Ragnar spreizte mit seinen Fingern ihre Hautfalten noch ein Stück weiter, damit er ungehindert zu ihrer Perle gelangen konnte, die bereits heftig gegen seine Hand pochte. Er massierte den harten Knubbel und genoss es sichtlich, dass ihre Liebessäfte zu laufen begannen. Menja konnte nichts dagegen unternehmen. Ragnar drückte fest auf ihr Geschlecht, zugleich presste er sie gegen seine Härte, die er ungeniert durch seine Hose hindurch an ihrem Gesäß rieb. Immer schwerer ging sein Atem, immer schneller bewegte sich seine Hand.

Da das Pferd gerade gemütlich Schritt ging, wickelte Ragnar die Zügel um den Sattelknauf, damit er seine andere Hand auch frei hatte. Damit massierte er wieder Menjas Brust. Seine Nase vergrub er dabei tief in ihren goldenen Locken. Am liebsten hätte Menja den Kopf gedreht, um die sinnlichen Lippen dieses Schurken zu küssen, denn Ragnar versetzte sie in solche Ekstase, dass sie bereits spürte, wie sich ihr Höhepunkt ankündigte. Als Ragnar auch noch einen Finger in sie schob, stand sie kurz vor dem Zerbersten. Menja hörte ihn keuchen, fühlte, wie ein Zittern durch seinen Leib lief, bevor er seine Hände wegzog und wieder die Zügel ergriff.

Nein!, dachte sie erzürnt. *Das kann er doch nicht machen!* Menjas Schoß pochte ob der freudigen Erwartung, doch Ragnar machte keine Anstalten mehr, sich ihr zuzuwenden. Er ließ Menja einfach unbefriedigt zurück.

Innerlich kochte sie. *Das wirst du mir noch büßen, du Barbar!*

***

Bei Einbruch der Nacht erreichten sie das Dorf der Waldländer. Zahlreiche Langhäuser standen auf einer großen Lichtung, in deren Mitte ein gewaltiges Feuer loderte, das bis zum Himmel zu reichen schien. Aufgeregt kamen die Bewohner auf ihre kleine Gruppe zugelaufen. Menja wurde bestaunt, als wären ihr Hörner gewachsen. Anscheinend hatte das Volk der Waldländer gewusst, dass ihr Herrscher dieses Mal keine Waren mitbrachte. Viele verbeugten sich respektvoll vor dem Fürsten, der durch die sich teilende Menschenmasse auf ein besonders großes Haus zuritt. Die Straßen, wenn auch unbefestigt, wirkten sehr gepflegt. Auch die Gebäude machten einen ordentlichen Eindruck. Die Menschen kleideten sich ähnlich, wie bei ihr zuhause. Was Menja erstaunte, war der Anblick von Frauen, die weite Hosen trugen. So einen Hosenrock hätte sich Menja heute auch gewünscht. Sie war immer noch erzürnt darüber, dass Ragnar sie erst so heiß gemacht und dann nur an sich gedacht hatte. Dieser selbstsüchtige Barbar! Aber sofort rief sie sich in Erinnerung, dass sie jetzt seine Sklavin war. Er konnte mit ihr tun und lassen, was er wollte.

Als sie vor dem Langhaus hielten, half ihr Ragnar von dem hohen Pferderücken, indem er wieder ihre Hüften umfasste. Seine großen Hände umschlossen dabei fast vollständig ihre

Taille. Er war schon ein gewaltiger Mann und eigentlich hätte sie sich vor ihm fürchten müssen, doch als sie in seine dunklen Augen blickte, glaubte sie darin für einen kurzen Moment eine Sanftheit zu erkennen, die so gar nicht zu seinem Ruf passte.

»Was passiert jetzt mit mir, Ragnar?«, fragte sie ihn mutig. Er hielt sie immer noch im Arm und Menja ertrank fast in seinen wunderschönen Augen. Doch sofort nahmen sie wieder einen harten Ausdruck an und er stieß Menja von sich.

»Nur meinem Eheweib steht es zu, mich bei meinem Namen zu rufen, Sklavin. Merk dir das gut!« Obwohl er in einer normalen Lautstärke sprach, zuckte Menja zusammen. Die anderen Krieger lachten höhnisch, weil ihr Anführer seine Sklavin zurechtgewiesen hatte.

Beschämt senkte Menja den Kopf. Wie hatte sie sich nur Hoffnungen machen können?

Sie folgte dem Hünen in sein Haus, während die Krieger sein Pferd mitnahmen, um es zu versorgen. Menjas Herz klopfte hart gegen ihre Rippen. Warum hatten die Götter ihr solch ein Schicksal auferlegt?

Wärme und der Duft nach Essen schlugen ihr entgegen, als sie einen großen Raum betrat, in dem zahlreiche Tische und Bänke standen. Ragnars Haus schien wohl oft Gäste zu bewirten. Auf den halbierten Baumstämmen, die zu Sitzgelegenheiten umgestaltet worden waren, lagen dicke Felle – über der Feuerstelle, in der Mitte des Hauses, hing ein dampfender Kessel.

Als Ragnar die Tür schloss und seinen Umhang ablegte, kam eine dunkelhaarige Frau aus dem hinteren Teil des Hauses auf ihn zugelaufen. Freudestrahlend blieb sie vor ihm stehen. »Mein Fürst, Ihr seid zurück!«

»Kayla«, brummte er und sah dabei alles andere als erfreut aus. Menja spürte dennoch einen schmerzhaften Stich in ihrer

Brust. Wie konnte sie nur denken, dass so ein Mann wie Ragnar nur eine Sklavin besaß?

»Ich habe Euch ein Bad gerichtet, Herr«, säuselte sie, bevor sie Menja bemerkte und diese dann böse anfunkelte: »Ach, Ihr habt diese Grasländerin also tatsächlich mitgebracht.«

Ragnar bedachte Kayla mit einem strengen Blick. »Sie wird meine neue Dienerin sein. Kayla, du kannst nach Hause gehen.«

Erleichterung durchflutete Menja, aber auch Neid, weil diese Frau bis jetzt Ragnars Felle gewärmt hatte. Es war offensichtlich, dass Kayla ihn begehrte, denn Menja sah, wie die Frau überlegte, sich ihrem Herrn gegenüber zu widersetzen. Doch schließlich senkte sie den Kopf. »Wie Ihr wünscht, mein Fürst.«

Nachdem Kayla das Haus verlassen hatte, befahl Ragnar seiner neuen Dienerin, den Tisch zu decken und Fleischsuppe aus dem Kessel zu schöpfen. Das alles tat Menja ohne zu murren. Solange es nur solche Dinge waren, die er von ihr verlangte ...

Als sie sich jedoch zu ihm an den Tisch setzen wollte, fuhr er sie an: »Dein Platz ist am Feuer, Sklavin!«

Sofort kochte die Wut wieder in ihr hoch. »Ich habe auch einen Namen, Barbar!« Erzürnt stand sie auf, den Teller Suppe in der Hand, bereit, ihn über sein Gesicht zu schütten.

Auch Ragnar erhob sich nun. Langsam, geschmeidig. Seine Augen blitzten. »Gut, ich sehe ein, du kennst unsere Sitten nicht.« Er schenkte ihr ein undeutbares Lächeln, das Menjas Inneres jedoch sofort zum Flattern brachte. »Du darfst am Tisch sitzen. Für heute.«

Menja war erstaunt, als er sich wieder setzte und seine Suppe löffelte ohne sie dabei anzusehen. »Ich danke Euch, Herr«, entschlüpfte es ihr.

Jetzt sah er sie doch an. Er wirkte ebenfalls erstaunt. »Bitte setz dich, Menja.«

Mit zitternden Knien nahm sie Platz. Was war da soeben geschehen? Sie hätte erwartet, dass er sie schlagen würde, stattdessen hatte er nachgegeben und sie sogar gebeten, sich wieder zu setzen. Was war das nur für ein seltsamer Mann? Sie wurde aus ihm nicht schlau.

***

Später zeigte Ragnar ihr das Badehaus, das sich an den hinteren Teil des Langhauses anschloss. Der kleine Raum war angefüllt mit ätherischen Düften und Wasserdampf, sodass Menja kaum etwas sehen konnte. Sie erblickte einen Eimer mit einer Schöpfkelle darin, damit ab und zu ein wenig Wasser über die heißen Steine gegossen werden konnte, und in der Mitte stand ein hölzerner Zuber, der fast bis zum Rand gefüllt war.

Menja wusste, was jetzt kommen würde. Mit heftig klopfendem Herzen beobachtete sie Ragnar dabei, wie er sein Schwert ablegte, das Hemd über den Kopf zog und ungeniert aus seinen Wildlederhosen schlüpfte. Der warme Dampf gab Menja einen gewissen Schutz, dennoch stand sie so dicht bei dem Waldländer, dass sie jedes Detail seines Körpers erkennen konnte. Sein breiter Oberkörper verjüngte sich zu seiner Taille. Sein Bauch war fest, die Beine lang und muskulös. Erleichtert atmete sie durch, denn seine Männlichkeit hing noch schlaff zwischen seinen Schenkeln. Sie sah auch so schon gewaltig genug aus.

»Dir gefällt, was du siehst?«, fragte er rau, wobei tatsächlich ein Lächeln über seine schmalen Lippen huschte.

Erst jetzt wurde Menja bewusst, dass sie Ragnar die ganze Zeit anstarrte.

»Zieh dich aus«, befahl er ihr. »Im Badehaus tragen wir keine Kleidung.«

Ohne sie weiter zu beachten, stieg er in den Holzzuber,

sodass Wasser überschwappte, als er sich setzte. Wohlig brummend lehnte er sich zurück und schloss die Augen.

Menja stand wie erstarrt neben ihm und wusste nicht, was sie tun sollte. Der mächtige Fürst der Waldländer saß nackt vor ihr – sollte sie die Gelegenheit zur Flucht nutzen? Aber wie weit würde sie kommen? Im Dorf wimmelte es vor Kriegern, sie kannte sich in der Gegend nicht aus und reiten konnte sie ebenfalls nicht. Sie war hier gefangen.

Ragnars laute Stimme ließ sie zusammenzucken. »Ich hab gesagt, du sollst dich ausziehen! Zur Aufgabe einer Dienerin gehört es, ihren Herrn zu pflegen.«

Seine große Gestalt schoss auf sie zu. So schnell hatte Menja gar nicht reagieren können, da stand er schon vor ihr und zerrte an ihrem Kleid. Im Nu hatte er es ihr vom Körper gezogen.

»Für deine Unfolgsamkeit werde ich dich später noch bestrafen«, knurrte er. Dennoch blickten seine Augen fiebrig auf ihre enthüllte Gestalt. Menja versuchte, ihr gelocktes Dreieck und ihre Brüste mit den Händen zu bedecken, aber Ragnar zog ihr die Arme weg und hielt sie fest. Er weidete sich an ihrer Nacktheit und Menja hätte sicher geweint vor Scham, wenn sie nicht so erzürnt gewesen wäre. Es gefiel ihr nicht, welche Rechte er sich einfach herausnahm. Das war unwürdig!

Dennoch hielt sie den Mund, um seine Wut nicht weiter zu schüren. Zudem musste sie selbst auf seinen entblößten Körper starren, an dem das Wasser in feinen Rinnsalen hinablief. *Warum sieht dieser Barbar auch so verdammt gut aus?*, ärgerte sie sich, da sie bereits spürte, wie sich ihre Brustwarzen allein bei seinem Anblick verhärteten.

Ragnar schien das zu bemerken. Er ließ ihre Arme los, um beide Hände auf ihre Brüste zu legen. »Sie gefallen mir. Haben genau die richtige Größe.« Er ging vor ihr in die Hocke und saugte eine harte Knospe in seinen Mund. Menja erschauderte wohlig. Zu gern wollte sie jetzt mit den Fingern durch Ragnars kurzes Haar fahren, um seinen Kopf noch fester an ihre Brüste zu drücken, doch sie wollte ihm nicht das Gefühl geben, dass sie vor ihm kapitulierte. Er wusste sehr wohl, wie man eine Frau schwach machte, doch es bedurfte mehr als das, um sie zu erobern.

Mit einem wölfischen Grinsen ließ er plötzlich von ihr ab und setzte sich wieder in den Waschzuber. »Na los, schrubb mir den Rücken.«

Oh, dieser Wilde! Schon wieder hatte er ihren Körper zum Glühen gebracht, um ihn dann einfach stehen zu lassen.

Mit einem finsteren Blick hielt er ihr den tropfnassen Schwamm entgegen. Menja nahm ihn und hätte ihm das Ding am liebsten ins Gesicht geworfen, doch sie konnte sich gerade noch beherrschen. Sie hatte Ragnar schon wütend genug gemacht. Schnell rief sie sich die Schaudergeschichten in Erinnerung, die sich die Grasländer über ihn erzählten. Wenn Ragnar ihr ein kurzes Lächeln schenkte, konnte sie kaum glauben, dass er so grausam sein sollte wie sein Ruf, aber gerade jetzt hielt sie jedes Wort für wahr! Er besaß ein Herz aus Stein.

Mürrisch trat sie hinter ihn und streckte ihm die Zunge raus, was er zum Glück nicht sehen konnte, sonst hätte er bestimmt nicht lange gefackelt und sie ihr einfach abgeschnitten. Als Ragnar sich jedoch nach vorne beugte, damit sie besser an seinen Rücken kam, vergaß sie ihren Unmut beinahe. Seine Haut war überzogen mit alten Narben. Menja kannte diese Art der Verletzung. Ragnar musste mehrmals schlimm ausgepeitscht worden sein, bis seine Haut in Fetzen gehangen hatte.

»Was ist?«, brummte er. »Das Wasser wird langsam kalt.«

Schnell klatschte sie ihm den Schwamm auf die Haut. Mit festen Bewegungen scheuerte sie ihm den Rücken, wobei sie überlegte, was ihm wohl zugestoßen war. Natürlich würde sie es niemals wagen, ihn danach zu fragen.

Anscheinend machte sie es gut, denn sie hörte Ragnar mehrmals seufzen. Zufrieden lehnte er sich wieder zurück. »Und jetzt vorne, Weib.«

Weib! Sie hatte einen Namen, bei den Göttern! Aber dieser Barbar war anscheinend zu dumm, ihn sich zu merken. Wieder einmal verkniff sie sich einen Kommentar, denn bis jetzt lief es ganz gut zwischen ihnen. Er hatte ihr noch kein Leid angetan, und Menja wollte es auch nicht darauf anlegen.

Sie tauchte den Schwamm wieder in das Wasser und griff nach der Seife, die auf dem Rand lag. Anschließend drückte sie das Wasser über seinem Kopf aus und seifte sein Haar ein bis es schäumte. Obwohl es recht kurz war, piekste es nicht. Es fühlte sich weich und gepflegt an.

Ragnar grunzte leise, während sie seine Kopfhaut massierte, bevor sie den Schwamm wieder über ihm ausdrückte, um die Seife abzuspülen. Vorsichtig wischte sie ihm damit über sein Gesicht, bis alle Schaumreste verschwunden waren.

Ragnar hatte die Lider geschlossen und wirkte entspannt. *Wie schön er ist, wenn er mal nicht so hämisch schaut,* durchfuhr es Menja. Sie spürte ein Ziehen hinter ihrem Brustbein. *Verlieb dich nicht in ihn,* schalt sie sich in Gedanken. *Er würde deine Gefühle niemals erwidern.*

Verträumt fuhr sie mit dem Schwamm an seiner breiten Brust hinab und umspielte die Nippel, unter denen sich kräftige Muskelstränge wölbten. Ihre Hand tauchte unter das Wasser, wusch seinen Bauch, dann glitt sie an seinen Oberschenkeln bis zu den Knien hinauf, die in einem engen Winkel aus dem

Wasser ragten. Erschrocken bemerkte Menja plötzlich die Spitze seines Gliedes, die ebenfalls aus dem Wasser schaute. Bei den Göttern, er hatte eine Erektion!

Ragnar schien ihr Zögern zu bemerken, da sie ganz vergessen hatte, ihn weiterzuwaschen. Seine Augen öffneten sich, sein Blick war entrückt. »Der muss besonders gründlich gewaschen werden«, sagte er atemlos.

Menja wollte sich zurückziehen, aber Ragnar packte ihr Handgelenk und führte ihren Arm zwischen seine Beine. Dazu musste sie sich weit über den Rand des Holzzubers beugen, sodass ihre Brüste aufreizend vor seinen Augen hingen.

Ein Zittern lief durch ihren Körper, als seine große Hand über ihren Busen fuhr. Menja schloss die Augen. Dieser Barbar durfte sie nicht so erregen, dennoch fühlte sie bereits die Feuchtigkeit aus sich herauslaufen.

»Schrubb meinen Speer«, befahl er heiser.

Mit hochroten Wangen ließ sie den Schwamm fallen und umschloss sein hartes Geschlecht, aber Ragnar ließ ihre Hand nicht los. Er zeigte ihr, wie er es gern hatte. *Weil ich nicht weiß, wie man einen Mann befriedigt,* dachte sie beleidigt. Sogleich demonstrierte sie ihm, dass sie sehr wohl wusste, worauf es ankam. Ihre Finger drückten fester zu und glitten mit geübten Bewegungen an dem samtigen Schaft auf und ab, bis Ragnar ein Stöhnen entfuhr.

Menja erschrak, als er sie mit einem Ruck auf sich zog und sie mit einem »Platsch« bei ihm im Zuber landete, sodass noch mehr Wasser über den Rand spritzte.

Nun lag sie auf seiner Brust und spürte, wie sich sein hartes Glied gegen ihre Spalte drückte.

Ragnar richtete sich auf, sein Mund kam immer näher, und plötzlich wünschte sich Menja nichts sehnlicher, als von diesem Krieger geküsst zu werden. Aber Ragnar hatte nicht vor, ihren Mund zu erobern. Er drückte Menja gegen den Rand des Zubers, bis sie mit dem Rücken dagegenstieß, und nahm den Schwamm in die Hand.

Sanft fuhr er damit über ihr Gesicht und ihre Brüste, deren Spitzen bereits so hart waren, dass sie schmerzten. Dann spreizte er ihre Schenkel und legte ihre Füße auf den Rand des Zubers, sodass sie weit geöffnet vor ihm lag.

»Ich mag meine Sklavinnen sauber und immer bereit«, raunte er, als er den Schwamm auch schon durch ihre Spalte zog.

Menja wusste, warum sie sich nicht wehrte, denn es fühlte sich einfach fantastisch an. Vielleicht käme sie jetzt endlich zu ihrer ersehnten Erlösung, die er ihr vorhin so schmerzhaft verwehrt hatte. Der Schwamm rubbelte über ihre geschwollenen Schamlippen und fuhr tief in die Spalte ihres Gesäßes. Ragnar übte gerade mal so viel Druck aus, dass es reichte, um sie zu erregen, aber zu wenig war, damit sie Erfüllung fand.

Anstelle des Schwamms fühlte sie nun Ragnars Finger, die ihre Hautfalten erkundeten und daran spielten. Sein Daumen kreiste auf ihrer Perle und brachte Menja beinahe zur Explosion, bevor er ihn zurückzog, um ihn in ihre Öffnung zu schieben.

Menja zuckte zusammen und wollte ihre Beine schließen, aber Ragnar hinderte sie daran, indem er ihr einen dunklen Blick schenkte. »Ich sagte, ich will meine Sklavinnen sauber. Innen und außen.«

Menja kapitulierte. Sie lehnte den Kopf gegen den Rand des Holzzubers und atmete schwer, während Ragnars Daumen immer wieder fest in sie stieß.

»Bitte«, flehte sie, »ich halte das nicht mehr aus!« Ragnar brachte sie immer bis kurz vor den Höhepunkt, bevor er sich eine andere Stelle suchte, die er malträtierte.

Sie hörte ein raues Lachen. Er befahl ihr, sich umzudrehen. »Stelle dich vor mich, sodass ich dein Gesäß vor Augen habe.« Menja stand auf und drehte sich herum. Ihre Beine zitterten. Was hatte er jetzt vor?

»Bück dich und öffne dich weit für mich.«

Menja errötete bis in ihre Haarwurzeln. Es war ihr unaussprechlich peinlich, sich vor diesem Mann derart offen zu präsentieren, dennoch erregten sie seine Worte. Folgsam stellte sie die Beine ein Stück auseinander und bückte sich. Mit beiden Händen hielt sie sich am Zuberrand fest, darauf wartend, was als Nächstes geschehen würde.

Als Ragnars Hände ihre Pobacken weit auseinanderdrückten und seine Zunge in ihren Spalt fuhr, konnte sich Menja nicht mehr länger beherrschen. Ihr entwich ein lautes Stöhnen.

Sie spürte seinen warmen Speichel, den er reichlich in ihrer Ritze verteilte, bevor er sie plötzlich auf sich zog. Menja erschrak. Würde er ihr jetzt die Unversehrtheit rauben?

Erleichtert atmete sie auf, als er sich gegen ihre runzligen Hautfalten drückte. Bove hatte sie öfters auf diese Art geliebt, und es hatte Menja gefallen. Aber wenn sie jetzt zwischen ihre Beine blickte und Ragnars mächtiges Glied betrachtete, bekam sie es doch ein wenig mit der Angst zu tun. Seine Spitze war dick, mit einem wulstigen Rand, und der geäderte Schaft besaß eine beachtliche Länge. Ragnars Männlichkeit war ebenso gewaltig wie der Rest von ihm.

»Öffne dich für mich, meine Schöne. Ich möchte all deine Eingänge reinigen.« Menjas Rücken fiel gegen seinen Oberkörper, als er ihre Brüste umfasste, um sie auf sich zu drücken. Seine Penisspitze dehnte ihren engen Ring, bis er sich langsam weitete und Ragnar hineinrutschte. Er ging dabei so behutsam vor, dass Menja von einer Welle der Lust überspült wurde.

Sie suchte nach der pochenden Perle zwischen ihren Falten, aber Ragnar verbot ihr, sich anzufassen. Um seine Warnung zu unterstreichen, zwickte er sie leicht in eine Brustwarze.

Menja stöhnte auf. »Wieso quälst du mich so?«

»Wie heißt es?« Abermals zwickte er sie.

»Wieso quält *Ihr* mich so, *Herr*?«, entwich es ihr sarkastisch.

»Weil du meine Sklavin bist. Ich kann mit dir machen, was ich will.«

Seine Worte erregten sie nur noch mehr. Menjas Innerstes zog sich zusammen, während Ragnar sanft in sie stieß. Sein gewaltiger Schaft dehnte und massierte sie, sodass ihr enges Loch brannte, aber dieses Brennen war köstlich. Nur noch ein wenig länger und sie fand endlich ihre Erlösung, aber Ragnar verwehrte sie ihr auch diesmal. Er zog sich aus ihr zurück und drehte sie herum. Vielleicht wollte er nur die Stellung wechseln, überlegte sie und starrte dabei auf sein hochrotes Geschlecht, das steil aus dem Wasser ragte.

»Mach ihn sauber«, befahl er Menja, wobei er ihren Kopf nach unten drückte.

Frustriert griff sie nach dem Schwamm und ließ ihn über seinen Penis und die schweren Hoden gleiten, während alles in ihrem Unterleib pochte und vibrierte.

»Nein, du sollst ihn in den Mund nehmen, Sklavin!« Er drückte ihren Kopf weiter hinab, sodass sie sein Glied zwischen ihre Lippen schieben musste. Noch bevor sie richtig an seiner Eichel saugte, entlud sich Ragnar schwer keuchend in sie. Sein heißer Samen schoss ihr in den Rachen und füllte ihren Mund. Menja blieb nichts anderes übrig, als ihn zu schlucken.

Als sie zu Ragnar aufsah, hatte dieser ein selbstzufriedenes Lächeln im Gesicht. »Das war für den Anfang schon sehr gut. Du darfst dich jetzt kurz ausruhen.«

»Was?« Sie glaubte, sich verhört zu haben. Das war doch nicht sein Ernst?! »Und was ist mit mir? Warum quälst du mich so?«, schrie sie ihn beinahe an, so wütend war sie.

»Ich sagte dir doch, dass ich dich für deinen Ungehorsam noch bestrafen werde«, meinte er überheblich. »Und jetzt geh und wärme die Felle. Ich werde gleich bei dir sein, um dir den nötigen Respekt zu lehren, Sklavin.«

***

Als sie unter die Felle und Decken kroch, tobte in Menja das Chaos. Überall darin hing Ragnars unwiderstehlicher Geruch, was ihr Inneres noch mehr in Aufruhr versetzte. Es drohte aus ihr herauszubrechen wie heiße Lava aus einem Vulkan, so erzürnt war sie.

»Für wen hält sich dieser Barbar, für einen Gott?«, zischte Menja. Tränen des Zorns liefen ihr über die Wange, aber sie weinte auch über ihr Schicksal. Wie hatte ihr Vater sie nur diesem Waldfürsten schenken können? Sie war doch kein Vieh! Es schien, als hätte sich die ganze Welt gegen sie verschworen. Sie war an einen Mann geraten, der schon immer ihr Herz zum Flattern gebracht hatte, und dann stellte sich heraus, dass er seinem Ruf alle Ehre machte und sie derart quälte. In ihren Träumen hatte sie sich nach Ragnar verzehrt. Er war in ihr Dorf gekommen, ihre Völker hatten Frieden geschlossen und sie war seine Frau geworden. So viele Nächte hatte sie sich das gewünscht und jetzt zerplatzte ihr Traum wie eine Seifenblase.

Als sie wenig später hörte, wie Ragnar sich näherte, tat sie so, als würde sie schlafen. Menja blinzelte durch ihre blonden Wimpern. Das flackernde Feuer, das noch im Wohnraum brannte, erhellte schwach das Podest, auf dem die Decken und Felle lagen. Ragnar war nackt. Seine männliche Erscheinung trat durch das Spiel von Licht und Schatten noch deutlicher hervor. Hier stand der Mann, von dem sie so lange geträumt hatte. Aber die Realität sah immer anders aus.

Als Ragnar in ihre Richtung blickte, schloss sie schnell die Lider. Sie hörte, wie er unter die Decken schlüpfte und fühlte seinen warmen Arm, der sich um ihre Taille legte, um sie an sich zu ziehen. Ihre nackten Körper trafen sich unter den Decken, worauf Menja ein leiser Seufzer entfuhr. Möglichst unauffällig kuschelte sie sich an seine Brust und konzentrierte sich darauf, tief schlafend auszusehen. Sie wusste, dass er sie im Badehaus nur auf das vorbereitet hatte, was nun folgen würde.

Menja konnte direkt fühlen, wie intensiv Ragnar sie musterte. Eine Hand hatte er besitzergreifend in ihren Haaren vergraben, mit der anderen streichelte er ihre entblößte Schulter. Plötzlich fuhr ein Finger sanft über ihr Gesicht und verwischte die feuchte Spur, die eine dicke Träne dort zurückgelassen hatte. Seine Zärtlichkeit trieb Menja erneut die Feuchtigkeit in die Augen. Sie gehörte normalerweise nicht zu den nah am Wasser gebauten Frauen, doch gegen diesen Hünen hatte sie keine Chance. Er spielte mit ihren Gefühlen wie es noch niemand zuvor getan hatte.

Wider Erwarten näherte er sich ihr nicht mehr, sondern zog sie fest an seine Brust. Kurze Zeit später lauschte Menja seinen tiefen und gleichmäßigen Atemzügen. Ragnar war eingeschlafen.

***

Im ersten Moment, nachdem Menja die Augen geöffnet hatte, wusste sie nicht, wo sie sich befand. Vollständige Dunkelheit, Wärme und ein ihr mittlerweile vertrauter Geruch hüllten sie ein: Ragnar! Sie rückte von seiner Brust ab und steckte den Kopf aus der Decke. Sie musste sich erst von Ragnar losmachen, denn er hielt noch immer ihr Haar fest.

Barfuß und nackt tapste sie in die große Halle, aus der ein orangefarbenes Leuchten kam. Das Feuer war heruntergebrannt. Schnell legte sie ein paar Scheite in die Glut und blies vorsichtig dagegen, bis eine Flamme aufzüngelte und das trockene Holz sich entzündete.

Ihr Magen knurrte. Menja suchte nach etwas Essbarem, vielleicht einer Erdknolle oder einer Rübwurzel, aber sie fand nur in Salz eingelegtes Dörrfleisch. Natürlich, die Waldländer waren Jäger. Sie hatten kein Gemüse. Aber von der Fleischsuppe war noch ein kalter Rest übrig, den sie leise aus dem Kessel in eine Schale goss und austrank. Dabei schweiften ihre Augen durch die geräumige Halle. Vorhin war sie zu aufgeregt gewesen, um ihre Umgebung richtig wahrzunehmen, aber jetzt erstaunte sie es, wie prachtvoll das Haus geschmückt war. Ragnar musste sehr reich sein. Auf den zahlreichen Bänken lagen wertvolle Felle, die Holzwände waren mit Tierschädeln behangen. Viele davon waren mit glänzenden Metallplättchen verziert, der Schädel eines Bären sogar mit Edelsteinen. Alles wirkte sehr gemütlich und sorgte für eine wohlige Atmosphäre.

Abermals kam der Gedanke an Flucht auf. Sie ging zur Tür und öffnete sie einen Spalt weit. Ragnar hatte nicht abgesperrt. Draußen war es so dunkel, dass sie nicht einen einzigen Schatten erkennen konnte. Der Mond hielt sich hinter einer dicken Wolkenschicht versteckt. Menja hörte ein unheimliches Heulen, das aus dem Wald kam, worauf sie die Tür sofort wieder schloss. Nein, eine Flucht war unmöglich!

Also schlich sie schweren Herzens zurück zu Ragnar, der auf dem Rücken lag und scheinbar fest schlief. Eine Weile betrachtete sie im schwachen Lichtschein sein entspanntes Gesicht. Ragnars Lippen waren leicht geöffnet, ein Arm lag angewinkelt neben seinem Kopf. In Reichweite lag sein Schwert, das er überallhin mitnahm, wie Menja schon aufgefallen war. Die kunstvollen Verzierungen fesselten ihren Blick. Die Leute ihres Volks waren ebenfalls gute Handwerker, auch wenn sie sich weniger auf die Herstellung von Waffen verstanden.

Vorsichtig glitt ihr Finger über die scharfe Schneide, wobei Menja ein fürchterlicher Gedanke kam: Was würde geschehen, wenn sie die schwere Waffe in ihre Hände nähme, um Ragnar damit ...

Abermals sah sie ihn an. Er wirkte so friedlich, wenn er schlief, und äußerst attraktiv. Menja war sich sicher, dass ein guter Kern in ihm steckte. Als sie sich vorhin schlafend gestellt hatte, hätte er sie dennoch nehmen können, doch das tat er nicht. Stattdessen hatte es beinahe so ausgesehen, als wollte er sie trösten.

Immer noch ruhten ihre Finger auf dem Schwert, als plötzlich Ragnars Hand hervorschoss und ihr Handgelenk umfasste. Ohne dabei die Augen zu öffnen, murmelte er: »Komm endlich wieder ins Bett, Weib«, und zog sie zu sich auf die Felle.

Menjas Herz pochte wild. Sie legte sich wieder neben ihn, und Ragnar drückte sie an seinen warmen Körper. Wie hatte sie sich nur vorstellen können, ihn im Schlaf zu töten? Dieser Mann hatte die Instinkte eines Raubtieres! *Nein, er hat ein weiches Herz, ganz bestimmt,* hoffte sie. Aber Ragnar hatte keine Ahnung, wie man mit einer Frau umgehen musste. Wenn er eine gehorsame Sklavin haben wollte, so sollte er ihr auch einige Wünsche erfüllen. Menjas Zorn war noch nicht ganz verraucht. Ihr Körper sehnte sich immer noch nach Befriedigung, vor allem jetzt, da sie Ragnars männlichen Duft wieder in der Nase hatte. Sollte sie es wagen und es ihm heimzahlen? Bei den Grasländern war es selbstverständlich, dass ein Mann eine Frau so lange verwöhnte, bis sie Erfüllung fand. Auch wenn sie hier im Waldland war und die Sklavin eines Wilden – bei den Göttern, dieses Recht würde sie dennoch einfordern!

Mutig geworden ob der schützenden Dunkelheit, die sie umgab, begann Menja sanft über Ragnars breite Brust zu streicheln. Sie rückte noch ein Stück näher an ihn heran, bis ihre Lippen seine weiche Haut berührten, um wie ein Baby an seinen Nippeln zu saugen.

Ragnar wand sich und stöhnte. »Jetzt wird geschlafen, kleine Sklavin.«

Aber Menja dachte nicht daran. Sie war hellwach. In ihrem Schoß pochte es bereits wieder, so sehr erregte es sie, diesen mächtigen Kriegerfürsten in ihrer Gewalt zu haben. Sie rutschte tiefer an seinem flachen Bauch hinab, bis ihre Nase an die Spur dunkler Haare stieß, die ihr den Weg zu seinem Geschlecht wies. Menjas Finger streichelten über die dicken Hoden, die sich sofort zusammenzogen. Auch Ragnars Männlichkeit schlief nicht länger, sie schwoll unter ihren erfahrenen Händen zu beachtlicher Größe an. Bove hatte ihr beigebracht, wie es ein Mann gern hatte. Auch wenn sie nie mit Bove geschlafen hatte, so durfte sie durch seine Hände doch höchste Lust erfahren. Darauf wollte sie auch als Sklavin nicht verzichten!

Als sie seine dicke Eichel zwischen ihre Lippen schob, begann Ragnars Körper zu beben. Menja knetete mit ihrer Hand eine muskulöse Pobacke, streichelte mit der anderen die Stelle unter seinen Hoden und senkte ihren Mund tief auf den harten Schaft.

»Bei den Göttern, Weib!« Ragnar stöhnte lang und kehlig, worauf Menjas Brustspitzen hart wurden. Wie gern hätte sie sich jetzt selbst Erleichterung verschafft, doch sie konzentrierte sich ganz auf Ragnars Geschlecht, aus dessen Mitte bereits die Vorboten der Lust quollen. Menja wusste, dass er kurz davor war, seinen Samen in sie zu spritzen. Sie reizte ihn noch weiter, bis er abgehackt atmete und mit den Hüften pumpte, und dann … hörte sie einfach auf.

Menja kroch unter der Decke hervor und blieb mit geschlossenen Augen neben Ragnar liegen. Dabei rauschte ihr das Blut wie ein tosender Wasserfall in den Ohren. Wie würde er reagieren?

»Was soll das? Du warst noch nicht fertig!«, knurrte es durch die Dunkelheit.

»Doch, war ich.« Menja gähnte absichtlich laut und streckte sich, bevor sie Ragnar den Rücken zukehrte. »Gute Nacht.«

Sofort packte seine Hand ihre Schulter und wirbelte sie herum. »Was treibst du mit mir für Spielchen?«

So, der Herr war also wütend. Sehr gut! Das war sie auch. Menja stützte sich auf die Ellbogen und blickte ihn so finster an, wie sie es vermochte. Im schwachen Lichtschein sah sie, dass er sehr erzürnt war, ja, er litt anscheinend Schmerzen. »Jetzt wisst Ihr, wie *ich* mich zuvor gefühlt habe, *Herr*«, schleuderte sie ihm entgegen. »Vielleicht bin ich in diesen Dingen ebenso ungeschickt wie Ihr, also lasst mich einfach, ich kann es nicht besser.« Sie schüttelte seine Hand ab und drehte sich wieder um.

»Ich soll ungeschickt sein?«, drang es bedrohlich an ihr Ohr. Ragnar hatte sich über sie gebeugt und hielt sie mit einer Hand am Nacken fest.

Oh je, er war aber richtig wütend! »Na ja, anscheinend wisst Ihr nicht, wie man eine Frau richtig befriedigt«, sagte sie leise, doch sofort bereute sie ihre Worte.

»*WAS?!*« Ragnar brüllte so laut, dass Menja glaubte, er habe das halbe Dorf aufgeweckt. »Meine Liebeskünste sind bis weit über die Grenzen meines Landes bekannt!«, polterte er.

»Das«, sagte sie spöttisch, »kann ja jeder von sich behaupten, mein Fürst.« Bei den Göttern, war dieser Mann von sich überzeugt!

»So, du brauchst also Beweise, kleine Sklavin?«, funkelte er plötzlich gefährlich leise. »Die kannst du haben.« Ungestüm riss er die Decken von ihrem Körper, sodass sie in hohem Bogen durch die Luft wirbelten, und blickte Menja mit fiebrigen Augen an. Ragnar kniete über ihr, sein Geschlecht stand dabei wie ein Speer von seinem Körper ab.

Menjas Herz überschlug sich beinahe, als er ihre Beine fasste, um sie weit auseinanderzuziehen. »Ich werde dir so viel Lust bescheren, dass du mich anflehen wirst, aufzuhören, bevor du zerspringst!«

Mit gespreizten Schenkeln lag sie vor ihm, sodass er ihre Lust riechen musste, die bereits zwischen ihre Pobacken sickerte. Ihr Körper sehnte sich so sehr nach Erlösung, dass es beinahe schmerzte. Ragnar kam höher und senkte sein Haupt direkt auf ihre Spalte. Menja war auf diesen direkten Angriff nicht vorbereitet gewesen. Sie versuchte, seinen Kopf wegzudrücken, aber Ragnar bewegte sich nicht von der Stelle. Mit flinken Zungenschlägen glitt er über ihre Knospe und zog mit den Daumen ihre Falten noch weiter auseinander, bis ihr empfindlichster Punkt völlig entblößt war.

Da Ragnar zwischen ihren Beinen lag, konnte Menja ihre Schenkel nicht schließen. Ragnar war wie ein Fels: unnachgiebig und ausdauernd. Er leckte sie hart, bis sich ihr Unterleib zusammenzog. Menja war erstaunt, wie schnell sich ihr Körper unter der Ekstase ergab. Ihr Kitzler pochte gegen seine Zunge, ihr Herz raste, und als Ragnar einen Finger in sie schob, brach die Welle über ihr zusammen.

Selig lächelnd lag sie unter ihm und wollte Ragnar gerade für seine Großzügigkeit danken, als er ihre Brüste in die Hände nahm und die Knospen zwirbelte. »Das war erst das Vorspiel, meine Hübsche.«

Menja sah ihn erschrocken an, aber da presste er wieder den Mund auf ihren Kitzler. Der war nach dem Höhepunkt noch empfindlich und wund, und es schmerzte sogar leicht, als Ragnar ihn fest zwischen die Lippen nahm, aber bald verschwand das unangenehme Gefühl.

Ragnar massierte ihren Lustpunkt nun mit den Händen, während zwei Finger in sie hineinfuhren, um sie auszutasten. Er weitete ihren Eingang und dehnte ihn, sodass Menja schon bald ein neuer Schauder durchfuhr, so süß war der Lustschmerz, den dieser Barbar ihr bereitete. Seine rauen Kriegerhände rieben angenehm über ihr empfindliches Fleisch, das immer noch weit offen vor ihm lag.

Menja spähte zwischen ihre Beine. Ragnar betrachtete ihr hochrotes Geschlecht mit solch einem heißen Blick, dass sie ihren Barbaren jetzt gern geküsst hätte. Wie sehr sie sich danach sehnte, von ihm geliebt zu werden!

»Jetzt werde ich meiner unfolgsamen Sklavin zeigen, dass sie mich nie wieder unbefriedigt lassen darf.«

Menja hielt den Atem an. Sie sah, wie Ragnar mit der flachen Hand ausholte und auf ihre weit gespreizte Spalte schlug. Sie ließ einen Schrei los, als seine Finger auf ihre geschwollenen Schamlippen klatschten, aber mehr aus Angst vor dem Schmerz, der kommen würde. Ein Stich durchfuhr ihre Perle, der so bittersüß war, dass vor Menjas Augen Sternchen tanzten. Ragnars Schlag war nicht so fest gewesen, dass er ernsthaft wehgetan hatte, denn ihr Kitzler pochte daraufhin umso mehr und ihre Schamlippen schwollen weiter an. Abermals holte Ragnar aus, platzierte kleine, gekonnte Schläge auf ihr Geschlecht und trieb sie somit einem Höhepunkt entgegen, wie sie noch nie einen erlebt hatte. Ihre Beine zuckten unkontrolliert und wollten sich schließen, aber Ragnar drückte sie mit seinen Knien weit auseinander.

»Jetzt darfst du kommen, kleine Sklavin«, stieß er heiser hervor. »Komm gegen meine Hand, ich will es fühlen.«

Seine Worte gaben ihr den Rest. Alles in ihrem Unterleib verkrampfte sich rhythmisch. Ragnar schob schnell einen Finger in sie, um den sich ihre Scheide schloss und ihn in ihrem Griff hielt. Ragnar intensivierte seine Schläge noch, bis die angestaute Lust schreiend aus Menja herausbrach. Ihr Kitzler glühte und pulsierte gegen seine Finger, die noch immer auf den empfindlichen Knopf schnellten, bis Menjas Körper erschlaffte. Schwer atmend und verschwitzt schloss sie die Augen.

»Na, hast du schon genug?«, raunte er.

Ja, jetzt hatte sie genug. Da kam ihr in den Sinn, dass Ragnar noch keine Befriedigung gefunden hatte. Sein hartes Geschlecht drückte gegen ihr Bein. Menja öffnete erschrocken die Lider. Sie wusste nicht, ob sie noch mehr ertragen konnte.

Ragnar kroch über sie. Seinen schweren Körper stützte er rechts und links mit den Ellbogen ab, wobei er sie aus dunklen Augen lüstern ansah. »Menja …«

Sie konnte nur atemlos in sein wildes, wunderschönes Gesicht blicken. Ragnar atmete schnell, sie spürte, wie sich sein Bauch hektisch gegen sie drückte. *Er hat mich bei meinem Namen genannt,* dachte sie erfreut. Sein Penis lag auf ihrer geschwollenen und hochroten Vulva, die keine Reize mehr ertragen konnte, glaubte Menja. Sie fühlte sich wund und erschöpft, aber herrlich befriedigt. Als Ragnar seine weichen Lippen auf ihren Mund presste und mit seiner Zunge ungestüm in sie eindrang, begann die Welt um sie herum zu verschwimmen. Er küsste sie hart, aber mit einer Leidenschaft, die sie noch bei keinem anderen Mann erlebt hatte. Ein wenig bekam sie es mit der Angst zu tun, als er sich immer tiefer zwischen ihre Falten drückte, und als er schließlich in ihre übersprudelnde Nässe eintauchte, sog sie scharf die Luft ein. Dick und hart bohrte er sich in sie, dehnte ihr Inneres und füllte sie ganz aus. Wie erstarrt lag Menja unter ihm. Nun war es geschehen, er hatte ihr die Unversehrtheit genommen. Es hatte nicht wehgetan – es schmerzte lediglich die Erkenntnis, dass sie nun kein Mann mehr zur Frau nehmen würde.

Ragnar hatte ihre Reaktion anscheinend bemerkt, denn er bewegte sich nicht mehr. Mit weit geöffneten Augen starrte er Menja an. »Es ist dein erstes Mal?«, fragte er sanft.

Menja nickte.

Zärtlich umfasste Ragnar ihre Wangen, um ihr leichte Küsse auf den Mund zu hauchen. Er bewegte sich langsam und vorsichtig in ihr. Menja wurde von ihren Gefühlen überwältigt. Eine Träne löste sich aus ihrem Augenwinkel, weil dieser gefürchtete, harte Mann sie so sanft liebte und behandelte, als wäre sie ein zerbrechliches Gefäß. Ihre Hände fuhren in sein kurzes Haar, damit sie seinen Kopf noch mehr an sich ziehen konnte. Bei den Göttern, dieser Barbar hatte ihr soeben das Herz geraubt!

Ragnars Bewegungen wurden schneller, sein Atem wieder hektischer. »Menja, du bist so eng!« Er stöhnte in ihren Mund, bevor seine Zunge die ihre fand und sie flink umspielte.

Wieso kann es nicht immer so zwischen uns sein?, dachte Menja, als sie Ragnar ihre Hüften entgegendrückte. Sie musste sich an seinem Schaft und an dem Schamhaar reiben, denn sie wollte alles von ihm spüren. Menja legte ihre Arme um seinen breiten Rücken und bemerkte wieder die Narben. *Was ist dir nur zugestoßen, mein leidenschaftlicher Krieger?*

Plötzlich zog Ragnar sie nach oben und löste sich aus ihr. Im Nu lag sie auf dem Bauch. Ragnar verteilte zarte Bisse auf dem weichen Fleisch ihres Gesäßes, während er Menjas Spalte von hinten mit der Hand liebkoste. Sie drückte sich seinen Fingern entgegen, bis sie auf allen vieren kniete. Das nahm der Waldländer als Einladung, sich wieder in sie zu versenken. Es schmatzte und Saft lief aus ihr heraus, als sich seine massive Spitze den Weg bahnte.

Ragnar kam noch tiefer als zuvor. Er stöhnte ungehemmt und umfasste Menjas Brüste, die er kräftig massierte, während er ihren Rücken küsste. »Ich werde deinen Bauch mit meinem Samen füllen, bis er rund und dick ist, damit du nie wieder behaupten kannst, ich wüsste es nicht, eine Frau zu befriedigen!«, knurrte er und stieß zu.

»Ja, Herr!« Menja war überwältigt. Genau so hatte es sie sich immer zwischen ihnen vorgestellt. Menja wollte einen Mann, der stark war und sie beschützte, aber er sollte auch ihre Bedürfnisse stillen. Sie schloss die Augen und wünschte sich, dass er mehr für sie empfand als pure Lust.

»Ragnar ...«, entfuhr es ihr. Ein Höhepunkt kündigte sich an, der alle anderen in den Schatten stellte. Alles pochte und kribbelte in ihr und um ihre Perle, als sich die Spannung wie ein Blitz entlud. Menja ließ sich von dem Gefühl mitreißen wie ein Blatt im Wind. Ihr Höhepunkt war nicht so stark wie der vorherige, wo Ragnar sie mit sanften Schlägen hatte kommen lassen, aber dieser hier war lang und pulsierend. Es kam Menja vor, als wollte er nicht mehr enden. Wie ein Erdbeben zogen sich die Lustwellen durch ihren Körper, vom Unterleib bis in die Brustspitzen, und sie war nur noch fähig ihre Leidenschaft aus sich herauszuschreien.

Ragnar hielt ihre Hüften ganz fest, während er wie von

Sinnen in sie stieß. »Menja, kleine Menja ...« Er keuchte in ihr Ohr, saugte an ihrem Nacken und entlud sich schließlich dick und heiß in sie. Ein paar Mal pumpte er noch mit den Hüften, bis auch der letzte Tropfen aus seinem zuckenden Glied geflossen war, bevor er seinen Kopf zwischen ihren Schulterblättern abstützte.

»So, du undankbare, verwöhnte Sklavin. Habe ich deine Lust nun gestillt?«, sagte er außer Atem und warf sich neben sie. »Wurde ich deinen Ansprüchen gerecht?«

»Oh ja, Ragnar, du warst großartig!« Menja gähnte müde und kuschelte sich an seine Brust. Ihr Körper glühte und pulsierte immer noch. »Ich meinte, *Ihr* wart großartig, *Herr.*« Innerhalb weniger Augenblicke war sie eingeschlafen.

***

Am nächsten Tag stand Menja noch vor dem Fürsten auf. Sie wusste nicht genau, warum, aber sie wollte Ragnar eine Freude machen. Also heizte sie das Badehaus ein und trat dann in den kühlen Morgennebel hinaus. Das Dorf lag noch im Schlaf, nur ein Kätzchen streifte maunzend über den Hof, wahrscheinlich war es auf der Suche nach etwas Essbarem.

In der Nähe erspähte Menja einen gemauerten Brunnen. Eine Rinne aus einem halbierten Baumstamm führte direkt davon in das Badehaus. Sie brauchte also keine Eimer zu schleppen, sondern konnte das Wasser gleich aus dem Brunnen in die Röhre gießen. *Wie fortschrittlich diese Wilden sind,* überlegte sie, während sie Wasser schöpfte.

Sie bemerkte erst, dass jemand hinter sie getreten war, als ein herablassendes Schnauben an ihr Ohr drang. Sofort wirbelte Menja herum. Da stand die Frau, die Ragnar am Vorabend aus seinem Haus geworfen hatte. »Kayla! Hast du mich erschreckt!«

Die Schwarzhaarige lächelte überheblich. »Na, du bist ja

noch hier. Da bin ich aber mal gespannt, wie lange es dauert, bis er die Lust an dir verliert. Bis jetzt hat er noch keine Frau länger als zwei Monde unter seinem Dach behalten.« Kayla ging um Menja herum, als würde sie ausgestellte Waren begutachten. »Ach, ich vergaß, du bist ja nicht sein Liebchen, sondern nur seine Sklavin.«

Ihre Worte schmerzten Menja. Sie wollte sich nichts anmerken lassen, weshalb sie wieder Wasser schöpfte und in die Röhre goss.

»Aber du bist hübsch, er konnte dir sicher nicht widerstehen. Ragnar ist auch nur ein geiler Bock, der sich nimmt, was er braucht, bis er genug hat.«

Am liebsten hätte sich Menja die Ohren zugehalten. Erzählte Kayla die Wahrheit oder war sie nur eifersüchtig?

»Mal sehen, ob er dich auch noch begehrt, wenn ich dir ein neues Gesicht schnitze?« Kayla lachte böse. Menja hatte nicht gesehen, wo sie plötzlich das Messer herhatte. Sie musste es wohl in den Falten ihres Hosenrockes versteckt haben. Bedrohlich wedelte Kayla mit der Klinge vor Menjas Nase umher.

»*KAYLA!*« Plötzlich donnerte Ragnars gewaltige Stimme über den Hof. Beide Frauen zuckten zusammen und Kayla versteckte sofort das Messer hinter ihrem Rücken.

Ragnar kam aus dem Badehaus gelaufen, seine Augen zu Schlitzen verengt. Er trug nur seine Lederhose und das Schwert in einer Hand, weshalb er auf Menja den Eindruck eines klassischen Wilden machte. Aber Ragnar war nicht nur wild, nein, trotz seiner Wut sah er gerade unbeschreiblich anziehend aus. Seine Bauchmuskeln spannten sich an, als er vor ihnen stehen blieb.

»Mein Gebieter.« Kayla verneigte sich leicht, bevor Ragnar ihre Hand packte.

»Kayla! Wenn du meine Sklavin noch einmal bedrohst,

sorge ich dafür, dass du aus unserem Dorf verbannt wirst!«

Sämtliches Blut wich aus Kaylas Gesicht, als Ragnar ihr Handgelenk so fest umklammerte, dass sie unweigerlich das Messer fallen lassen musste. Leise, aber bedrohlich, fügte er hinzu: »Jetzt geh und lass dich nie wieder in der Nähe meines Hauses blicken.«

Sie nickte nur, bevor sie im Morgennebel verschwand. Ragnar ergriff nun Menja am Arm, um sie in das Badehaus zu ziehen.

***

»War Kayla deine ... Eure Sklavin?«, entwich es Menja kurze Zeit später, als sie Ragnar den Rücken wusch. Im Badehaus war es so angenehm warm wie gestern. Der Fürst saß nackt im Wasser, während Menja ebenso unbekleidet hinter dem Bottich stand.

Ragnar brummte: »Nein, Kayla ist nur eine Frau, die es versteht, einem Mann die Zeit zu vertreiben.« Er schien immer noch ungehalten zu sein.

»Wie viele Sklavinnen hattet Ihr schon, Herr?«

»Das geht dich nichts an. Und jetzt rede nicht so viel, sondern mach deine Arbeit.«

Menja bemerkte, dass sie heute nichts mehr aus ihm herausbekommen würde, weshalb sie sich in ihren Gedanken verlor. *Was wird er mit mir machen, wenn er meiner überdrüssig wird? Setzt er mich einfach aus? Bringt er mich zu meinem Vater zurück?*

Als ihr unbewusst ein Seufzer entfuhr, sagte Ragnar: »Du hast vor Kayla nichts zu befürchten. Sie wird es nicht wagen, noch einmal hier aufzutauchen. Aber von nun an verlässt du ohne meine Erlaubnis nicht mehr das Haus.« Dann griff er nach ihrem Arm und zog sie zu sich in den Zuber.

***

Seit drei Monden hatte Menja es nun schon geschafft, als Ragnars Sklavin an seiner Seite zu leben. Er hatte sie bis jetzt stets gut behandelt, sie jedoch kaum vor die Tür gelassen. Anscheinend befürchtete er, sie könnte sich aus dem Staub machen. Wenn sie unter sich waren, war Ragnar liebevoll und nachsichtig, sobald aber ein anderer Waldländer in der Nähe war, verwandelte er sich in den kalten Barbaren.

Am heutigen Tag fand ein großes Fest in Ragnars Langhaus statt. Der Fürst hatte Menja nicht erklären wollen, was es damit auf sich hatte. Warum auch – sie war ja nur seine Sklavin und fragte sowieso schon zu viel. Auffällig war, dass nur Männer an dem Gelage teilnahmen, allesamt Krieger, wie Menja an den gefährlichen Waffen erkennen konnte. Sie saßen an den Tischen oder lagen um die Feuerstelle und ließen sich von Menja bedienen. Es stank ihr gewaltig, dass sie ständig Met nachschenken oder den Männern dicke Fleischstücke reichen musste. Die Krieger prosteten Ragnar öfter zu, dankten ihm und lobten seinen Mut.

Pah, was hat er denn so Großartiges getan, dieser kaltherzige Mann?, ärgerte sie sich. Bis vor Kurzem hatte sie geglaubt, sein wahres Ich durch die eiserne Hülle gesehen zu haben, aber heute schien es ihm regelrecht unangenehm zu sein, dass sie in seiner Nähe war. Ja, er hatte ihr sogar befohlen, sich möglichst in den hinteren Teil des Hauses zurückzuziehen, wenn sie gerade nicht gebraucht wurde.

»Auf Ragnar!«, rief da wieder ein Krieger und alle grölten.

Die Wut kochte in Menja hoch. Und wer dankte *ihr*? *Sie* war es doch gewesen, die das Haus auf Hochglanz gebracht, die Tische gedeckt und das Essen bereitet hatte. Und Ragnar würdigte sie keines Blickes. Das übernahmen allerdings seine Mannen für ihn, die ihr zwar anzügliche Blicke zuwarfen, es aber nicht wagten, sie anzufassen.

Am heutigen Tag behandelte Ragnar sie als das, was sie war: eine Dienerin ... seine Sklavin.

»Fülle mein Horn, ich brauche mehr Met!«, donnerte Ragnar plötzlich in ihre Richtung. Menja bebte. Während sie mit dem Krug auf ihn zuschritt, zitterten ihre Hände so sehr, dass etwas vom Inhalt über den Rand schwappte.

Ragnar hielt ihr sein Horn hin, und ohne ihr in die Augen zu sehen, sagte er in einem belustigten Ton: »Geh die Felle wärmen. Du wirst hier nicht mehr gebraucht.«

Die Männer lachten laut. Sie fanden es offensichtlich toll, wie ihr Fürst mit seiner Sklavin umsprang.

Menja sah jedoch nur noch rot. Ohne darüber nachzudenken, kippte sie Ragnar den Honigwein über den Kopf.

Augenblicklich verstummte das Gelächter. Kein Laut war mehr zu hören, nur noch das Tropfen des Getränks, das über Ragnars Gesicht und seinen Körper auf den Boden lief.

Hätten Blicke töten können, wäre Menja mit Sicherheit auf der Stelle tot umgefallen. Langsam und deutlich um Beherrschung ringend, erhob sich Ragnar von seinem Platz. Seine dunklen Augenbrauen waren tief nach unten gezogen, seine Lider zu Schlitzen verengt und seine Nasenflügel blähten sich. Als Menja sah, wie er seine großen Hände zu Fäusten ballte und den Kiefer fest aufeinanderpresste, wusste sie, dass sie zu weit gegangen war. Ragnar würde sie umbringen!

Menja wich vor ihm zurück, wobei sie vor Schreck den Krug fallen ließ, der mit einem lauten Knall in mehrere Teile zerbrach. Ihr Herz stand kurz vor dem Zerspringen, so rasend schnell klopfte es gegen ihre Brust. Zuerst stand sie wie gelähmt im Raum, aber als Ragnar auf sie zuschritt, nahm sie ihre Beine in die Hand. Mit einem Aufschrei stürzte sie aus dem Haus in die mondhelle Nacht, wobei sie hörte, dass Ragnar ihr dicht auf den Fersen war. Und noch während sie sich umdrehte, um zu sehen, wie groß ihr Vorsprung war, hatte er sie auch schon am Arm gepackt.

»Lass mich, du Barbar!«, rief sie und trat gegen sein Bein, aber Ragnar zuckte nicht einmal mit der Wimper. Gnadenlos schleifte er sie über den staubigen Boden auf ein Gebäude zu, von dem Menja wusste, dass es die Pferde der Krieger beherbergte.

Ragnar schubste sie in den düsteren Stall und schloss die Tür hinter ihnen. Menja blickte sich panisch um, suchte im Halbdunkel nach einem Gegenstand, den sie gegen ihn einsetzen konnte, aber da war er schon wieder bei ihr.

»Du wagst es, mich vor all meinen Männern bloßzustellen!«, donnerte er so laut, dass die Pferde unruhig wurden. Mit einem Ruck riss er sich das besudelte Hemd vom Leib und stand nun mit entblößtem Oberkörper vor ihr. Der Mond, dessen bleicher Schein durch ein Giebelfenster fiel, erhellte Ragnars starken Körper und ließ ihn im kalten Licht noch bedrohlicher aussehen.

Menja kauerte sich auf einem Strohhaufen zusammen, ihre Arme schützend über dem Kopf verschränkt. *Er wird mich töten!*, dachte sie zitternd. Noch nie war sie so voller Angst gewesen. Was war nur in sie gefahren? Sie hätte ihn niemals dermaßen provozieren dürfen!

Sie zuckte zusammen, als sie es neben sich rascheln hörte. Ragnar hatte eine Decke auf das pieksende Stroh geschmissen, auf die er Menja jetzt warf. Wieder einmal wurde ihr seine Stärke bewusst. Noch bevor sie sich wegrollen konnte, hatte sich Ragnar schon auf sie gelegt. Er hielt ihre zierlichen Handgelenke über dem Kopf zusammen, während ihr sein mächtiger Brustkorb die Luft raubte.

»Bitte, Herr ...«, sagte sie leise. »Bitte tut mir kein Leid an, ich weiß nicht, was in mich gefahren ist.« Mit geschlossenen Augen lauschte sie seinem hektischen Atem dicht an ihrem Ohr. Ragnar roch nach Honigwein und seinen eigenen Ausdünstungen – seine heiße Gestalt schien sie durch den Stoff ihres Kleides zu verbrennen. Menja spürte, wie sich ihr verräterischer Körper nach ihm sehnte. Ihre Brustspitzen richteten sich auf, und obwohl ihr das Blut in den Ohren rauschte, machte sich ein sanftes Pochen zwischen ihren Schenkeln bemerkbar.

»Es gibt nur eine Frau, die es je wagen darf, mich vor meinen Männern derart zu behandeln«, knurrte er in ihr Ohr.

Menjas Stimme zitterte. Sie traute sich nicht, den Krieger anzusehen. »Welche Frau meint Ihr?«

»Meine Ehefrau.«

Als er seinen Mund hart auf den ihren presste, setzte Menjas Herz einen Schlag aus, nur um danach noch kraftvoller zu arbeiten. Ragnar küsste sie stürmisch und mit solcher Leidenschaft, dass Menja nun vollkommen verwirrt war. Sie spürte, wie er die Verschnürung an seiner Hose öffnete, bevor er einfach ihren Rock nach oben schob und ohne weiteres Vorspiel in sie eindrang.

Menja schrie auf. Ragnar dehnte gnadenlos ihren Eingang, der längst feucht war. Er presste ihre Arme in das Heu, während er sie mit seinen schwarzen Augen anstarrte und mit den Hüften pumpte. *Was bist du nur für ein seltsamer Mann?*, dachte Menja, als er sie mit schnellen Stößen dem Höhepunkt entgegentrieb. Seine Hoden klatschten mit jedem Hieb gegen ihre Pobacken, so tief rammte er in sie. Er wollte ihr wohl zeigen, wer hier das Sagen hatte, aber so etwas war keine Strafe für Menja – im Gegenteil! Sie genoss es, wenn Ragnar sie schnell und hart in Besitz nahm. Genau das hatte sie bei Bove immer vermisst. Der hatte sich stets von ihrer zierlichen Gestalt einschüchtern lassen und sie sanft behandelt, nicht aber Ragnar. Ihn kümmerte das nicht.

»Ich werde dir zeigen, wo dein Platz ist, Weib«, knurrte er und küsste sie wieder stürmisch. Er umfasste ihr Gesäß, um noch tiefer zu kommen. Ragnar dehnte sie bis zum Äußersten, Menja glaubte nicht, noch mehr vertragen zu können.

»Ragnar ...«, entfuhr es ihr stöhnend. Er trieb sie so schnell einem Höhepunkt entgegen, dass sie nur noch Sternchen vor Augen sah. »Ragnaaaar ...« Wie gern wollte sie ihn berühren, aber er hielt immer noch ihre Arme gefangen.

Abermals drang seine Zunge unbeherrscht in ihren Mund, gerade, als ihr Schoß explodierte. Sie stöhnte hilflos an seine Lippen, während er in sie pumpte und sie mit seiner Lust füllte. »Damit du's weißt, kleine Menja. Niemand macht mich lächerlich und kommt ungestraft davon!«

Nachdem er reglos, aber schwer atmend, auf ihr liegenblieb, wobei er ihre Handgelenke freigab, wagte es Menja, über sein Haar zu streicheln. Doch sofort richtete er sich auf und drehte ihr den Rücken zu, während er langsam zur Tür schritt. »Du wirst nicht zur Gesellschaft zurückkehren«, meinte er leise, und Menja wusste warum. Alle sollten denken, er hätte sie tatsächlich bestraft.

Sie erhob sich und strich ihr Kleid glatt. »Wieso behandelst du mich vor anderen so herablassend?«

Ragnar legte die Hand an den Griff der Tür, und Menja glaubte schon, er würde gehen, ohne ihr eine Antwort zu geben, als er sagte: »Ich muss vor den Kriegern mein Gesicht wahren. Ich bin ihr Anführer, verdammt. Ich darf keine Schwäche zeigen.«

»Ist es denn Schwäche, wenn man einer Frau zeigt, dass man sie begehrt?«, fragte sie leise, wobei sie einen Schritt auf ihn zumachte. Als Ragnar ihr darauf keine Antwort gab, meinte sie: »Jeder darf einmal schwach sein, auch ein Herrscher.«

»Nein«, flüsterte er beinahe, aber sie verstand jedes Wort, »meine Schwäche hat mir einmal fast das Leben gekostet.«

Ihr Herz setzte einen Takt aus. »Hat es etwas mit den Narben auf deinem Rücken zu tun?«

Er nickte und verließ ohne weitere Worte den Stall.

Menja blieb allein in dem Gebäude zurück und fragte sich, was da gerade zwischen ihnen abgelaufen war. Konnte es sein, dass Ragnar romantische Gefühle für sie entwickelt hatte? So ein Wilder wie er? Ihr Herz pochte ungestüm. Anstatt sie zu schlagen, hatte er sich eine lustvolle Strafe für sie ausgedacht. Ihr Unterleib pulsierte immer noch. Zu gern hätte sie sich jetzt an ihren gefürchteten Krieger gekuschelt.

Gerade, als sie die Scheune verlassen wollte, um sich ins Haus zu schleichen, raschelte es hinter ihr im Stroh. *Ratten!*, dachte Menja und suchte nach der Mistgabel, aber es war ein kleiner schwarzhaariger Junge, der aus dem Haufen kroch.

»Was suchst du hier?« Hatte das Kind soeben mitbekommen, was sich zwischen ihr und Ragnar abgespielt hatte? Bei den Göttern! Wenigstens hatte es nichts erkennen können, denn Ragnar und sie hatten ihre Kleidung getragen. »Solltest du um diese Zeit nicht längst schlafen?«, fragte Menja ihn. Sie war froh, endlich mal jemand anderes zu Gesicht zu bekommen. Liebevoll zupfte sie ihm die Halme von der Kleidung. »Wie heißt du?«

»Ilimo«, sagte der Kleine keck.

»Und, Ilimo, willst du mir nun erzählen, warum du dich hier verkrochen hast?«

Der Junge kletterte auf ihren Schoß, als wäre es ganz selbstverständlich. »Ich wollte den Männern beim Feiern zusehen.

Ich habe durchs Fenster geguckt, doch als ich unseren Fürsten sah, wie er auf die Tür zuschritt, habe ich mich schnell hier versteckt. Ich dachte, er hätte mich gesehen.«

»Du hast wohl Angst vor ihm?«

Der Kleine blickte sie aus großen Augen an. »Nein, ich verehre ihn.«

Menja glaubte, sich verhört zu haben. Noch jemand von der männlichen Spezies, der Ragnar anbetete? »Du verehrst ihn? Warum? Was hat er getan, um deine Ehre zu verdienen?«

»Das weißt du nicht? Du durftest doch bei der Feier dabei sein!« Ungläubig schüttelte er den Kopf. »Fürst Ragnar hat uns alle durch seine selbstlose Tat gerettet.«

Menja wurde hellhörig. »Was hat er getan?« Hatte Ragnar ihr etwas Bedeutsames verschwiegen?

»Es war genau am heutigen Tag, vor sieben Sonnenkreisen«, erzählte Ilimo. Die Tartaten waren bei jedem Vollmond ins Dorf gekommen, um sich junge Männer zu holen, die in ihren Goldminen bis zum Tod schuften mussten. Ragnar bot sich ihnen freiwillig an, wenn sie die anderen seines Volkes verschonten. So ging er mit ihnen, wobei er versklavt und misshandelt wurde. Viele Monde blieb er weg, schaffte es jedoch, aus der Gefangenschaft zu entkommen. Als er nach Waldland zurückkehrte, schwer verwundet und kaum noch am Leben, stellte er nach seiner Genesung eine mächtige Armee auf. Jetzt, wo er wusste, wo die Tartaten lebten, konnte er sie vernichten. »Er hat sie alle geschlagen«, schloss Ilimo in einem ehrfürchtigen Tonfall.

»Die Tartaten?« Menja war schockiert. Es hatte diese grausamen Wesen, halb Mensch, halb Wolf, also wirklich gegeben? Ihre Großmutter hatte ihr davon erzählt, doch bis nach Grasland waren diese Geschöpfe niemals vorgedrungen.

»Ja, Ragnar hat sie alle getötet. Seitdem hat er den Ruf, unsterblich zu sein. Er ist mein Held. Wenn ich groß bin, möchte ich so werden wie er.« Die Augen des Jungen strahlten.

Mit einem Mal erkannte Menja, dass sie bis jetzt ein völlig falsches Bild von Ragnar gehabt hatte. Er hatte sich geopfert, um mit den Monstern zu gehen. Was für ein kluger, wenn auch lebensmüder Zug! Ragnar war keinesfalls dumm. Er war schlau, listig, stark und unwahrscheinlich mutig. Menjas Herz raste. *Ragnar ... Oh, Ragnar ...*

»Wenn ich groß bin«, unterbrach Ilimo ihre Gedanken und hüpfte von ihrem Schoß, »möchte ich auch so eine hübsche Braut wie dich.«

»Ich bin nicht Ragnars Braut«, sagte Menja leise, denn in diesem Augenblick wünschte sie sich nichts mehr, als genau das zu sein. »Sag, Ilimo, wie viele Sklavinnen hatte Ragnar schon vor mir?«

Der Junge grinste sie frech an. »Er hatte noch nie eine Sklavin. Denkst du denn, du bist eine?«

***

Durch das Badehaus hatte sie sich in das Langhaus geschlichen und war unter die Felle gekrochen. Die Gesellschaft löste sich gerade auf, und Menja wartete ungeduldig auf ihren Herrn. Sie musste endlich wissen, was er wirklich für sie empfand.

Als sie hörte, wie sich auch der letzte Krieger lautstark verabschiedet hatte, kam Ragnar. Er legte wie immer sein Schwert in Reichweite ab und zog sich anschließend die Hose aus, wobei er leicht schwankte. Anscheinend roch er nicht nur so stark nach Met, weil sie es ihm über den Kopf geschüttet hatte.

Beim Anblick seines Körpers wäre Menja beinahe ein Seufzen entkommen, doch sie harrte aus, bis sich der Fürst zugedeckt hatte. Dieses Mal zog er sie nicht an sich, wie er es jede Nacht machte. Menja wollte es gerade schwer ums Herz werden, als sie seine Hand fühlte, die unter den Decken nach ihrer tastete. Nachdem er sie gefunden hatte, hörte Menja schon kurze Zeit später Ragnars tiefe Atemzüge. Wie sollte sie aus diesem Mann irgendwas herausbekommen? Zudem roch er fürchterlich – keinen Augenblick länger konnte sie seine Ausdünstungen ertragen. Da kam ihr eine Idee!

Vorsichtig zog sie ihre Hand aus seinem Griff und schlich zur Feuerstelle, in der noch eine schwache Flamme züngelte. Sie erwärmte etwas Wasser und füllte es in eine Schüssel. Nachdem sie noch einen frischen Lappen aus dem Badehaus geholt hatte, tapste sie wieder zu Ragnar. Anscheinend schlief er fest, denn er zuckte nicht einmal, als sie ihm die Decke bis über den Bauchnabel nach unten zog. Menja kniete sich neben ihn, wrang das Tuch in der Schüssel aus und begann, damit behutsam über sein Gesicht zu fahren. Sie wusch seine Stirn und die dunklen Brauen, strich über die Wangenknochen und seinen Mund, der leicht offen stand.

Ragnar zeigte keine Regung, aber als sie sein kurzes Haar abwusch, zuckte Menja zurück, denn der Fürst murmelte mit geschlossenen Augen: »Was soll das werden, kleine Sklavin. Plagt dich dein Gewissen?«

Unwillkürlich musste sie lächeln. Ihr starker Krieger besaß selbst im angetrunkenen Zustand noch all seine Sinne. »Ich wollte meinen Zornausbruch von vorhin ein klein wenig gutmachen, Herr«, säuselte sie mit ihrer unterwürfigsten Stimme.

Ragnar sagte nichts weiter, aber Menja glaubte, ein Schmunzeln über sein Gesicht huschen zu sehen, als er beide Arme über dem Kopf anwinkelte und sich wehrlos in ihre Obhut begab.

Menja tauchte den Lappen wieder in das warme Wasser, um

damit an seinem bartschattigen Hals bis zu den Brustwarzen hinabzufahren. Ragnar brummte wohlig, als sie die dunklen Nippel so lange umkreiste, bis sie sich zusammenzogen. Nachdem sie auch die Arme und seinen Bauch vom klebrigen Honigwein befreit hatte, drehte sich Ragnar um. Dabei rutschte die Decke über seine Hüften.

Menja konnte nicht widerstehen. Sie musste ihre Hände einfach auf dieses feste und runde Gesäß legen. Dort streichelte sie Ragnar, während sie seinen Rücken wusch. Als sie über die Narben fuhr, dachte sie an die Geschichte, die Ilimo ihr erzählt hatte.

»Warum habt Ihr mir nicht gesagt, dass Ihr die Tartaten vernichtet habt?«, fragte sie leise.

Menja bemerkte, wie sich seine Muskeln anspannten. »Wer hat dir das gesagt?«

»Der kleine Ilimo. Er vergöttert Euch regelrecht, wisst Ihr.«

Ragnar antwortete ihr jedoch nicht. Menja glaubte zu wissen, warum: *Er gibt nicht mit seinen Heldentaten an.* Sie seufzte. Es war so verdammt schwer, aus diesem Mann irgendetwas herauszubekommen, aber sie musste endlich erfahren, woran sie bei ihm war!

»Warum lasst Ihr mich so selten vor die Tür?«

»Ich habe Angst, dass ...« Ragnar knurrte und drehte sich wieder herum. »Jetzt lass uns schlafen, Weib!«

Menja spürte ein Ziehen hinter dem Brustbein. Machte er sich etwa Sorgen um ihr Leben? Befürchtete er, Kayla oder ein anderer Waldländer könnten ihr ein Leid antun? Oder hatte er sogar Angst, dass sie ihm davonlief? »Ich bin noch nicht ganz fertig«, sagte sie, während sie die Decke weiter nach unten zog. »Euer kleiner Krieger braucht auch seine Pflege.«

Schlagartig öffneten sich Ragnars Lider und Menjas Herz

klopfte wild. Er ließ sie nicht aus den Augen, als sie seine Schenkel ein wenig auseinanderzog, damit sie seine schweren Hoden waschen konnte. Der Duft, den sein Geschlecht verströmte, war einmalig. Am liebsten hätte sie es jetzt in den Mund genommen, aber dann hätte sie Ragnar nicht weiter ausfragen können. Sie nahm den schlaffen Penis in die Hand und zog die Vorhaut ein Stück zurück. Dann fuhr sie mit dem Tuch über die freigelegte Eichel.

Ragnars Lider flatterten erst, bevor sie sich schlossen. Der Alkohol entfaltete mehr und mehr seine Wirkung. Er machte den Krieger schlaftrunken und berauscht. Immer noch lag er so wehrlos vor ihr, was Menja unwahrscheinlich anmachte. In ihrem Schoß kribbelte es.

Sie legte den Lappen beiseite, hörte aber nicht auf, an seinem Schaft zu spielen. Der Honigwein und Ragnars Müdigkeit sorgten dafür, dass er nicht ganz hart wurde, aber als er eine beachtliche Länge erreicht hatte, setzte sich Menja auf seinen Schoß. Sie drückte sich das Glied in ihre feuchte Höhle, wobei Ragnar leise stöhnte.

»Schlaft Ihr, mein Fürst?«, fragte sie leise.

Er brummte nur. Er hatte sie also gehört. Behutsam ließ Menja ihr Becken kreisen und legte sich auf Ragnars breite Brust. Dort knabberte sie zärtlich an seinen Brustwarzen. Sofort spürte sie, wie das Glied in ihr zuckte und härter wurde.

Es gefiel Menja, diesen starken Krieger einmal zu dominieren. Seine Wehrlosigkeit erregte sie nur noch mehr.

»Menja, wieso tust du das?«, klang es matt zu ihr herauf. Sie konnte fühlen, wie sehr Ragnar es genoss, geritten zu werden. Seine Männlichkeit pumpte sich immer weiter auf, sein Körper zitterte.

»Das gehört alles noch zu meiner Entschuldigung, mein

Fürst«, sagte sie. *Und zu meinem Plan ... du wirst mir schon noch sagen, was ich wissen möchte.*

Sie beschleunigte ihren Ritt. Sein Phallus war mittlerweile steinhart, sodass Menja ihn bis zu seiner Spitze entlassen konnte, um sich dann noch tiefer auf ihn zu senken.

»Menja, küss mich.« Ragnar stöhnte lustvoll.

»Ist das ein Befehl oder eine Bitte?«, fragte sie außer Atem, wobei sie seine kräftigen Oberarme in die Felle drückte. Halbherzig spannten sich Ragnars Muskeln an. Er war sicher nicht zu schwach, um sich zu wehren – nein, er genoss es ebenso sehr wie sie.

»Bitte ...«, entfuhr es ihm, worauf Menja ihn stürmisch küsste. Ihre Zunge teilte seine Lippen und glitt in die warme Höhle, wo sie schon begierig empfangen wurde. Er drängte sie zurück in ihren eigenen Mund und stieß immer wieder zu, wodurch er den Geschlechtsakt imitierte. Das heizte Menja nur noch mehr an. Mit kreisenden Hüften rieb sie ihre Perle an seinem Schamhaar, bis sie die Spannung nicht mehr aushielt.

»Ragnar, stoß mich!« Sie biss sich auf die Lippe, weil ihr der Wunsch unabsichtlich entwichen war, aber ihr starker Krieger erfüllte ihn. Er trieb seinen Schaft in sie, wobei er in seinem Rausch mehrmals ihren Namen rief, bis er sich in Menja ergoss. Zur selben Zeit kam auch sie. Dabei krallten sich ihre Finger in sein Haar und mit den Beinen klammerte sie sich fest an Ragnars Hüften, so, als wollte sie nie mehr von ihm getrennt sein.

Als es vorbei war, blieb sie auf seiner Brust liegen, um den Schlägen seines Herzens zu lauschen. Sie wagte es, ihm die Frage zu stellen, die sie schon so lange beschäftigte: »Ragnar, liebst du mich?«

Er murmelte etwas Unverständliches und schwieg eine lange

Zeit, bevor er die Finger in ihrem Haar vergrub und plötzlich anfing: »Ich hatte mich schon in dich verliebt, als ich dich das erste Mal neben deinem Vater stehen sah. Du warst so wunderschön, so mutig ... Ich wollte dich besitzen, bei den Göttern. Das war mein größter Wunsch.« Der Alkohol musste seine Zunge gelockert haben. Freudestrahlend lauschte Menja seinem Geständnis: »Doch du solltest mich nicht verachten. Davor habe ich mich am meisten gefürchtet. Aber ich weiß nicht, wie ich meine Gefühle ausdrücken soll. Auch ein Kriegerherz sehnt sich nach Liebe, weißt du?«, lallte Ragnar und zog sie fest in seine Arme. »Auch wenn du nicht dasselbe für mich empfindest, aber ich liebe dich.«

Menja konnte ihr Glück kaum begreifen. Sollte es wirklich wahr sein? »Warum liebst du mich?«, flüsterte sie. Es klopfte laut in ihren Ohren, ihr Körper zitterte. Menja sah ihre Chance gekommen, endlich alles von diesem Mann zu erfahren, der eine Schale so hart wie geschmiedetes Eisen besaß, aber im Inneren so weich wie ein Schwamm und dennoch so mutig wie eine Bergkatze war.

»Ich liebe dich, weil du mir als erste Frau die Stirn bietest«, murmelte er. »Du hast keine Angst vor mir, bist immer ehrlich und schmierst mir keinen Honig um den Mund.«

»Nur Honigwein!«, lachte sie.

»Können wir jetzt endlich schlafen, du neugieriges Weib?«, flüsterte er, dann hörte sie nur noch sein leises Schnarchen.

Menja sah ihn lange an, bevor sie seine Lippen sanft küsste. »Und wie ich dich liebe, Ragnar aus dem Waldland. Du weißt gar nicht, wie glücklich du mich gerade gemacht hast.« Vielleicht würde er sich morgen nicht mehr an sein Geständnis erinnern, aber das machte nichts. Menja hatte alles gehört, was sie wissen wollte. Mit einem Lächeln auf den Lippen und eng an ihren großen, starken Krieger gekuschelt, schlief auch sie ein.

***

»Er ist ein guter Mann, Vater. Der beste, den ich mir vorstellen kann.«

Tamto starrte Ragnar mit offenem Mund an. Er konnte wohl nicht glauben, was seine Tochter über diesen Wilden erzählte, der zudem noch ihr Ehemann war.

Der Fürst tat so, als hätte er Menjas Liebesgeständnis nicht gehört, denn es war ihm offensichtlich peinlich. Immerhin galt er als der Schrecken des Nordens. Angestrengt starrte er aus dem Fenster von Tamtos Haus, die Arme hinter dem Rücken verschränkt.

Ihr Vater war immer noch sprachlos, also ergriff Menja das Wort. »Wir sind gekommen, um dir einen Vorschlag zu machen.«

Tamto wurde hellhörig, auch Ragnar trat nun an sie heran. »So? Davon weiß ich ja nichts.«

Menja blickte Ragnar unschuldig an. »Unsere Stämme sollten Frieden schließen und sich vereinen. Wir hätten alle etwas davon.«

»Du hast mich überlistet, Weib! Du wolltest nur deinen Vater wiedersehen, von einer Abmachung war niemals die Rede!«, zischte er und packte sie am Arm.

Tamto wich erschrocken vor dem Hünen zurück, aber Menja ließ sich von Ragnar nicht einschüchtern. Nicht mehr.

»Überlege doch, Liebster«, umgarnte sie ihn, »unsere beiden Völker würden von einem Zusammenschluss profitieren. Die Grasländer sind Bauern und liefern Getreide und Gemüse, während die Waldländer Fleisch und Felle besitzen. Wir könnten Handel miteinander führen.«

Menja sprach so, als würde sie immer noch zu den Grasländern gehören. Sie erkannte, dass dies Ragnar überhaupt nicht gefiel. »Ich bekomme auch so von ihnen, was ich will«, knurrte er.

Menja trat dich an ihn heran, damit ihr Vater nicht hören konnte, was sie Ragnar sagte: »So wie mich?« Sie blickte ihm tief in die Augen, doch Ragnar wich ihr aus. »Ein Pakt würde deine Achtung als Herrscher nur bestärken. Bedenke doch, wenn die Grasländer deine Verbündeten wären, würden sie dich nicht mehr hassen. Dann würden auch sie erkennen, was ...«

Ragnar brachte sie mit einer Geste zum Schweigen. Er schien zu überlegen. Immerhin wollte Menja, dass es so aussah, als hätte er diesen Einfall gehabt. Sie musste es nur geschickt angehen. »Du hattest doch bestimmt schon einmal ähnliche Gedanken.«

»Jetzt, wo du es sagst ...«, murmelte er und grinste sie an. Dann zog er sie in seine Arme und flüsterte ihr ins Ohr: »Das wirst du mir noch büßen, Weib!«

»Oh ja, tu mit mir, was du willst. Aber erst schließen wir Frieden.«

»Langsam frage ich mich, wer mein Volk anführt«, knurrte Ragnar, bevor er sie verlangend küsste.

Tamto hinter ihn hustete verlegen, worauf Menja an Ragnars Lippen hauchte: »Du solltest meinen Vater nicht mehr länger warten lassen.«

»Eigensinniges Weib«, schimpfte Ragnar halbherzig, »warte nur, bis wir zuhause sind ...«

Mission: Love

Commander Stephen Dancer und sein Copilot waren in einem Shuttle zu dem kleinen Mond Algrion unterwegs. Sie hatten Waffen und Nahrungsmittel geladen, um die dort stationierten Soldaten mit Nachschub zu versorgen. Der Außenstützpunkt am Rande der Sculptor-Galaxie diente dazu, eventuelle Eindringlinge abzupassen, die in feindlicher Absicht unterwegs waren. Seit vielen Jahrzehnten herrschte Krieg, und ein Ende schien nicht in Sicht.

Zwei Wochen lang düste das Versorgungsschiff nun schon mit Lichtgeschwindigkeit durchs All. Der Commander verfluchte sich im Stillen, da die Kapsel, die im Raumschiff an der Wasserversorgung hing, leer war. Sie enthielt Hormone, die die Lust unterdrückten, denn Sex war schon seit knapp hundert Jahren verboten. Diese extreme Maßnahme wurde ergriffen, weil eine unheilbare Geschlechtskrankheit beinahe die gesamte Menschheit ausgerottet hatte.

Sonst standen immer genügend Ersatzkapseln zur Verfügung, was oberste Priorität in jeder Einrichtung des Empires hatte, allerdings befanden sich jetzt keine an Bord. Auch in der neuen Lieferung konnte Stephen keine finden, obwohl sie auf dem Lieferschein aufgeführt waren. Er hoffte, dass es sich nur um einen Softwarefehler handelte und die Kapseln noch auftauchten. Auf dem Außenposten würde Sodom und

Gomorrha herrschen, wenn die Soldaten ihren Trieben freien Lauf ließen. Und auch an Bord seines Schiffes bräche das Chaos aus, deshalb durfte sein Lieutenant niemals davon erfahren. Zum Glück waren sie diesmal die einzigen Personen im Shuttle.

Stephen schielte zu Lieutenant Brenda Swan, die sich lässig in ihrem Stuhl räkelte. Sie spielte mit einer ihrer langen schwarzen Locken, während sie die Steuerkonsole bediente. Brenda Swan trug die gewöhnliche Uniform eines Empire-Offiziers: einen eng anliegenden, schwarzen Catsuit mit dem silbernen Emblem des Empires. Dennoch schien es Stephen, dass heute irgendetwas anders an seiner Copilotin war als sonst. Er musterte sie eingehend, doch er kam nicht darauf. Ihr Anblick verwirrte ihn auf jeden Fall. Deshalb beschloss er kurzerhand, sie für heute freizustellen. Das Schiff flog durch ungefährliches Terrain, und es gab momentan keine besonderen Vorkommnisse, die Grund zur Sorge gaben.

Brenda schaltete auf Autopilot und Stephen wünschte ihr angenehme Träume.

»Die werde ich haben«, grinste sie frech und verließ die Kommando-Brücke.

Stephen konnte ihr nur perplex hinterhersehen. Er kannte Brenda erst seit Reisebeginn, dennoch konnte er sagen, dass sich diese Frau definitiv nicht normal verhielt. Sie lachte ihm zu oft, wackelte viel mit den Hüften und sie berührte ihn hin und wieder, wenn auch nur zufällig. Das allerdings, war ein Regelverstoß ersten Grades. Warum er Brenda deswegen noch nicht angezeigt hatte, war ihm selbst ein Rätsel. Es musste an den fehlenden Hormonen liegen …

Stephen lehnte sich in seinem Sessel zurück und starrte durch die riesige Panoramascheibe. Außer wabernden Lichtblitzen gab es gerade nicht viel zu sehen, da sich das Schiff immer noch im Hyperraum befand. Dafür sah er Brendas kurvigen Körper vor seinem geistigen Auge. Die weibliche Anatomie erschien ihm plötzlich sehr interessant. Wie sie wohl unter ihrer Kleidung aussah, fragte er sich.

Selbst erstaunt über seine frivolen Gedanken, schüttelte er den Kopf. Verdrängte Erinnerungen schossen durch sein Gehirn. Stephen wusste, dass die Neugeborenen in den ersten Lebensmonaten in eine abgeriegelte Einrichtung kamen, wo sie Liebe und körperliche Wärme erfuhren, da sie sonst nicht überlebten. Erst später bekamen sie den Hormoncocktail, der zwar ihr Wachstum nicht behinderte, aber viele Empfindungen unterdrückte.

Es kam Stephen vor, als könnte er sich an den vertrauten Geruch seiner Amme, ihre liebliche Stimme und das wunderbare Gefühl der Geborgenheit erinnern.

Seufzend erhob er sich aus seinem Sitz. Auch wenn er Brenda gerade erst abkommandiert hatte, vermisste er sie plötzlich. Wie es sich wohl anfühlen würde, in ihren Armen zu liegen und ihren Duft einzuatmen?

»Verdammt, Junge, reiß dich zusammen«, ermahnte er sich selbst. Heute Morgen war er zum ersten Mal in seinem Leben mit einer Erektion aufgewacht. Sein Geschlecht hatte seltsam gespannt, aber angenehm pulsiert. Schweißgebadet und mit rasendem Herzen war er liegengeblieben, bis sein Penis wieder zusammengefallen war. Er hatte es nicht gewagt, ihn anzusehen, geschweige denn, ihn zu berühren. Das war verboten und nicht normal. Stephen hatte sich wie ein Verbrecher gefühlt.

Es wurde Zeit, dass er endlich die Hormon-Kapseln fand oder er würde noch durchdrehen.

Als er sich zu den Frachträumen aufmachte, schlug er unbewusst den Umweg über das Achterdeck ein. Dort befanden sich die privaten Kabinen. Brenda lag jetzt bestimmt in ihrer Koje und schlief friedlich.

»Ich muss einfach herausfinden, was mich an ihr so fasziniert«, murmelte Stephen und betrat kurzerhand ihre Kabine. Als Commander besaß er die Zugangsberechtigung zu jedem Raum an Bord. Warum sollte er diesen Umstand nicht einmal für sich nutzen?

Leise schlich er in die spärliche Kabine, die nur mit dem Nötigsten ausgestattet war. Brenda lag auf dem schmalen Bett, zugedeckt mit einer silbergrauen Thermodecke, und wälzte sich unruhig hin und her.

Stephen stutzte. Hier stimmte etwas nicht.

Das blinkende Licht auf der Computerkonsole ihres Nachttisches zeigte an, dass sie sich im Schlafmodus befand. Auch klebte an Brendas Schläfe der kleine kreisrunde Chip, der die Träume vorgab und die Gehirnströme beeinflusste.

Dieser Chip und die vom Empire entwickelten Traum-Module sollten für erholsamen Schlaf und kontrollierte Träume sorgen, aber Brenda wand sich immer noch. Stephen wollte überprüfen, ob mit ihrem Programm alles in Ordnung war, weshalb er den kleinen Monitor am Nachttisch anschaltete, um zu sehen, was sie träumte.

Stephen blinzelte. »Unmöglich«, flüsterte er, als er wie paralysiert auf den Bildschirm starrte. »Das kann nicht sein!« Brenda träumte von einer Sex-Orgie!

Stephen wusste, was Sex war, auch wenn er natürlich noch nie diesen Vorgang gesehen, geschweige denn selbst praktiziert hatte. Aber natürlich musste er als Commander eine körperliche Vereinigung erkennen, um den Regelverstoß umgehend an das Empire melden zu können. Aber Stephen konnte nicht.

Atemlos bestaunte er auf dem Monitor Brendas nackten

Körper, der von mehreren Männern gestreichelt wurde. Sie griffen ihr an die Brüste und zwischen die Beine, während sie sich lustvoll räkelte. Plötzlich hielten zwei Männer ihre Beine weit auseinander, während ein anderer ihre Arme fixierte. Ein vierter legte sich über sie und vollführte pumpende Bewegungen mit der Hüfte, während sich Brendas Gesicht vor Ekstase verzerrte.

Auf einmal drehten die Männer sie herum, sodass einer von hinten in sie eindringen konnte.

Auch die reale Brenda hatte sich auf den Bauch gedreht, wobei sie leise stöhnte. Stephen spürte ein Zucken in seinen Lenden, als er ihren unzüchtig bekleideten Körper sah, da die Decke verrutscht war.

Warum hatte sie ihren Anzug nicht an? Stephen ärgerte sich, dass sein Lieutenant gerade so vehement an seiner Beherrschung rüttelte. Außer einem knappen Höschen und einem BH trug sie nichts am Körper.

Stephens Puls beschleunigte sich ins Unendliche. Es klopfte gefährlich schnell in seinen Schläfen. Er war versucht, über ihre helle Haut und den süßen Po zu streicheln, der sich ihm so frech präsentierte. Aber er war der Commander dieses Schiffs, und er musste für Ordnung sorgen, auch wenn seine Hormone gerade verrückt spielten.

Vorsichtig nahm er die Decke zwischen Daumen und Zeigefinger, konzentriert darauf bedacht, Brenda nicht zu berühren, und zog ihr das Laken wieder über den Körper.

Aufatmend wich er einen Schritt zurück und schaltete den Bildschirm aus. Er hatte genug gesehen.

Gerade, als er sich zum Gehen wenden wollte, zückte er seinen Nizer aus der Brusttasche. Das kleine, flache Gerät diente als Kommunikationseinheit und Datenspeicher. Schnell stellte er eine Verbindung zur Traumkonsole her und kopierte sich das verbotene Programm. Natürlich nur zu Beweiszwecken ...

***

Am nächsten Tag fühlte Stephen eine innere Unruhe, wie er sie noch nie erlebt hatte. Aber das lag nicht allein an dem verbotenen Programm, das noch immer auf seinem Nizer gespeichert war, sondern eher an Brenda. Stephen saß am Steuer, während sie sich ständig vor ihm bückte, weil sie an der Steuerkonsole angeblich die Relais überprüfen wollte. Dabei streckte sie ihm ihr knackiges Hinterteil direkt vor die Lenden. Der schwarze Catsuit spannte sich wie eine zweite Haut über ihre Formen und ganz plötzlich – Stephen wusste selbst nicht, wie ihm geschah – hatte er seine Hände auf ihrem Po liegen.

Augenblicklich erstarrte er. Wie würde Brenda reagieren?

Aber sie werkelte einfach vor ihm weiter, als wäre nichts vorgefallen.

Langsam ließ er seine zitternden Finger über ihr Gesäß gleiten. Wie fest es war und doch so weich! Stephens Herz klopfte schneller. Niemals zuvor hatte er eine Frau richtig berührt.

Brenda stellte ihre Beine leicht auseinander, und als wäre das eine Aufforderung gewesen, glitt seine Hand zwischen ihre Schenkel. Dort war sie unglaublich heiß!

Stephen beugte sich nach vorne, um seine Wange an ihren Rücken zu legen, während er Brendas Beine streichelte, aber plötzlich richtete sie sich auf und setzte sich, ohne sich umzudrehen, auf seinen Schoß.

Scharf sog Stephen die Luft ein. Er hatte eine gewaltige Erektion! Das wurde ihm erst bewusst, als sich Brendas Unterleib daran rieb. Stephen entwich ein Stöhnen. Zu keinem klaren Gedanken mehr fähig, legte er seine Arme um sie und zog sie näher zu sich heran. Er vergrub seine Nase in ihrem langen Haar, das wunderbar duftete, und knetete vorsichtig ihre Brüste. Sie waren viel weicher als ihr Gesäß und lagen perfekt in seinen Händen. Stephen entfuhr abermals ein Laut der Erregung. Er war schockiert über sich selbst und schockiert über Brenda, die es zuließ, dass er sie berührte, aber er konnte nicht damit aufhören. So viele neue Sinneseindrücke stürmten auf ihn ein – am liebsten hätte er geweint. Die unbekannten Gefühle machten ihn schwach; er war nicht mehr Herr über seinen Körper, er war ... wie ein Tier.

Mit seinem letzten bisschen Verstand zwang er sich, das Schiff auf Autopilot zu schalten, als sich Brenda auf ihm herumdrehte und ihre schönen Lippen auf seinen Mund presste.

Stephen wagte kaum zu atmen. Was tat sie da? Seine Augen schließend lehnte er sich zurück und fühlte, wie ihre Zunge an seinen Lippen entlangglitt. Als er seinen Mund ein Stück öffnete, da ihm ein Keuchen entfloh, drang sie mit der Zunge in ihn ein.

Stephens Herz raste, sein Geschlecht pochte heftig. Hilflos wand er sich unter ihr und wusste nicht, wie er reagieren sollte. Seine Hände fanden ihre Pobacken, die er fest knetete, während Brenda ihre Zunge in ihm rotieren ließ.

Zögerlich kam er ihr mit seiner entgegen. Sie umspielten sich erst vorsichtig, dann immer schneller. Wahnsinn! Wie gut sich das anfühlte und wie fantastisch Brenda schmeckte! Wie konnte so etwas Herrliches nur verboten sein?

Sofort dachte Stephen an die Seuche, die beinahe die Menschheit ausgerottet hatte, worauf er Brenda von sich drückte.

»Das dürfen wir nicht«, sagte er rau und öffnete die Augen.

Oh Gott, wie wunderschön diese Frau aussah, warum bemerkte er das erst jetzt? Ihre Lippen waren von den Küssen leicht geschwollen und noch voller als zuvor, ihr Blick wirkte verschleiert. Auch sie atmete heftig und rieb sich dabei immer noch an seiner Härte, die sich durch den engen Anzug überdeutlich abzeichnete.

»Hab keine Angst, uns wird nichts geschehen«, meinte sie leise. Mit den Fingerspitzen fuhr sie ihm über die Brust. Seine Nippel richteten sich unter dem dünnen Material sofort auf. War das normal?

Stephen fühlte sich wie ein Idiot. Er war gänzlich unerfahren, was die körperliche Liebe betraf, und er wusste nicht, was er tun sollte. Brenda schien zu erahnen, was ihn beschäftigte, denn sie lächelte ihn an und sagte: »Berühre mich, streichle meinen Körper.« Sie nahm seine Hände, um sie auf ihre Brüste zu legen.

Stephen drückte leicht zu und massierte sie. »So?«

»Ganz gut für den Anfang«, hauchte sie.

Auch ihre Hände glitten über seinen Oberkörper, sein Gesicht und in sein Haar. Es war wahnsinnig schön, berührt zu werden, er wollte Brenda überall spüren.

»Woher weißt du so viel über Sex?«, fragte er heiser, aber sie lächelte nur geheimnisvoll und rutschte von seinem Schoß.

Zwischen seinen geöffneten Schenkeln stehend, sah sie ihn unschuldig an. »Warte nur, bis wir richtig loslegen. Das hier ist doch noch gar nichts.« Schon öffnete sie seine Hose am Schritt und ließ ihre Hand darin verschwinden.

Als Brenda sein nacktes Glied umschloss, fühlte sich Stephens Körper wie Watte an, bis auf dieses einzige Körperteil, das bereits hart wie Titan war. Stephen sank tiefer in den Sessel, während sich Brenda vor ihn kniete. Sein Penis ragte steil nach oben aus dem schwarzen Material heraus. Noch nie hatte er ihn in diesem Zustand gesehen. Neugierig glitt er mit den Fingerspitzen über die purpurfarbene Eichel und zuckte kurz zurück, weil diese Berührung ihn wie ein Stromschlag durchfuhr. Die Spitze fühlte sich glatt an und glänzte. Auf dem Schlitz glitzerte ein Tropfen.

»Das ist normal, nehme ich an?!«, sagte er atemlos. Stephen hatte in der Schule natürlich gelernt, wie sich die Menschen früher fortgepflanzt hatten. Es wurde ihm vermittelt, dass es sich dabei um eine schmutzige und zuweilen auch schmerzhafte Angelegenheit handelte, aber bis jetzt fand er Sex ganz angenehm. Sehr angenehm sogar. Nur das leichte Ziehen in seiner Peniswurzel machte ihm etwas Angst. Ob sich der Schmerz steigern würde? Vielleicht, wenn er den Samen verschoss?

Brenda schien seine Unsicherheit zu spüren. Sie grinste ihn an und sagte: »Bis jetzt läuft alles prima«, bevor seine Erektion in ihrem Mund verschwand.

»Brenda ... nein!« Stephen keuchte auf. Das durfte sie nicht, sie könnte sich infizieren und daran sterben! Auch er glaubte zu sterben, so gut fühlte sich das an.

Er wollte ihren Kopf von seinem Schoß drücken, aber Brenda saugte sich regelrecht an ihm fest. Ihre Zunge leckte um seinen Schaft, und ihr zu einem festen Ring geformter Mund glitt auf und ab.

Das herrliche, unbeschreibliche Gefühl in seinem Penis verdichtete sich. Stephen vergrub seine Finger in ihren schwarzen Locken, da er mal wieder nicht wusste, wohin damit. Wie glatt sich ihr Haar anfühlte!

»Brenda, Brenda ...« Etwas anderes vermochte er nicht zu sagen. Stephen warf seinen Kopf hin und her, weil er spürte, wie er auf etwas Gewaltiges zusteuerte. Das Ziehen in seiner Peniswurzel wurde immer stärker und plötzlich entluden sich die gesteigerten Gefühle wie ein Blitz. Mit einem gigantischen Lustschrei ergoss sich Stephen in ihren Mund. Aus Angst vor den zu erwartenden Schmerzen, hechelte er. Aber die blieben aus. Er stöhnte wegen der überwältigenden Emotionen, die über ihn hereinbrachen, während Tränen seine Wangen hinabliefen. Stephen glaubte, den Verstand verloren zu haben, doch als sich sein Puls langsam beruhigte, fühlte er sich zwar müde, aber ungemein gut.

»Ist es immer so?«, fragte er Brenda und blinzelte sich dabei die Feuchtigkeit aus den Augen.

»Das war nur Lektion Nummer eins, denn dein Körper muss sich erst daran gewöhnen.« Sie zwinkerte und verließ schmunzelnd den Raum.

Lektion Nummer eins? Konnte sich das gerade Erlebte noch steigern?

Auch Stephen grinste nun. Die Reise war ja noch lang und er wollte noch viel lernen …

***

Am nächsten Tag erwachte Stephen wieder mit einem Ständer. Über Nacht hatte er den Traum ausprobiert, den er von Brendas Modul kopiert hatte. Stephen hatte ihn lediglich so weit modifiziert, dass er nicht Brendas Rolle spielte, sondern natürlich den männlichen Part.

»Du kannst dir selbst Lust verschaffen, falls es dich überkommt«, hatte ihm Brenda am Tag zuvor erklärt, nachdem sie noch lange über ihr gemeinsames Erlebnis geredet hatten. Stephen hatte alles wissen wollen, aber Brenda hatte ihm gesagt, dass er noch Zeit bräuchte. Wenn er so weit war, würde sie ihm alles erzählen.

Aber er konnte sich »einen runterholen«, wie sie es genannt hatte, und das wollte er gleich mal ausprobieren, denn die vollständige Erfüllung hatte er nachts nicht gefunden.

Vorsichtig schloss er seine Finger um den prallen Schaft. Wie samtig er war, doch hart wie Metall unter der Oberfläche.

Es war ein berauschendes Gefühl.

Wie hatte es Brenda gestern bei ihm gemacht? Stephen versuchte sich zu erinnern und fuhr behutsam an seiner Länge auf und ab. Je mehr er zudrückte und je schneller er rieb, desto intensiver wurde das lustvolle Ziehen in seinem Unterleib.

Er nahm die andere Hand dazu, mit der er seine Hoden streichelte. Der Hautsack zog sich zusammen und fühlte sich plötzlich nicht mehr weich und glatt, sondern fest und faltig an. Es zog so köstlich in seinen Eiern, dass Stephen davon ganz schwindlig wurde. Seine Hand wanderte noch tiefer und Stephen massierte seinen Damm. Von dieser Stelle schien das berauschende Gefühl zu kommen, das immer weiter in ihm anwuchs. Auch sein Glied wurde noch größer. Es spannte leicht und pochte im Takt seines Herzens.

Mit den Fingern verrieb er die Tropfen, die aus der Spitze drangen und verteilte die Feuchtigkeit auf der samtigen Eichel und dem wulstigen Rand darunter. Stephen spürte die Äderchen an seinem Schaft, die prall mit Blut gefüllt waren. Es war sonderbar, seinen Körper neu zu entdecken.

Die Finger fest um seine Härte geschlossen, vollführte Stephen melkende Bewegungen, sodass noch mehr Tropfen aus der kleinen Öffnung perlten.

Als Stephen zusätzlich die Peniswurzel umschloss, dauerte es nicht lange, und er schwebte wieder in anderen Sphären. Von der Sauerei auf seinem Bauch hatte Brenda allerdings nichts erwähnt. An den Samen hatte Stephen überhaupt nicht mehr gedacht. *Hat sie das klebrige Zeug etwa geschluckt?,* fragte er sich, bevor er sich pfeifend in die Dusche begab.

***

Auf dem Kommando-Deck erwartete ihn bereits eine bestens gelaunte Brenda. »Na, gut geschlafen, Commander?«

»Mm hm«, brummte er in seinen Kaffeebecher, damit Brenda nicht sah, wie er rot um die Nase wurde. Wusste sie etwa, dass er ihr Traum-Modul kopiert hatte? Zu gern wollte er auch diese Dinge tun, wie in dem Programm. Nur die zusätzlichen Personen sollten nicht dabei sein. Stephen wollte Brenda mit niemandem teilen.

Ein Ziehen machte sich in der Gegend um seinen Solarplexus bemerkbar. Was war das für ein seltsames Gefühl? Und es wurde intensiver, je öfter er Brenda ansah.

»Ich war heute Morgen schon fleißig, habe alle Systeme überprüft, ein fehlerhaftes Relais ausgetauscht und die Videoaufzeichnung von gestern gelöscht. Ich wäre bereit für Runde zwei. Na, was meinst du?« Keck stemmte sie die Hände in ihre Hüften und lächelte ihn schelmisch an.

Stephen verschluckte sich an seinem Getränk. Diese Frau hatte definitiv schon sehr oft Sex gehabt, so locker wie sie mit dem Thema umging. »Wir werden verurteilt, falls jemand ...«

»Wer soll das denn herausfinden?«, unterbrach sie ihn und klimperte dabei mit den langen Wimpern. »So lange du unsere Aktivitäten nicht ins Logbuch einträgst ...«

Stephen räusperte sich. »Okay, und wo sollen wir?«

»In meiner Kabine, da habe ich es uns schön kuschelig gemacht.« Lachend warf sie den Kopf in den Nacken und lief zur Tür hinaus.

Kuschelig? Was war das denn für ein Ausdruck! Aber Brenda hatte ihn neugierig gemacht. Noch neugieriger war er aber auf ihren Körper. Gestern hatte er davon nicht viel zu sehen bekommen. Der Traum war zwar ziemlich gut gewesen, aber eben nicht real.

Jetzt musste auch Stephen grinsen. Er fand immer mehr gefallen daran, wenn ein Lächeln über seine Lippen huschte.

Schnell checkte er den Bordcomputer auf mögliche Gefahren, aber sie steuerten weder auf einen Meteoritenschauer noch auf feindliches Gebiet zu. Der Slipstream funktionierte ebenfalls einwandfrei – es gab vorerst nichts zu tun. Brenda hatte sich schon wunderbar um alles gekümmert.

Als er den Gang zu ihrer Kabine entlangschritt, klopfte sein Herz heftig. Stephen wischte die feuchten Handflächen an seiner Hose ab, bevor er eintrat. Verwundert blieb er in der Tür stehen. Anstatt der grellen Beleuchtung war es düster in Brendas Kabine. Zahlreiche kleine Flammen schwebten wie Geister mitten im Raum umher.

»Kerzen?«, fragte er überrascht und ging zu einem schwebenden Licht, das in einem bunten, durchscheinenden Gefäß steckte und auf eine Hover-Plate gestellt worden war. Die Hover-Plate sah aus wie eine Untertasse. Das also verstand Brenda unter »kuschelig«.

Als er sich ihrer Koje näherte, wobei es schien, als würde sein ganzer Körper unter Strom stehen, sah er sie auf der Matratze liegen. Sie trug wieder diesen Hauch von Nichts: ein knappes Höschen und den verruchten BH mit der Spitze. Wo sie die ganzen Sachen aufgetrieben hatte, war ihm ein Rätsel.

»Komm, leg dich zu mir.« Sie winkte ihn heran und klopfte auf die schmale Matratze. Es war gerade genug Platz für Brenda darauf, dennoch schaffte es Stephen irgendwie neben sie. So war er gezwungen, beinahe auf ihr zu liegen. Ihre Wärme und ein betörender Duft stiegen ihm in die Nase. Unwillkürlich musste er an ihrer Halsbeuge schnüffeln.

»Das ist Parfüm«, kicherte Brenda, als seine Haare sie kitzelten.

Gleich begann sie, ihn zu streicheln und seinen Anzug am Kragen zu öffnen. Ihre Hand fuhr unter das elastische Material, wo sie kraulend eine Weile auf seiner Brust verweilte. Stephen schloss die Augen und entspannte sich. »Das fühlt sich schön an.«

»Ich fände es auch schön, wenn du das bei mir machen würdest.« Brenda griff nach seiner Hand, um sie sich auf eine Brust zu legen. »Lektion Nummer zwei: Die Erforschung des weiblichen Körpers«, gurrte sie.

Stephen schluckte schwer. Ihre weiche Brust fühlte sich heute noch besser an als gestern. Wagemutig schlüpften seine Finger unter den Stoff des BHs und spielten an der kleinen Knospe, die er dort fand. Um sich das genauer anzusehen, beugte Stephen sich über Brenda und zog das Körbchen zur Seite. Eine dunkelrote Warze reckte sich ihm entgegen. Er streichelte mit dem Daumen darüber und Brenda seufzte leise.

»Du kannst sie auch in den Mund nehmen«, sagte sie. Brenda schob die Finger in sein Haar, um ihn nah an sich zu ziehen. Dabei rutschte Stephen halb auf Brendas Körper. Erst als sich sein Geschlecht gegen ihr Bein drückte, bemerkte er, wie hart es war. Sofort nahm er den festen Nippel zwischen die Zähne, denn Stephen musste sich von dem lustvollen Klopfen in seinem Glied ablenken. Seine Zunge leckte die Knospe, während er sie abwechselnd küsste oder in seinen Mund saugte. Er schien es gut zu machen, denn Brenda wand sich selig lächelnd unter ihm.

Da befreite er auch die andere Brust. Brenda half ihm, indem sie den BH öffnete und ihn davonschleuderte.

Stephen vergrub seine Nase zwischen ihren Brüsten und atmete tief ein. »Du riechst wunderbar.« Er fühlte sich an ihrem Busen richtig gut aufgehoben, aber Brenda schien noch etwas anderes zu wollen, denn sie drückte seinen Kopf sanft abwärts.

»Eine Frau hat noch viel mehr Stellen, an denen sie gut duftet.« Sie streifte sich einfach das Höschen ab und kickte auch dieses weg.

Stephen konnte erst nur auf den sanft geschwungenen Hügel und die Spalte blicken, die sich zwischen ihren Beinen befand. Es wuchs kein einziges Haar dort, er konnte alles genau erkennen.

Brenda stellte ein Bein auf, woraufhin er noch mehr sah. Vorsichtig betastete er die weichen Hautfalten und fuhr dann mit dem Daumen dazwischen. Dort war sie warm und feucht.

Brenda keuchte auf. Sofort zog er seine Hand zurück. »Habe ich dir wehgetan?«

»Nein, das war sehr schön. Du darfst dir alles genau ansehen.«

Erleichtert atmete Stephen auf. Jetzt erst bemerkte er, dass sein Daumen benetzt war. Interessiert schnupperte er daran. Er roch außergewöhnlich. Mit der Zungenspitze kostete er die sämige Nässe, worauf ihm ein Stöhnen entfuhr.

»Da ist noch mehr. Probiere von mir«, lockte sie ihn mit gespreizten Beinen. »Aber zuerst solltest du dich ausziehen.«

Brenda richtete sich auf und half ihm aus dem Anzug. Als sein Geschlecht zutage trat, zuckte es. Sie nahm es kurz in die Hand und drückte leicht zu. »Ihm widme ich mich später, auch wenn ich mich kaum beherrschen kann. Aber was wäre ich für eine Lehrerin, wenn ich deinen Unterricht vernachlässigte?« Sie kicherte und fuhr ihm über den flachen Bauch. »Du bist ein sehr attraktiver Mann, Commander. Bei mir zuhause würden die Frauen Schlange stehen, um ein Date mit dir zu bekommen.«

Neugierig blickte er sie an. »Wie meinst du das?« Sie war doch auch eine Bürgerin des Empires – wovon sprach sie?

»Koste von mir und stelle nicht so viele Fragen.« Umgehend drückte sie seinen Kopf in ihren Schoß. Sofort vergaß Stephen, was er sie soeben noch fragen wollte, denn ihr unwiderstehlicher Duft ließ keinen klaren Gedanken mehr zu.

Er kniete sich zwischen ihre Beine, um mit seiner Nase über die weichen Schamlippen zu fahren, und schnupperte wie zuvor an ihrem Hals.

Brenda lachte. »Du verhältst dich wie ein Hund.«

»Ein *was*?« Wovon sprach sie jetzt schon wieder?

Sie blickte ihn ernst an. »Stephen, du verwirrst mich komplett. So etwas ist mir noch bei keinem Mann passiert.«

Anscheinend litt nicht nur er an den Auswirkungen des Hormonmangels, dachte Stephen, der ihr merkwürdiges Verhalten darauf zurückführte. Egal – er wollte jetzt ihre süße Spalte auslecken und mehr von ihr kosten.

Stephen tauchte mit seiner Zunge in ihre Falten. Wie glatt und weich sie dort zwischen ihren Beinen war! Und ihr Geschmack betörte ihn vollkommen.

Brenda zog ihre Schamlippen mit den Fingern auseinander und zeigte ihm den kleinen Knubbel, den er verwöhnen sollte. Als seine Zungenspitze über ihren Kitzler flatterte, stöhnte Brenda auf. Auch sein Glied zuckte. Es presste sich in die Matratze und wollte ebenfalls verwöhnt werden, aber diese neue Erfahrung war gerade zu interessant, als dass sich Stephen nun seinem Geschlecht zuwenden wollte. Sein Penis hatte so lange auf seinen Einsatz gewartet, jetzt konnte er sich auch noch ein wenig länger gedulden.

Stephen drückte Brendas Hände weg, denn er wollte selbst ihre Spalte weit aufdehnen. Es gefiel ihm, was er dort sah. Die rosige Haut glänzte von der sämigen Feuchte, die wie ein milchiges Rinnsal aus ihrem Eingang lief. Stephen tauchte mit der Zunge ein, um ihren Saft zu verteilen, und leckte in der glitschigen Furche auf und ab. *Wie kann eine Frau dort nur so gut schmecken?*, fragte er sich.

Er küsste den weichen Venushügel und arbeitete sich weiter

nach oben vor. Dabei rieb er mit den Fingern über ihre Klitoris. Stephen knabberte an Brendas Bauchnabel, in den er seine Zunge eintauchte, bis Brendas Körper zitterte, dann gehörte seine ganze Aufmerksamkeit wieder den dunklen Brustspitzen. Er leckte erst zart über die Knospen, bis sie glänzten, bevor er sie anhauchte. Das schien Brenda zu gefallen, denn sie drückte seinen Kopf an ihren Busen.

»Du bist ein Naturtalent, Stephen.«

Stephen wusste: Es gab noch die Vereinigung, wo der Penis des Mannes in die Vagina der Frau eindrang. Das wollte er zu gern erleben, er hatte jedoch große Angst, etwas falsch zu machen.

Stephen rutschte immer weiter an Brendas Körper hinauf, und seine Lippen berührten ihren Mund. Es war ein schönes Gefühl, wenn sich ihre Zungen umschlangen, und dieses Kribbeln schoss hinab bis in Stephens Unterleib. Sein Glied zuckte abermals und schien noch härter zu werden. Ungeduldig presste es sich auf Brendas Venushügel.

»Können wir den Unterricht nicht etwas beschleunigen?« Stephen versuchte, Brenda so unschuldig wie möglich anzuschauen, doch sie lächelte nur und raunte: »Dasselbe wollte ich ebenfalls gerade vorschlagen.« Mit den Handflächen fuhr sie über seinen Brustkorb, dahinter pochte sein Herz beinahe schmerzhaft. »Du bist ganz schön aufgeregt, was?«

»Nein«, log er. Stephen hatte nämlich keine Ahnung, wie er es anstellen sollte. »Na ja, vielleicht ein bisschen«, gab er schließlich zu.

»Der Weg ist nicht zu verfehlen.« Brenda lächelte entrückt, bevor sie sein Glied mit den Fingern umschloss und an ihre Spalte drückte.

Stephen teilte mit seiner Härte die Schamlippen und drang

in die enge Öffnung ein. Als er in ihr feuchtes, heißes Inneres tauchte, das ihn fest umschloss, fragte sich Stephen, ob es möglich war, einem anderen Menschen mit Haut und Haaren zu verfallen. Sein pochender Schaft wurde noch härter und schien beinahe zu platzen, so prall war er mit Blut gefüllt. Damit dehnte er Brendas Inneres; er konnte spüren, wie sich ihre Scheidenwände an ihn schmiegten.

War das ein herrliches Gefühl! Stephen konnte sich kaum beherrschen. Er spürte bereits, wie die Lust in ihm aufstieg wie brodelnde Lava in einem Vulkan. Wenn sich Brenda unter ihm weiter so bewegte, würde er jede Sekunde ausbrechen.

»Dein Schwanz ist einfach geil!« Brenda stöhnte. Sie drückte ihm ihre Hüften entgegen und umarmte fest Stephens Oberkörper. Es kam ihm so vor, als wäre er mit dieser Frau verwachsen – ja, in diesem Moment war er eins mit ihr.

Es schmatzte, als er sich ein Stück aus ihr herauszog, um kurz darauf wieder kraftvoll in sie zu stoßen. Anscheinend bereitete dies Brenda keine Schmerzen, denn sie grub ihre Finger in seine Pobacken und spreizte ihre Beine so weit sie konnte.

Immer wieder musste Stephen auf die Stelle blicken, wo ihre Körper sich vereinten. Er konnte kaum glauben, dass er tatsächlich in ihr steckte. Dieses Gefühl, so von ihrem heißen Fleisch umschlossen zu sein, war einfach exorbitant. Mit rasender Geschwindigkeit steuerte er auf einen gewaltigen Höhepunkt zu.

»Stoß mich, Stephen, feste, bitte!«

Dieser Befehl gab ihm den Rest. Er konnte sich nicht mehr zurückhalten. Als Stephen sich in sie ergoss, hallte sein kehliger Schrei durch die Kabine. Immer und immer wieder schossen die warmen Strahlen aus seiner Penisspitze und füllten Brendas zuckenden Unterleib. Stephens Geist schien sich von seinem

Körper zu lösen, der nur noch aus einem einzigen berauschenden Gefühl bestand.

»Brenda ...«, entfuhr es ihm. Stephen glaubte, dass dieser Moment der beste war, den er je erlebt hatte.

***

Nachdem sie sich noch mehrmals geliebt hatten, lag Stephen erschöpft neben seiner attraktiven Copilotin und er fragte sich zum wiederholten Male, wer sie wirklich war. Brenda war definitiv keine Bürgerin des Empires. Sie benutzte Ausdrücke, die er nicht kannte und sie besaß einen leichten Akzent. Auch ihr Aussehen unterschied sich von dem der anderen Frauen. Keine hatte ihr Haar jemals so lang getragen wie Brenda oder sich die Augen mit dunkler Farbe umrahmt.

Stephen konnte nicht anders, als sie die ganze Zeit zu betrachten. Sie sah so friedlich aus, wie sie in seinen Armen lag, und so wunderschön. Er zog sie noch näher an sich und vergrub seine Nase tief in ihrem duftenden Haar, bevor er selbst in den Schlaf glitt. Es war das erste Mal seit Jahren, dass er einschlief ohne an die Traum-Konsole angeschlossen zu sein.

***

Brenda gähnte und streckte sich auf ihrem schmalen Bett aus. Sie musste wohl noch einmal eingeschlafen sein. Stephen hatte die ganze Nacht – an Bord nannte man diese Zeit auch »Reaktivierungsphase« – neben ihr gelegen, aber dann war er auf einmal verschwunden. Dieser attraktive Mann hatte ihr Herz bereits zum Flattern gebracht, als sie das erste Mal das Versorgungsschiff betreten hatte. In dem hautengen Anzug war er die pure Sünde, kein Wunder, dass das Empire die Hormonkapseln eingeführt hatte. Zu Beginn ihrer Bekanntschaft kämpfte Brenda ernsthaft mit dem Problem, ihre kühle Fassade so lange aufrechtzuerhalten, bis der Commander angebissen hatte, aber nun schien es, als hätte sie ihr erstes Ziel erreicht.

Die Kapseln schwebten mittlerweile irgendwo in den Weiten des Alls; es war nicht einfach gewesen, sie zu entsorgen, doch ansonsten kam sie mit ihrem Auftrag ganz gut voran, fand Brenda Swan, deren richtiger Name eigentlich Michelle Richmond lautete. Aber an »Brenda« hatte sie sich nun gewöhnt.

Brenda drehte sich auf den Bauch und schnupperte an der Matratze, um Stephens männlichen Geruch einzuatmen. Es war sehr faszinierend gewesen, dabei zuzusehen, wie aus dem harten Commander ein leidenschaftlicher Liebhaber wurde. Die Hormone hatten seine Libido tatsächlich nur unterdrückt. Es bestand also Hoffnung. Stephen hatte sie schon an der Angel, vielleicht würde er sich ihrer Mission anschließen. Das Empire durfte ihr nur nicht auf die Schliche kommen …

Als Brenda hörte, wie ihre Kabinentür zur Seite glitt, schloss sie lächelnd die Augen. Da war ja ihr Hengst wieder. Vielleicht konnte sie ihn gleich noch einmal zu einem wilden Ritt überreden, obwohl sich ihre Vagina noch leicht wund anfühlte.

Aber dazu sollte es wohl nicht kommen: Kraftvoll wurde sie herumgedreht, bevor Stephen sie mit seinem ganzen Gewicht unter sich begrub.

»Hey, was ist los?« Brenda war verwirrt. Sie versuchte, ihn von sich zu drücken, hatte aber gegen seine Kräfte keine Chance.

»Du willst wissen, was los ist?«, knurrte er.

Oh je, Stephen war richtig sauer! Er sah sie so zornentbrannt an, dass Brenda das Herz in den Magen rutschte. Sie ahnte sofort, dass er Bescheid wusste, noch bevor er ihr seinen Nizer vor die Nase hielt, auf dem ihr Bild leuchtete.

»Das Empire sucht nach dieser Frau, die dir verdammt ähnlich sieht, Brenda!« Stephen blickte sie verächtlich an, doch beinahe glaubte Brenda, Schmerz in seinen funkelnden Augen zu erkennen.

»Wer bist du? Ein feindlicher Spion?«

Einerseits war sie erleichtert, weil Stephen anscheinend nicht wusste, wie ihr Auftrag lautete, andererseits verbesserte das nicht gerade ihre Lage. Wenn Stephen sie für eine Agentin hielt, würde er sie ebenfalls an das Empire ausliefern.

»Hast du sie schon informiert?«, fragte sie zögerlich. Falls ja, musste Brenda irgendwie an das kleine Gerät kommen, das sie gut versteckt in die Traumkonsole eingebaut hatte. Es würde sie sofort vom Schiff beamen. Dann wäre sie in Sicherheit, aber ihre Mission gescheitert. Und sie würde Stephen nie wieder sehen ...

»Bevor ich dich dem Empire ausliefere, möchte ich die Wahrheit hören, und zwar aus deinem Mund!« Stephen wirkte sehr aufgebracht. Jetzt, wo ihm der Hormoncocktail fehlte, war es für ihn natürlich schwieriger, seine Emotionen zu kontrollieren.

»Ich bin keine Spionin. Ich verfolge keine feindlichen Absichten«, erklärte sie ihm so ruhig wie möglich, um ihn nicht noch mehr zu erzürnen. »Aber es stimmt, ich arbeite offiziell gegen das Empire, jedoch ist es nur zum Wohle aller Menschen!«

Als er den Mund öffnete, glaubte Brenda erst, er wolle sie anschreien, seine Worte klangen allerdings bedrohlich leise: »Erzähl mir doch keine Lügen!«

Brenda fühlte, dass ihr Herz ebenso schnell gegen ihre Rippen klopfte wie das von Stephen. Wieso musste das verdammte Empire gerade *jetzt* nach ihr suchen, wo es so gut zwischen ihnen lief? Noch ein paar Tage länger, und sie hätte ihn so weit gehabt, sich ihr anzuschließen, da war sich Brenda sicher. »Das ist die Wahrheit, Stephen!«

Sein Gesicht befand sich direkt vor ihrer Nase. »Nenn mich

nicht so. Von nun an benutzt du wieder die formelle Anrede, verstanden!«

Stephen war ein zäher Brocken, dennoch witterte Brenda eine geringe Chance. Sie hatte gestern den wahren Stephen Dancer kennengelernt, den musste sie nur irgendwie wieder hervorlocken.

»Und jetzt, Lieutenant Swan, oder wie auch immer Sie heißen, möchte ich es ein wenig präziser und wünsche, dass Sie mir ein paar Fragen beantworten: Haben Sie die Kapseln verschwinden lassen?« Seine Stimme klang sehr autoritär. Er war durch und durch ein Commander. Brenda spürte, wie ihre Klitoris kribbelte. Sie liebte Männer, die ihr zeigten, wo es langging ... aber nur im Bett! Für alle anderen Belange war sie viel zu emanzipiert.

»Ich höre«, hauchte Stephen an ihre Lippen, die Augen zu Schlitzen verengt, dennoch sah er unwahrscheinlich attraktiv aus.

Wie viel durfte sie Stephen sagen? War ihre Mission vielleicht noch zu retten, wenn sie sich ihm anvertraute? »Bist du denn nicht froh, endlich deine Lust entdeckt zu haben?«, fragte sie stattdessen, hob ihre Hüften an und ließ sie auf Stephens Lenden kreisen. Brenda bemerkte sehr schnell, dass sie ihre Wirkung nicht verfehlte. Unter seinem Anzug schwoll sein Geschlecht rasch an. »Und jetzt sag nicht, dir hätte es nicht gefallen.«

Er bedachte sie mit einem finsteren Blick, der aber seine Erregung nicht verdecken konnte. Stephens Atem schlug schneller gegen ihre Wange. Er lag noch immer auf ihr, allerdings hatte er seinen Nizer längst fallen gelassen und es anscheinend nicht einmal bemerkt.

»Du wirst schon noch reden«, knurrte er. Plötzlich schob er seine Arme unter ihren Körper und hob sie hoch.

Als Stephen sie über seine Schulter warf, wollte Brenda mit den Beinen strampeln, aber er hielt sie eisern fest.

»Hey, lass mich sofort wieder runter!« Sie schämte sich ein wenig, da sie splitternackt war, andererseits, was sollte es sie kümmern? Stephen wusste, wie sie unter ihrer Kleidung aussah, und ansonsten war niemand mehr mit ihnen an Bord. »Was hast du mit mir vor?«

Stephen gab ihr keine Antwort, sondern trug sie durch die Korridore. Aber eine Hand wanderte immer tiefer zwischen ihre Schenkel. Ein Finger bohrte sich in ihre Mitte und brachte Brendas Schoß zum Pulsieren.

Dieser Mann konnte nicht die Hände von ihr lassen. Sehr gut. Das ließ sich bestimmt irgendwie dazu verwenden, aus dieser misslichen Situation zu entkommen.

»Da ich hier an Bord der ranghöchste Offizier bin, steht es allein mir zu, dich zu befragen und dann ein Urteil zu vollstrecken. Aber da du mir keine Antworten liefern willst, sehe ich mich genötigt, zu drastischeren Maßnahmen zu greifen«, drohte Stephen, wobei er sie immer noch mit seinem Finger bearbeitete und dabei ihre Nässe in ihrer Spalte verteilte.

»Was?« Brenda verstand nicht. »Was für Maßnahmen?« Er meinte sicher eine lustvolle Bestrafung. Sie spürte deutlich, wie erregt er war.

»Folter.«

Jetzt wurde Brenda übel. »Stephen, nach allem, was wir zusammen erlebt haben, willst du mir doch nicht wehtun?«

Er hob sie von den Schultern und befahl ihr, sich hinzuknien. Als sie sich dagegen sträubte, half er mit sanfter Gewalt nach. Erst jetzt registrierte Brenda, dass sie sich in einem fensterlosen Lagerraum befanden, in dem ein regelrecht tropisches Klima herrschte. Sie kniete nackt auf dem Boden, aber da sich in dem Raum Pflanzen befanden, war auch dieser angenehm temperiert.

»Noch niemals zuvor habe ich solchen Schmerz verspürt wie jetzt. Er sitzt tief in meiner Brust und ich kann mir keinen Reim darauf machen. Ich bin mir aber sicher, dass es etwas mit den fehlenden Hormonen zu tun hat.« Er sah ihr tief in die Augen. »Und mit uns.«

Brenda konnte ihn nur perplex anstarren. Hatte sich Stephen etwa in sie verliebt?

»Jetzt lehn dich zurück und stütz dich mit deinen Händen auf deinen Unterschenkeln ab«, befahl er rau.

»Wieso?« Aber als Stephen ihre Hände mit Spanngurten an ihre Fesseln band, wusste sie, was er damit bezweckte. Zu guter Letzt drückte er ihre Schenkel auseinander, sodass sie nun wehrlos und sehr weit offen vor ihm kniete.

Irgendwie beschlich Brenda ein ungutes Gefühl. »Okay, ich gebe ja zu, dass ich die Kapseln entsorgt habe! Und jetzt mach mich wieder los!«

»Nein, Lieutenant, jetzt fangen wir erst richtig an.« Seine Augen wirkten fiebrig, als er ihren exponierten Körper fixierte, und in seinem Schritt beulte es sich gewaltig.

Brenda kam sich vor, wie in einer Bondage-Vorführung. Sie kniete auf ihren Unterschenkeln, den Rücken durchgebogen, sodass sich ihre Brüste vorstreckten, während ihre Hände an den Füßen gefesselt waren. Es war ziemlich unbequem.

»Ich habe die Flugroute ein wenig geändert. Wir erreichen gleich einen Waldplaneten. Die Bewohner dort sind dafür bekannt, sehr ... unbeherrscht zu sein. Sie verspeisen so was wie dich zum Frühstück.«

»Was?!« Sprach er jetzt von Kannibalen?

»Der Planet ist eigentlich ein Straflager. Dorthin kommen

all jene Menschen, die sich der täglichen Hormonzufuhr widersetzen. Sie sind zügellos und werden nur von ihren Trieben geleitet. Es sind richtige Wilde.«

Brenda lief es eiskalt den Rücken herunter. »Du willst mich doch dort nicht aussetzen?«

Er lachte nur böse und zog ihr eine Schlafmaske über die Augen. »Besser: Ich werde eins von diesen Geschöpfen an Bord holen. Es wird sich so lange an dir bedienen, bist du endlich redest. Das gefällt dir bestimmt.« Dann hörte sie, wie er sich von ihr entfernte.

»Was? *Nein!*«, rief sie ihm hinterher und versuchte, unter dem Rand der Maske hindurch etwas zu erkennen. Aber da löschte er schon das Licht und marschierte aus der Kabine. Absolute Schwärze hüllte Brenda ein.

»Stephen! Mach wenigstens das Licht wieder an!« Sie tobte und zerrte an den Gurten, die sich natürlich nicht lösten, sondern sich nur noch fester zuzogen. Stephen hatte sie professionell verschnürt. »Der sagt das doch nur, um mich weichzukochen«, machte sie sich Mut.

Aber als ein Beben durch das Schiff lief und Brenda spürte, wie sie den Slipstream verließen und das Schiff abbremste, bekam sie es mit der Angst zu tun.

»*Stephen!*« Sie schrie seinen Namen, bis sie beinahe heiser war, aber natürlich konnte er sie nicht hören. »Ich erkläre dir alles, aber bitte hole nicht so einen Wilden an Bord!«

Es ruckelte ein wenig und Brenda setzte sich auf ihre Unterschenkel. Das Schiff musste soeben gelandet sein. Ihr Blut rauschte in den Ohren. Jetzt verfluchte sie sich, weil sie bei dieser gefährlichen Mission mitmachte. Ob es den anderen auch so erging wie ihr gerade? Immerhin war Brenda nicht die einzige Person, die einen Auftrag zu erfüllen hatte, mehrere hundert Männer und Frauen waren damals auf diese waghalsige Aufgabe vorbereitet worden.

Mittlerweile taten ihr die Knie weh, und auch in ihrem durchgedrückten Rücken spannte es unangenehm.

Als sie das Aufgleiten der Tür hörte und einen Luftzug an ihrer geöffneten Spalte fühlte, drehte sie sofort den Kopf. »Stephen!«, flehte sie, »Ich sage dir alles!«

Brenda hörte, wie die Tür wieder zuging und spürte, dass sie nicht allein in dem dunklen Raum war.

»Stephen?« Diesmal klang ihre Stimme sehr leise.

Ein Knurren, dicht an ihrem Ohr, ließ sie aufschrecken. »Wer ist da?« Sie hörte nur hektische Atemzüge.

Panisch zog Brenda an den Fesseln und schrie: »*Wer oder was du auch immer bist, wehe, du rührst mich an!*«

Als plötzlich etwas Warmes, Feuchtes über ihre Brustwarze glitt, schrie sie auf. »Stephen! Ich werde dir alles erzählen!«

Der heiße Atem an ihrem Busen entfernte sich und auf einmal hörte sie Stephens Stimme neben sich. »Ich höre!«

Gott sei Dank, er hatte sie mit diesem Wilden nicht allein gelassen. »Bitte, mach doch das Licht an und nimm mir diese Maske ab!«

»Warum?« Er klang spöttisch. »Ich sehe mit meinem Nachtsichtgerät ausgezeichnet. Zudem würde dich der Anblick dieses Wilden nur ängstigen. Du solltest mal sehen, wie geil er ist. Sein Schwanz steht wie ein Stachel von seinem Körper ab, er kann es kaum erwarten, dich zu besteigen.«

Ein Klumpen formte sich in Brendas Magen, aber merkwürdigerweise nahm das Klopfen in ihrem Schoß zu. »Das wirst du aber nicht zulassen!«

»Mal sehen.« Er lachte rau. »Mox, sieh mal nach, wie feucht ihre Muschi ist«, befahl Stephen hinter ihr.

»Nein!«, beschwerte sich Brenda, aber da fühlte sie schon eine Hand an ihrer Spalte.

»Nasssss«, zischte Mox.

Erst jetzt bemerkte Brenda die enorme Feuchtigkeit in ihrem pochenden Schoß. Der Wilde hatte immer noch seine Hände an ihren Schamlippen und fingerte daran herum. Als sie ihre Beine schließen wollte, drückte Mox sie auseinander.

»Das reicht, Mox!« Ertönte Stephens Stimme hinter ihr. Sofort zog sich der Wilde zurück.

Gerade, als Brenda ihr Geständnis ablegen wollte, spürte sie, wie ihr jemand einen Knebel anlegte. »Stephphph...«

»Pst, ganz ruhig, meine kleine Spionin. Ich habe jetzt noch keine Lust auf die Wahrheit, denn es erregt mich sehr, Mox und dir zuzusehen.«

Was?! Das kann er doch nicht ernst meinen!, dachte Brenda. Schon spürte sie große Hände auf ihren Brüsten. Sie kneteten fest und etwas unbeholfen, dennoch nahm das Klopfen in ihrem Schoß zu, bis Mox fest in ihre Nippel kniff.

Brenda entfuhr ein gedämpftes Stöhnen.

»Das reicht, Mox!«, hörte sie Stephen wieder hinter sich. Er passte also auf, dass der Wilde nicht zu weit ging. Stephen besaß ja doch noch ein Quäntchen Anstand, dennoch hätte sie sich gern an seine Brust gelehnt, um sich noch ein wenig sicherer zu fühlen.

Beinahe war Brenda enttäuscht, keine Hände mehr auf sich zu spüren, als sie plötzlich jemand von hinten umarmte und sanft ihre Brüste knetete. Warme Lippen saugten sich an ihrem Ohrläppchen fest. Es war Stephen, sie konnte seinen männlichen Duft riechen! Als wäre ihr Wunsch erhört worden ...

»So, Brenda-Schätzchen, du glaubst ja gar nicht, wie ihr zwei Süßen mich erregt. Ich werde jetzt Mox ein wenig mit dir spielen lassen und ihn nur unterbrechen, wenn er zu unbeherrscht wird. Und dann wirst du dein Geständnis ablegen.«

Brenda nickte eifrig, denn ihr taten sämtliche Knochen weh. Zu ihrem Erstaunen band Stephen sie los, aber die Freude währte nicht lange. Nachdem sie sich auf dem Rücken ausgestreckt hatte, band er ihre Arme diesmal über dem Kopf zusammen und an das Gestell mit den Pflanzen, vermutete sie. Die drückende Feuchtigkeit in dem Raum hatte sich schon auf ihre Haut niedergeschlagen. Brenda kam sich wie eingeölt vor.

»So kommt Mox doch ein bisschen besser mit dir zurecht«, lachte Stephen rau, bevor Brenda fühlte, dass er sich zurückzog. Sie hörte nicht das Gleiten der Tür. Stephen befand sich noch mit ihnen im Raum.

Brenda versuchte sich zu beruhigen und konzentrierte sich darauf, durch die Nase zu atmen. Aber sofort erschrak sie, als ihre Beine auseinandergezogen wurden und der Wilde sein Gesicht auf ihr nasses Geschlecht presste. Mox leckte sie hemmungslos, wobei er ab und zu leicht in ihr geschwollenes Fleisch biss.

Finger drangen in sie ein, um sie heftig zu dehnen. Der Wilde zog und zupfte an ihren Schamlippen und vor allem an ihrem Kitzler. Mox erkundete auch ihre andere Körperöffnung, in die er ebenfalls einen Finger schob. Brendas Schoß stand in lustvollen Flammen.

»Das reicht, Mox!«, ertönte Stephens Befehl. Knurrend zog sich der Wilde zurück. Er hatte Brenda so viel Lust verschafft, dass sie ihre Schenkel fest zusammenpresste, um das angenehme Klopfen in ihrem Kitzler zu verstärken. Aber es half nicht wirklich.

»Den Rest übernehme ich, Mox, aber du darfst zusehen. Hier, nimm mein Nachtsichtgerät«, hörte sie Stephen sagen, bevor er ihr den Knebel entfernte. Geräuschvoll atmete Brenda mehrmals tief durch. Was würde nun kommen?

Als er sich jedoch auf ihren feuchten Körper legte, bekam ihre Lust sofort wieder die Oberhand. Gierig rieb sie ihren Unterleib an Stephen. Er war nackt! Er musste seinen Anzug ausgezogen haben.

»Nicht so ungeduldig, meine Gefangene.« Er atmete ebenso hektisch wie sie und auch seine Haut schien von einem feuchten Film überzogen zu sein. Ihre Oberkörper glitten aneinander. »Jetzt erzählst du mir, warum du die Kapseln vernichtet hast.«

»Weil ...« Sie konnte kaum sprechen, so erregt war sie. »Weil das zu meinem Auftrag gehört.«

»So, und wer ist dein Auftraggeber?« Langsam drang sein harter Schaft zwischen ihre nassen Falten.

»Eine ... geheime Untergrundbewegung«, japste sie, als er mit einem starken Hieb in sie stieß.

»Ich will Namen!« Stephen bewegte sich genau richtig in ihr, wobei er ihre Brüste knetete. Er hatte schnell gelernt.

»Du bist ein Naturtalent, Commander!« Sie bäumte sich auf und stöhnte lustvoll, denn Brenda spürte, wie sich ihr Höhepunkt anbahnte. Da zog sich Stephen aus ihr zurück.

»Welche Leute haben dir den Auftrag erteilt und warum?«

Sie wollte ihm schnell alles beichten, damit er sie endlich erlöste. »Ich habe die Mission, den Menschen Lust und Liebe wiederzubringen.«

In sanften Bewegungen rieb Stephens Eichel über ihren geschwollenen Kitzler, der unerträglich pochte. »Erzähl mir mehr.«

Brenda hob ihre Hüften an, aber Stephen wich vor ihr zurück. »Du würdest mir ja doch nicht glauben.«

»Es käme auf einen Versuch an.« Stephens Zunge leckte an ihrer Ohrmuschel und brachte Brenda dazu, noch kribbeliger zu werden.

»Lass mich endlich kommen und ich werde dir alles sagen, das schwöre ich!«

Ein raues Lachen durchschnitt die feuchte Dunkelheit. »Ich habe mir gleich gedacht, auf diese Weise alles aus dir herauszubekommen.« Er trieb seine Härte wieder in sie.

Sofort zog sich Brendas Inneres um seinen Schaft. »Bitte, stoß mich endlich!«, winselte sie.

»Dann rede!«

»Eine geheime Untergrundorganisation hat mich aus der Vergangenheit geholt«, sagte sie mit abgehacktem Atem.

Abrupt hörte Stephen auf, sich zu bewegen. »Natürlich.«

Er glaubte ihr nicht, das hatte sie sich schon gedacht. »Es ist die Wahrheit! Ich komme aus dem 21. Jahrhundert. Die Krankheit ist lange besiegt, und für den Fall, dass sie wieder auftaucht, wurde ein Impfstoff entwickelt.«

Stephen schien ihr gar nicht richtig zuzuhören, denn er stieß wieder tief in sie. Er keuchte und stöhnte – anscheinend war er so sehr erregt, dass er sich kaum mehr beherrschen konnte. »Weiter!«, stieß er dennoch hervor.

Brenda spreizte ihre Beine, um die köstliche Reibung intensiver spüren zu können. »Nichts weiter. Ich bin nur ... im Auftrag der Menschheit ... unterwegs, damit unser ... Geschlecht nicht ausstirbt.« Sie konnte kaum noch sprechen. Ihr Orgasmus stand kurz bevor. »Und ich soll ... den Menschen die ... Liebe wieder zurückbringen.«

Brenda wusste nicht, ob er ihr nun glaubte oder nicht, aber sie spürte, wie sein Schwanz in ihr zuckte und Stephen sie mit seiner Wärme füllte. Dabei massierte er ihre schweißnassen Brüste und küsste sie so leidenschaftlich, dass Brenda ihm gleich darauf ins Land der Ekstase folgte. Ihre Scheidenwände krampften sich um Stephens pumpende Härte und sie keuchte ihren Orgasmus in seinen geöffneten Mund. Sein schwerer Körper sank ermattet auf sie, worauf Brenda Probleme hatte, genug Luft zu bekommen, aber Stephen glitt schon von ihr herunter.

Als er die Maske von ihren Augen zog, sie von den Fesseln befreite und das Licht anschaltete, sah sich Brenda blinzelnd im Frachtraum um. Sie hatte Mox total vergessen gehabt. »Wo ist der Wilde?«

Stephen schmunzelte und hielt sich eine Hand vor sein noch leicht geschwollenes Glied, während er auf sie zukam. »Es gab nie einen Wilden. Hast du mir das wirklich zugetraut?«

»Aber, ich habe dich hinter mir gehört, während Mox ...«

»Das reicht, Mox!«, erklang Stephens Stimme rechts an ihrem Ohr, obwohl er grinsend vor ihr stand. Dann zeigte er ihr die kleine Fernbedienung in seiner Hand. Als er auf einen Knopf drückte, kam wieder derselbe Text aus einem Lautsprecher an der Wand: »Das reicht, Mox!«

»Oh, du hast mich reingelegt!«, rief sie wütend und stürzte auf ihn zu. »Wir sind auf gar keinem Strafplaneten, hab ich recht?«

»Nein, wir sitzen auf einem kahlen Mond.« Stephen hielt Brenda fest in seinen Armen. »Du kommst tatsächlich aus einer anderen Zeit?« Das würde immerhin vieles erklären. »Ich habe nicht gewusst, dass Zeitreisen bereits möglich sind.«

»Oh, schon sehr lange, aber das Empire sorgt dafür, dass es niemand erfährt. Sie haben Angst, die Technologie könnte in feindliche Hände geraten. Aber eine Unterorganisation des Empires hat einen Vertreter in meine Zeit geschickt. Dort wurden gesunde Frauen und Männer darauf vorbereitet, in die Zukunft zu reisen.« Brenda senkte ihre Stimme und blickte auf Stephens Brust. »Wirst du mich nun verraten?«

»Ich denke nicht.« Immer noch starrte er sie an. Was war es nur, was ihn an dieser Frau so faszinierte? »War es furchtbar für dich, deine Zeit und deinen Planeten zu verlassen?«

»Ich hatte dort nicht viel, was mich gehalten hat. Am schlimmsten war es aber, deine Sprache so gut zu beherrschen, dass niemand Verdacht schöpft. Die Grundstruktur hat sich doch sehr verändert. Dafür genoss ich die Einweisung in dieses Shuttle umso mehr. Ich habe zwar in der Raumfahrt gearbeitet, doch diese Technik ist unserer weit voraus. Es ist wahnsinnig interessant.«

»Wirst du wieder in deine Zeit zurückkehren?«, fragte er, wobei sein Herz schmerzhaft pochte. Er wollte Brenda nicht mehr missen.

»Das Gerät, mit dem ich zurückreisen kann, habe ich in meiner Traumkonsole versteckt. Ich muss nur auf einen Knopf drücken und wäre verschwunden.« Brenda vergrub ihre Nase in der kleinen Kuhle an Stephens Schlüsselbein. »Aber ich denke nicht, dass ich es tun werde«, sagte sie. Geräuschvoll atmete Stephen auf, doch sofort wurden seine Hoffnungen zerschlagen, als sie hinzufügte: »Dazu gibt es hier einfach zu viel zu tun.«

»So«, meinte er enttäuscht und ließ sie los. Sie dachte also nur an ihren Auftrag. Er bedeutete ihr anscheinend gar nichts. »Dann lass dich nicht aufhalten.«

Erst hoben sich ihre Augenbrauen, aber dann strahlte sie ihn an. »Es ist schön, dich eifersüchtig zu sehen.« Brenda legte die Arme um Stephens Hals und drückte sich fest an ihn. »Du bedeutest mir nämlich auch sehr viel. Außerdem kann ich dich unmöglich verlassen, wo du noch eine ganze Menge lernen musst, Mox!«

»So, ich dachte, ich beherrsche die Sache schon ganz gut.« Ein warmes Gefühl durchströmte Stephens Brust. »Am besten, wir machen gleich mit dem Unterricht weiter«, sagte er mit rauer Stimme und küsste Brenda zärtlich auf den Mund. »Du zeigst mir, was Liebe ist, und ich schließe mich deiner Mission an.«

»Aye, Commander, auf diese Nachricht hatte ich gehofft.«

Lustsklavin

Samstagabend im »Chez Monique«, einem BDSM-Club in Westlake, Los Angeles

Wie es sich für eine artige Sklavin gehörte, nahm Trish in dem düsteren Raum ihre Position ein. Sie stand aufrecht, die Beine leicht gespreizt, die Hände hinter dem Rücken verschränkt und drückte Brüste sowie Po möglichst weit hinaus. Allein diese Stellung ließ ihr Herz höher schlagen und mehr Blut in ihre Schamlippen fließen.

Die Haare trug sie im Nacken zusammengebunden, da ein Herr immer volle Kontrolle über die Emotionen einer Sklavin haben musste. Auch wenn es in Trishs Fall etwas schwerer war, ihre Mimik zu erkennen, denn sie hatte sich eine schwarze Maske umgebunden, die Trish ein katzenhaftes Aussehen verlieh. In dem SM-Club »Chez Monique« diente das den Mädchen zum Schutz ihrer Privatsphäre. Diese Maske war auch der einzige Grund, warum sie, Trish, heute für Jade einsprang, denn sonst würde Gabriel Lestrange Trish sofort erkennen. Der Geschäftsmann würde jede Sekunde eintreffen, und das machte Trish unendlich nervös. Sie atmete geräuschvoll auf und beglückwünschte sich dazu, dass sie letzte Woche Zeit gefunden hatte, um zum Friseur zu gehen und ihre Haare jetzt nicht mehr braun sondern feuerrot waren. So würde Gabriel vielleicht denken, sie wäre ein neues Mädchen.

Plötzlich öffnete sich die Tür, und der schwache Luftzug brachte die Kerzen an der Wand zum Flackern. Trishs wild klopfendes Herz legte noch einmal an Tempo zu. Es war beinahe zehn Jahre her, seit dem letzten Mal mit Gabriel.

»Eine neue Stute?«, hörte sie seine Stimme. Sie klang hart, aber trotzdem angenehm. Dunkel, geheimnisvoll – so wie sie diese von damals kannte, als Trish noch regelmäßig zu ihm gekommen war.

Während er sein teures Jackett auszog und an einen Haken neben der Tür hängte, schielte Trish zu ihm hinüber. Er trug eine dunkle Anzughose, wahrscheinlich »Armani«, und ein hellblaues Hemd, das er gerade aufknöpfte. Gabriels schwarzes Haar reichte ihm fast bis zum Kinn, früher war es ihm in langen Strähnen über die Schultern gefallen. Früher – das war, bevor er ohne sie das Land verlassen hatte.

Trish konnte förmlich spüren, wie seine dunklen, leicht schräg gestellten Augen über ihren nackten Körper huschten. Sie hatte sich oft gefragt, ob Gabriel vielleicht lateinamerikanische Vorfahren hatte. Nur sein markantes Kinn passte nicht ganz zu seiner Erscheinung, aber dieser Mann war so eine interessante Mischung und auf seine Art schön, dass sie angestrengt vermeiden musste, ihn nicht anzustarren.

Gabriel buchte jeden Monat seit seiner Rückkehr in die USA eine Session und heute war es das elfte Mal, dass er ins »Chez Monique« kam. Nicht auszudenken, wenn er herausfand, dass sie in ihrem eigenen Club die Skavin spielte! Aber Jade, die Gabriel sonst buchte, saß gerade mit einem Gipsbein hinter dem Empfang und Sienna, die noch hätte einspringen können, war heute krank.

So wie es aussah, musste Trish zum ersten Mal seit Jahren

wieder selbst ran. Gabriel Lestrange – einer der reichsten Geschäftsmänner von Los Angeles – war ihr wichtigster Kunde und den mochte sie sich nicht vergraulen. Denn es gab gewisse Gründe, warum sie auf sein Erscheinen in ihrem Club nicht verzichten wollte …

Trish war kein blutjunges Ding mehr, sondern längst eine Frau im besten Alter. Ihr Busen war nicht mehr so straff und ihr Bauch weicher geworden, dennoch besaß sie noch eine ganz passable Figur, wie sie fand. Aber würde Gabriel eine Sklavin nehmen, die mindestens zehn Jahre älter war als das Mädchen, das er sonst züchtigte? Er selbst hatte die Vierzig schon bald erreicht, doch das hatte seiner Ausstrahlung nicht geschadet, im Gegenteil – die silbergrauen Strähnen in seinem dunklen Haar sahen unwahrscheinlich sexy aus.

Leise seufzend blickte sich Trish in dem düsteren Raum um, in dem sie in ihrer unverkennbaren Sklavinnenposition stand: nackt, verwundbar und sofort bereit. Ihr Herr hatte vollen Zugang zu ihr.

Vor Trish, auf einem mit rotem Samt bezogenen Tischchen, lagen allerlei Folterwerkzeuge: Brustklemmen, Dildos, Analplugs, Reizstromgeräte, Paddel, diverse Peitschen und all jene Dinge, die das Herz eines jeden Herrn höher schlagen ließen und einer Sklavin den Schweiß aus sämtlichen Poren trieben.

An den Wänden des Zimmers flackerten schwarze Kerzen in schmiedeeisernen Leuchtern. Dort waren auch zahlreiche Haken, Ösen und Schnüre angebracht. Des Weiteren gab es in dem Raum Folterbänke, Käfige, Andreaskreuze, Liebesschaukeln sowie einen riesengroßen Spiegel, und in der Mitte der Folterkammer stand ein bequemes Bett.

Gabriel buchte stets für eine volle Stunde das Deluxe-Zimmer, obwohl er nur selten die Geräte benutzte. Das wusste

Trish, weil sie bis jetzt jede seiner Sessions beobachtet hatte, denn hinter den Wänden verlief ein geheimer Gang bis zu dem Spiegel, durch den man von der anderen Seite hindurchblicken konnte.

Gabriel kam nicht wie die meisten anderen Manager, Firmenchefs, Vorstandsmitglieder oder sonstigen hohen Tiere in ihren Club, um sich selbst lustvoll quälen zu lassen, damit er den Druck abbauen konnte, der auf seinen Schultern lastete – nein – Gabriel kaufte sich für eine Session eine Sklavin, die er züchtigen konnte. Nur das brachte ihn auf Touren, wusste Trish.

In einer eleganten Bewegung streifte sich Gabriel das Hemd von den Schultern und hängte es neben seinem Jackett auf. Für einen Moment kam Trish in den Genuss, seinen Rücken zu sehen. Im Licht der Kerzen schimmerte seine Haut wie Bronze und die paarigen Muskelstränge traten hervor.

Nur mit seiner Hose bekleidet, schritt er auf Trish zu, die immer noch brav mit demütig gesenktem Blick in ihrer Position dastand. Als ob er ein Kalb auf einem Rindermarkt begutachten würde, ging Gabriel um sie herum. Trish starrte angestrengt auf ihre nackten Zehen, ihre Knie zitterten leicht und das Herz rutschte ihr immer tiefer. Sie hatte große Angst, dass er sie erkannte. Ihre vorstehenden Brüste vibrierten ebenfalls leicht, so angespannt war sie, aber ihre Erregung stieg gerade dadurch an. Furcht war der Kick, den sie brauchte.

Gabriel streckte eine Hand aus, um nach der Marke zu greifen, die an einem ledernen Band um ihren Hals baumelte. »Luna? Wie die Mondgöttin?«, las er ab und setzte sofort spöttisch hinzu: »Lady Godiva hätte wohl besser zu deinem feuerroten Haar gepasst.« Abrupt ließ er den silbernen Anhänger los, als hätte er sich daran verbrannt. »Wo ist Jade?«, fuhr er sie an.

Trish versuchte, möglichst unterwürfig zu klingen, was ihr bei seinem imposanten Auftreten auch nicht weiter schwerfiel, und zugleich ihre Stimme zu verstellen: »Sie steht Ihnen heute nicht zur Verfügung, mein Herr. Ich bitte Sie, mit mir Vorlieb zu nehmen. Wie Ihr schon herausgefunden habt, ist mein Name Luna.«

»Ah ...«, machte er verächtlich, »meine Sklavin hat keinen Namen. Ich werde dich einfach nur Sklavin nennen, Trish.«

Sie zuckte zusammen. Für einen Moment gab sie ihre Professionalität auf und blickte ihm direkt in die dunklen Augen.

»Denkst du, ich erkenne meine beste Stute nicht wieder?« Er griff nach einem Rohrstock, der auf dem Tisch neben den anderen »Spielzeugen« lag. »Und habe ich dir erlaubt, mich anzusehen?«

»Nein, mein Herr.« Sofort senkte sie den Blick und nahm ihre Position ein. »Es tut mir leid, das wird nicht mehr vorkommen.« Trish hatte das Funkeln in seinen Augen gesehen. Es verschaffte ihm wohl eine unheimliche Genugtuung, dass sie endlich nachgegeben hatte und wieder seine Sklavin spielte. Trish hätte sich darüber ärgern müssen, aber sie konnte nicht – ihre Lust war schon zu sehr angewachsen und benebelte ihr klares Denkvermögen.

Obwohl Gabriel wissen musste, dass es gegen die Regeln ihres Hauses verstieß und er einen Rauswurf riskierte, zog er ihr die Maske ab. Ein feiner Schweißfilm hatte sich darunter gebildet, den Gabriel mit dem Handrücken abwischte. »Meine beste Stute – so schön wie eh und je.«

Verdrängte Erinnerungen durchströmten Trish und brachten ihr ein Ziehen hinter dem Brustbein ein. Ein Jahr lang hatten sie eine Herr-Sklavin-Beziehung der besonderen Art geführt. Gabriel und sie hatten jeder sein eigenes Leben gelebt, aber immer, wenn ihm nach seiner Sklavin verlangte, erhielt Trish eine SMS auf ihr Handy, und wenn sie Zeit hatte, fuhr wenig später schon Gabriels Chauffeur mit der Limousine vor und brachte sie zu ihm in sein luxuriöses Apartment. Sie vertrieben sich ihre Zeit mit prickelnden Spielen, bis zu dem Tag, als Gabriel Los Angeles verließ, weil er beruflich ins Ausland musste. Trish hatte sich längst in ihren Herrn verliebt und gehofft, dass es ihm ebenso erging, aber er hatte sie nicht mitgenommen.

Zehn Jahre später war er plötzlich als Kunde in ihrem Club aufgetaucht und hatte geglaubt, sie könnten ihre Beziehung fortführen, als wäre nichts geschehen. Aber Trish hatte ihm die kalte Schulter gezeigt. Was dachte sich Gabriel eigentlich?

Gabriel war jedoch hartnäckig geblieben. Trish war sich sicher, dass er nur in ihren Club kam, um sie zu bestrafen. Das war seine Art, sie weiterhin zu demütigen. Irgendwie hatte sie nie aufgehört, seine Sklavin zu sein, und jetzt freute sie sich sogar auf die Session.

Trish wollte, dass es endlich begann, deswegen sagte sie: »Das Safeword lautet …«

»Ich habe es nicht vergessen!«, unterbrach er sie harsch. »Dennoch wirst du es nicht brauchen. Ich werde erkennen, wo deine Grenzen liegen und sie nicht überschreiten. Das zeichnet einen guten Herrn aus.«

Zähneknirschend hielt sie den Mund, denn Gabriel hatte es bei keiner ihrer Mädchen bisher zu weit getrieben. Sie hatten seine Spielchen stets genossen. Er hatte sie nur bis an ihre Grenzen gebracht, aber seltsamerweise niemals mit ihnen geschlafen. Als Trish sein Eigentum gewesen war, hatte er jedoch all ihre Löcher benutzt, wie es ihm gefiel. Er war auch bei ihr nie zu weit gegangen. Trish hatte ihm vollkommen vertraut.

Was würde er sich heute einfallen lassen? Ob der Vorfreude

zogen sich ihre Nippel zusammen und streckten sich ihrem Gebieter noch weiter entgegen.

Gabriel fasste unter ihr Kinn, um ihren Kopf nach oben zu drücken. »Jetzt darfst du mich ansehen!«

Trish folgte seinem Befehl. Längst hatte sich das Pochen in ihrer Mitte verstärkt, denn es machte sie an, wenn Gabriel so mit ihr umsprang. Bei keinem anderen Herrn klappte das so gut wie bei Gabriel Lestrange. Seine dunklen Augen ruhten beinahe sanft auf ihrem Gesicht, und für einen Moment verlor sie sich in dessen Tiefen. Plötzlich wurde Trish bewusst, dass sie ihren ehemaligen Gebieter immer noch liebte. Sie hatte Gabriel nur von seiner bestimmenden Art kennengelernt und keine Ahnung, wie er im wirklichen Leben war, aber sie hatte es ihm nie verziehen, dass er sie einfach verlassen hatte. Ihre Erziehung war schon so weit fortgeschritten gewesen, sie hatte sich in seiner Gegenwart ganz fallenlassen können, aber dann war dieser Mistkerl nicht mehr da gewesen, um sie aufzufangen.

Gabriel lächelte unheilvoll. »Sehe ich da Trotz in den hübschen Augen meiner Sklavin?«

Verdammt, er konnte ihre Emotionen immer noch perfekt deuten. »Nein, mein Herr«, sagte sie hastig und senkte den Blick.

Sofort ließ er ihr Kinn los. »Für diese Lüge muss ich dich bestrafen, Sklavin!«, donnerte er, sodass Trish zusammenzuckte. »Hast du nichts von dem behalten, was ich dir beigebracht habe? Eine Sub muss ihrem Gebieter stets die Wahrheit sagen!« Er deutete mit dem Rohrstock auf die gepolsterte Spankingbank. Trish erinnerte sie ein wenig an ein Gerät aus einem Fitnessstudio. »Nach dir, Sklavin.«

»Ja, Herr.« Trish ging mit gesenktem Kopf zu der Bank. Sie kniete sich auf das untere Polster und legte ihren Oberkörper auf die Erhöhung. Die Bank war so konstruiert, dass sie sich mit geöffneten Beinen darauf niederlassen musste, sodass sich ihr Hintern Gabriel entgegenreckte und er all ihre Öffnungen gut im Blick hatte. Ihr Gesicht ruhte auf einer Aussparung, wie es sie auch bei Massageliegen gab, die Arme legte sie seitlich ab.

Als plötzlich seine Hand zwischen ihre Falten fuhr, keuchte sie auf. »Mmm, deine Haut ist wunderbar glatt, ohne ein Haar, so mag ich das.« Er ließ erst einen Finger auf ihrem Kitzler kreisen und spielte dort an ihrem Piercing, dann fuhr er in sie hinein. »Deine Vorfreude scheint ja groß zu sein, so nass wie du schon bist.«

Trish erschauderte wohlig und drückte ihm ihren Po entgegen. Ihr Herr nahm noch einen zweiten Finger dazu, tastete sie aus und stieß sie ein paar Mal.

Ein leises Stöhnen entfuhr Trishs Kehle. Sie fühlte sich Gabriel ausgeliefert und schämte sich ein wenig, weil er sehen konnte, wie erregt sie schon war. Immer mehr Blut schoss in ihre Schamlippen, ihr Kitzler pochte.

Sie schämte sich auch für ihren Busen, der durch weitere Aussparungen an der Liegefläche nach unten hing, denn die Schwerkraft ging nicht gerade gnädig mit ihm um. Während Gabriel sie befingerte, stupste er den Rohrstock gegen ihre Brüste. »Ich mag es, wenn sie baumeln, aber noch schöner sind sie, wenn ich sie mit Schmuck behänge.« Gabriel lachte dunkel, bevor er seine Finger wieder aus ihr herauszog. Trish wusste genau, was er vorhatte. Sie hörte, wie er sich von ihr entfernte, aber sofort wieder zurückkam. Mit festen, selbstsicheren Schritten durchmaß er den Raum und ging vor ihr in die Hocke. Dadurch sah Trish die gewaltige Beule in seiner Hose.

Das lustvolle Pochen in ihrer Scham nahm weiter zu. Würde Gabriel ihr die Ehre erweisen und sie mit seinem Schwanz zum Orgasmus stoßen? Mit keinem ihrer Mädchen hatte er geschlafen, anscheinend fand er genug Gefallen daran, sie zu züchtigen, um am Schluss auf ihre mit Striemen gezeichneten Körper zu onanieren. Die Male ihres Gebieters – wie stolz war Trish immer auf sie gewesen, aber dennoch verlangte es sie auch nach seiner körperlichen Nähe.

Trish wagte es, die Lider ein wenig zu heben, damit sie Gabriel genauer betrachten konnte. Seine Figur war noch immer in Topform, auch wenn Bauch und Hüften nicht mehr ganz so fest waren wie vor zehn Jahren. Auch an ihm war die Zeit eben nicht spurlos vorübergegangen. Diese Erkenntnis ließ Trish ein wenig lockerer werden.

»Schau, was ich dir mitgebracht habe, Sklavin.« Gabriel hielt ihr zwei silberfarbene Nippelklemmen unter die Nase, an denen jeweils ein kleines Gewicht hing. »Die machen deine Brüste noch schöner.«

Sofort öffnete er eine Klammer, zwirbelte einen von Trishs Nippeln zwischen Daumen und Zeigefinger, bis er schön hart war, und brachte dann die Klammer an.

Trish sog die Luft ein. Gabriel hatte ein leichtes Gewicht ausgewählt, dennoch würden sich die Schmerzen bis ins Unendliche steigern, je länger sie die Nippelklemmen trug. Jetzt zwickten sie nur leicht, aber die Klammern schnürten ihr das Blut in den Brustspitzen ab und die Gewichte zogen ihre Brüste noch ein Stück mehr dem Boden entgegen.

Gabriel brachte auch die zweite Klemme am anderen Nippel an, wog dann beide Brüste in seinen Handflächen und ließ sie anschließend nach unten fallen. Unter dem stechenden Schmerz keuchte Trish auf, aber zugleich steigerte es ihre Lust immer mehr. Gabriel wusste genau, wie viel sie vertrug – für ihn war ihr Körper wie ein Instrument, auf dem er perfekt spielen konnte.

Gabriel stand auf und ging um sie herum. »Sehr schön, aber noch nicht perfekt.«

Wieder entfernte er sich. Als er zurückkam, zog er Trishs Arme auf den Rücken und fixierte sie dort mit gepolsterten Handschellen. Auch ihre Beine und den Oberkörper band er am Gestell fest, sodass sie ihm jetzt vollkommen ausgeliefert war. In dieser unbequemen Position verharrte sie schwer atmend, während der Lustsaft ungehindert an ihren Schenkeln hinablief. Es war demütigend, wenn Gabriel sah, wie scharf die Behandlung sie machte. Er hatte diese Genugtuung nicht verdient.

Als Trish den kühlen Stock an ihrer Spalte fühlte, zuckte sie zusammen. Gabriel teilte damit ihr Fleisch und zog das Holz zwischen ihren Schamlippen hindurch, bis es ganz feucht war. Die grausamste Folter war immer, dass sie nie wusste, wann er zuschlagen würde.

»Das Wichtigste fehlt noch an meiner Sklavin«, brummte es hinter ihr. »Wo habe ich heute nur meinen Kopf? Fast hätte ich deinen Schwanz vergessen. Ohne den bist du keine richtige Stute.«

Auch jetzt wusste Trish, was er vorhatte. Gabriel würde den Analplug aus schwarzem Latex holen, an dessen Ende ein Ponyschweif angebracht war. Wenn er den Plug in sie steckte, würden die künstlichen Haarsträhnen zwischen ihren Pobacken nach unten hängen. Schon spürte sie Gabriels Zunge an ihrer runzligen Pforte und seinen abgehackten Atem, der dagegenschlug. Als er den kühlen Plug in ihre Vagina trieb, verkrampfte sich Trish kurz. Sie fühlte, wie dick er war – anscheinend hatte Gabriel einen der größeren Plugs ausgewählt.

»Keine Angst, Sklavin, ich mach ihn nur schön feucht.« Abermals ließ er sein sinnliches Lachen hören, das Trish an ein Schnurren erinnerte. Es sandte prickelnde Schauer über Trishs Körper, denn sie wusste, wenn Gabriel solche Laute von sich gab, dauerte es nicht mehr lange, bis er richtig loslegte.

Ihre eingeklemmten Brustspitzen pochten mittlerweile schmerzhaft. Aber der Schmerz und die erniedrigende Stellung auf der Spankingbank brachten Trishs Lustsäfte noch mehr zum Fließen. Es schmatzte geräuschvoll, als Gabriel den Analplug in ihre Möse hineinstieß. Seine Zunge spielte immer noch an ihrem engen Ring, der sich langsam entspannte und verlangend zuckte. Sie konnte es kaum erwarten, dass er den Plug endlich einführte. Die Angst, dass er zu dick für sie war, machte sie nur noch geiler.

Gabriel zog das Sextoy heraus und legte dessen abgerundete Spitze an ihren Schließmuskel. »Sch...sch..., ganz locker bleiben, meine Sklavin.«

Vorsichtig drückte er zu und dehnte ihr Loch. Immer weiter öffnete es sich, bis es brannte und spannte und Trish vor Lustschmerz beinahe verging. Ihr Kitzler klopfte wie verrückt, und hätte Gabriel ihn nur ein bisschen gerubbelt, wäre sie bestimmt sofort gekommen. Aber er vermied es konsequent, sie an einer Stelle zu berühren, die ihre Erregung noch weiter schürte. Er liebte es, sie zu quälen und ihren Orgasmus so lange hinauszuzögern, bis sie darum bettelte. Trish fragte sich gerade, wie dick der Analplug noch war, da steckte er endlich drin. In ihr und um ihren After herum pochte es wild.

»Ja, jetzt siehst du wie eine richtige Stute aus.«

Trish konnte sein zufriedenes Grinsen beinahe fühlen. Gabriel nahm den Haarschweif in die Hand und ließ ihn zwischen ihren geöffneten Schenkeln hin und her schwingen.

Dann ging plötzlich alles ganz schnell. Gabriel trat zurück und Trish fühlte im nächsten Moment schon den Rohrstock an einer Pobacke, noch bevor sie das zischende Geräusch wahrgenommen hatte. Mit trommelndem Herzen und geschlossenen Augen lag sie auf der Bank, um den Schmerz in sich nachwirken zu lassen. Er vermischte sich mit dem süßen Leid, das in ihren Nippeln brannte wie Feuer.

»Sklavin?«, fragte Gabriel hinter ihr gefährlich leise.

»Danke, mein Herr«, stieß sie schnell durch zusammengepresste Zähne, wie es sich für eine artige Sklavin gehörte.

Schon surrte der Stock ein zweites Mal durch die Luft und traf dieselbe Stelle wieder, diesmal ein wenig fester. Es tat nicht sehr weh – es war mehr die Angst vor dem zu erwartenden Schmerz, der Trish zu schaffen machte.

»Ich danke Euch, mein Gebieter.«

Oh, wie demütigend und erregend zugleich war es, sich nach jedem Schlag zu bedanken und in dieser exponierten Pose Gabriels lüsternen Blicken ausgeliefert zu sein – mit den Gewichten an ihren Nippeln, die ihre Brüste in die Länge zogen, und mit dem Plug in ihrem Anus, der sie tatsächlich wie eine Stute aussehen ließ.

Weitere Schläge folgten, die gerade so dosiert waren, dass es Trish noch aushielt. Dennoch verkrampfte sie ihren ganzen Körper und bemerkte kaum, wie ihr aus jeder Pore der Schweiß ausbrach.

Als beide Pobacken schließlich brannten, als hätte Gabriel Säure über sie geschüttet, warf er den Stock auf den Boden. »Du hast dich gut unter Kontrolle, meine Stute.«

Dieses Lob erfüllte Trish mit Stolz. Sie seufzte leise, als Gabriel mit seinen Fingerspitzen über ihre geschundene Haut fuhr.

»So wunderschön ...«, flüsterte er.

Trish hörte, wie Gabriel hinter ihr seine Hose öffnete und der Stoff beinahe geräuschlos zu Boden fiel. Trishs Herz machte einen Satz. Würde er nun endlich mit ihr schlafen? Sie sehnte sich so nach seiner Körperwärme, nach einer Umarmung und nach einer zärtlichen Geste.

Ihre Hoffnungen schienen sich zu erfüllen, denn Gabriel knurrte: »Mir ist danach, meine Stute ein wenig zu reiten. Drück deinen Po raus, sei ein braves Pferd.«

Sie gehorchte und drückte sich ihm so weit es ging entgegen. Gabriel hob den Haarschweif und legte ihn auf ihrem Rücken ab.

Als sich Gabriels Härte in sie schob, wusste Trish, dass ein anderer Mann nie besser gepasst hatte als er. Gabriel bewegte sich kaum, stand einfach nur über sie gebeugt da und schmiegte seine Wange an ihren Nacken. Da Trishs Hände auf dem Rücken zusammengebunden waren, streichelte sie mit den Fingern über seinen Bauch. Für einen kurzen Moment schien die Zeit stillzustehen, als beide es genossen, nach so vielen Jahren wieder vereint zu sein. Trish spürte, wie Gabriels Lippen über ihre Haut glitten und sie glaubte, ihn ihren Namen flüstern zu hören. Wärme durchflutete Trish, die ihr Zuversicht und neue Kraft gab.

Leider fand Gabriel viel zu früh in seine Rolle zurück. Er packte ihre Hüften und begann, fest in sie zustoßen, ohne dabei auch nur ein einziges Mal ihren Kitzler zu stimulieren, damit sie auf keinen Fall Erfüllung finden konnte.

»Bitte, Herr«, flehte sie, »quält mich nicht so.«

Gabriel lachte rau und stieß noch härter zu. »Erst ist dein Herr dran, das weißt du doch, Sklavin, so war es immer bei uns.«

Ja, so war es immer zwischen ihnen gewesen und Trish hatte das genossen. Aber der Schmerz über sein plötzliches Verschwinden hatte sich tief in ihr eingebrannt und war schlimmer als alle Schläge und Demütigungen, die sie je von ihm erhalten hatte. Die Züchtigung war ja nur ein Spiel – dass er ohne sie die Stadt verlassen hatte, war real.

Plötzlich zog Gabriel sich aus ihr zurück und ging um die Bank herum.

»Leck ihn sauber!«, befahl er und öffnete ihre Handschellen, damit sie sich besser abstützen konnte.

Trish klammerte sich mit den Fingern an das Polster und hob den Kopf. Gabriel hielt ihr sein Geschlecht direkt vor die Augen. Es war über und über mit ihrem Saft bedeckt. Sie konnte ihre eigene Lust riechen. Ihr Duft mischte sich mit dem Moschusgeruch von Gabriel.

Fasziniert betrachtete sie die glänzende, dunkelrote Spitze, aus der ein paar Tropfen quollen, und den wulstigen Rand drumherum. Wie gern wollte sie damit von Gabriel bis zum Gipfel gestoßen werden. Nur das Piercing in seinem Hodensack war neu und fiel ihr erst jetzt auf. Sie nahm es zwischen Daumen und Zeigefinger und zupfte leicht daran, worauf sich seine Hoden sofort zusammenzogen.

»Du tust ja gerade so, als hättest du schon ewig keinen Schwanz mehr gesehen«, brummte Gabriel, bevor er seine Härte einfach in ihren Mund schob. Dabei drang er so tief ein, dass Trish kurz würgte und sich krampfhaft am Polster festhielt. Aber Gabriel änderte seine Position nicht, sondern umfasste ihren Hinterkopf, damit Trish nicht zurückweichen konnte. Ihr Saft verteilte sich in ihrem Mund.

»So ist es brav«, lobte Gabriel und fuhr ihr durchs Haar. »Und jetzt wirst du ihn nur mit deinem Mund verwöhnen, die Hände bleiben auf der Bank.«

Er begann einen sanften Rhythmus, ohne dabei ihren Kopf loszulassen. Trishs Zunge glitt über seine Spitze und schob sich am Rand der Eichel vorbei unter die Vorhaut. Als sie ihren eigenen, bitteren Saft aufgeleckt hatte, schmeckte sie nur noch Gabriel pur. Hingebungsvoll züngelte sie an dem geäderten Schaft entlang, bis Gabriel vor ihr zuckte und stöhnte. Er ließ sie los, um sich ebenfalls an der Bank festzuhalten. Dabei berührten sich ihre Hände. Trish sah, wie sich sein Daumen auf ihren Handrücken schob und sie dort streichelte – anscheinend machte Gabriel das unbewusst.

Jetzt, wo Trish mehr Bewegungsfreiheit besaß, ließ sie ihre Zunge über seine volle Länge bis zum Sack gleiten. Sie nahm sein Piercing zwischen die Zähne, knabberte an der Haut und sog anschließend ein Ei in ihre Mundhöhle. Dann leckte sie wieder an der glatten Spitze, aus der immer mehr Tröpfchen perlten, und streichelte seine Hoden mit den Fingerspitzen, obwohl er ihr das verboten hatte. Aber in diesem Moment schien es ihn nicht zu stören.

Gabriels Stöhnen wurde lauter. Trish saugte leicht und formte mit den Lippen einen festen Ring, den sie an seinem Schaft auf und ab gleiten ließ, bis ihr der Kiefer wehtat. Sie wusste, Gabriel stand kurz vor dem Höhepunkt und sie wollte, dass er ihn schnell erreichte, damit sie endlich vom Blasen erlöst wurde, das sie sehr erregte. Also drückte sie ihre Finger gegen seinen Damm und spielte mit der anderen Hand zwischen seinen Pobacken.

Aber Gabriel zog sich aus ihr zurück. »Ich weiß genau, was du vorhast, Sklavin, und das lasse ich dir nicht so einfach durchgehen.«

Spontan griff er ihr an eine Brust und riss mit einem Ruck das Gewicht von ihrem Nippel.

Trish schrie auf. Sie war froh, dass Gabriel Klemmen ohne Zähnchen verwendet hatte, aber ihre Brustspitze schmerzte dennoch höllisch, als das Blut in sie zurückströmte.

Er nahm den Nippel zwischen Daumen und Zeigefinger, um ihn zu zwirbeln und zu massieren. »Wirst du noch einmal versuchen, mich zu überlisten?«, zischte er.

Trish keuchte und sagte gepresst: »Nein, mein Herr.«

»Ich kenne dich, Sklavin, darum glaube ich dir nicht.« Sofort riss er die andere Klemme ab und verfuhr mit diesem Nippel genauso.

Trish legte ihre Stirn auf dem Kopfteil ab und atmete hektisch. Dabei krallten sich ihre Finger in das Polster. »Ich werde Euch nicht mehr austricksen, Herr, ich schwöre es!« Trish standen Tränen in den Augen, aber ihr Lustsaft floss in Strömen an ihren Schenkeln hinab. Jetzt wünschte sie sich sogar, dass er mit dem Rohrstock auf ihre Schamlippen schlagen würde, denn dann könnte sie endlich kommen.

»Bitte, Herr, gewährt mir einen Höhepunkt.« Sie konnte nicht mehr, war total erschöpft und sehnte sich nach der befreienden Erlösung.

»Bevor ich nicht abspritze, hast du keine Belohnung verdient, Sklavin.« Gabriel stellte sich abermals vor sie und schob seinen Penis in ihren Mund. »Streng dich an und mach es gut! Aber wehe, du benutzt wieder deine Hände!«

Trish saugte und leckte, bis sich ihre Kiefermuskeln verkrampften, während Gabriel unaufhörlich mit seinen Hüften pumpte. Er beugte sich über sie und griff nach dem Schweif, an dem er zog und so den Plug in ihrem Anus bewegte.

Und dann kam er. In warmen Schüben ergoss er sich in ihren Mund und Trish schluckte den herben Saft, während sie so lange an seinem Glied saugte, bis sie auch den letzten Rest Sperma davon abgeleckt hatte.

Gabriel zog sich zurück. Erschöpft ließ Trish ihren Kopf auf das Polster sinken.

»Brave Sklavin, jetzt hast du dir eine Belohnung verdient.«

Er legte den Haarschweif wieder auf ihrem schweißnassen Rücken ab, bevor er begann, ganz zärtlich ihre Pobacken zu massieren. Trish spürte immer noch die Striemen darauf, aber Gabriels Streicheleinheiten waren wie Balsam.

Er zog ihre Pobacken auseinander – wahrscheinlich, um sich Trishs durch den Plug gedehnten Ringmuskel genau anzusehen. Sofort erhitzten sich ihre Wangen. Wann würde er ihr endlich ihren Höhepunkt schenken? Unruhig rieb sie ihren Unterleib an der Auflage, aber der Druck reichte nicht aus, um irgendetwas zu erreichen.

»Mein Herr, ich bitte Euch demütigst, mich endlich kommen zu lassen«, flehte sie.

»Na, nicht so ungeduldig, meine kleine Stute.« Gabriels Hände wanderten weiter an ihren Pobacken hinab und fuhren zwischen ihre Schenkel. Er verteilte ihre Nässe auf den Schamlippen und wischte die Hände an ihren Oberschenkeln ab, die ebenfalls ganz nass waren.

»Nun sieh dir das mal an«, sagte er, ging in die Hocke und hielt ihr seine mit ihrer Nässe überzogenen Finger vor die Nase. »Leck sie ab!«

Seine harsche Stimme und der Auftrag machten sie an. Gabriel steckte ihr jeden Finger einzeln in den Mund und Trish leckte sie brav sauber. Dabei lutschte sie an ihnen, als würde sie ihm einen blasen. Erfreut sah Trish, wie sich sein Glied wieder aufrichtete. Gabriel besaß anscheinend immer noch eine ausgezeichnete Kondition.

Trish hörte ihn schwerer atmen, worauf sie noch intensiver an seinen Fingern saugte. Seine Eichel schälte sich aus der Vorhaut und sein Schwanz pumpte sich so sehr auf, bis er zwischen Gabriels Schenkeln stolz in die Höhe ragte. Wie gern wollte sie ihn wieder in den Mund nehmen, denn Trish liebte es, an seinem geäderten Schaft zu spielen. Es war die einzige Stellung, bei der Trish die volle Kontrolle über Gabriel hatte. Auch wenn sie Sklavin aus Leidenschaft war, machte es sie dennoch an, wenn sie auch Gabriel einmal in ihrer Gewalt hatte.

»Ich kann deine Gedanken erraten, Sklavin!« Gabriel griff in ihr Haar und zog ihren Kopf nach oben. Sein aufgerichtetes Geschlecht zuckte vor ihren Augen. »Blas ihn, bis er ganz hart ist!«

Das musste ihr Gabriel nicht zweimal sagen. Sofort öffnete Trish ihre Lippen und Gabriel drückte ihr seinen Schwanz in den Mund. Hingebungsvoll ließ sie ihre Zunge über die geschwollene Spitze gleiten, so wie sie es gerade eben auch schon getan hatte, und knabberte vorsichtig an der samtenen Haut, bis Gabriel sich rasch zurückzog.

Liebevoll tätschelte er ihre Wangen. »Du bist die folgsamste Sklavin, die ich kenne. Dafür bekommst du eine besonders lustvolle Belohnung.«

Er ließ ihren Kopf los und trat wieder hinter Trish. Gabriel umfasste ihre Hüften und versenkte sich mit einem kräftigen Stoß tief in ihr. Trish wollte sich aufbäumen, aber das ging nicht, weil sie mit den Beinen und ihren Unterleib noch an die Bank gefesselt war.

Dadurch, dass auch noch der dicke Analplug in ihrem After steckte, war wesentlich weniger Platz in ihr. Es schmatzte laut, als Gabriel sich bewegte, und ihr Saft wurde herausgepresst, sodass er an ihren Schenkeln hinablief.

Trish wollte – nein, sie musste – endlich kommen, denn sie hielt es nicht mehr länger aus. Gabriel hatte ihr die ganze Zeit einen Höhepunkt verwehrt, weshalb sich eine ungeheuer große Spannung in ihr aufgebaut hatte, die sich endlich entladen musste.

Während Gabriel fest in sie stieß, spürte Trish, wie er ihre Schamlippen auseinanderzog und plötzlich etwas Kaltes ihren Kitzler berührte. Es war ein kleines, summendes Vibro-Ei, dessen Schwingungen sich über Trishs Nervenbahnen durch ihren ganzen Körper fortsetzten. Gabriel zog die Klitorisvorhaut ganz zurück, bis die empfindliche Knospe vollkommen freigelegt war und hielt das summende Ei direkt drauf.

Trish stöhnte laut. »Gabriel ...« Die starken Vibrationen schmerzten lustvoll. Durch den kleinen Silbering, der über ihrem Kitzler saß, spürte Trish die Schwingungen noch deutlicher.

Gabriel nahm das Piercing und zog daran. »Wie hast du mich eben genannt?«

Aber Trish war nicht mehr fähig, ihm eine Antwort zu geben. Ihr ganzer Körper zuckte und ein ekstatisches Beben zog sich durch sie hindurch. Gabriel presste das Vibro-Ei gnadenlos gegen ihren Nerv, sodass eine Welle nach der anderen über Trish zusammenschlug und den Orgasmus nie enden ließ. Und irgendwann, als sie schon längst schlaff über der Bank hing und die Nachwehen genoss, kam auch Gabriel und füllte sie mit seiner Wärme.

Nachdem er sie losgebunden hatte und zu dem Bett trug, fühlte sich Trish total erschöpft, aber auch unendlich glücklich. So eine sexuelle Erfüllung hatte sie schon ewig nicht mehr erfahren. Immer noch pochte ihr ganzer Körper sanft und eine angenehme Entspannung breitete sich in ihr aus. Trishs Adrenalinspiegel war so hoch, dass sie wie auf Wolken schwebte, während sich Gabriel neben sie legte und sie beide zudeckte.

Eine Weile lagen sie still nebeneinander und sahen sich einfach nur an. Trish brauchte das nach einer Züchtigung – diese Ruhe und Geborgenheit erfüllten sie.

»Willst du nicht wieder zu mir zurückkommen?«, flüsterte

Gabriel in ihr Ohr, während er an dem Haarschweif spielte, der noch immer zwischen ihren Pobacken herausragte. Er hatte es nicht für nötig befunden, den Analplug zu entfernen, was bedeutete, dass er noch nicht mit ihr fertig war.

Trish konnte ihm darauf keine Antwort geben. Wie gern wollte sie wieder seine Sklavin sein, aber ihre Beziehung mit ihm hatte sie nicht zufriedengestellt. Trish wollte mehr, sie wollte ein Teil von Gabriels Leben werden, ja, sie wollte seine Lebenspartnerin werden.

Seine Stimme klang hart. »Okay, dann eben nicht. Aber du warst jeden Dollar wert. Ich werde nächste Woche deine Dienste wieder beanspruchen!«

»Nächste Woche?«, entfuhr es ihr. Die anderen Mädchen hatte er nur einmal im Monat aufgesucht.

Verwirrt sah sie ihn an und wiederholte noch einmal: »Nächste Woche?« Die Stunde war vorüber, also konnte sie normal mit ihm reden. Was dachte er sich bloß? Dass es wieder so werden könnte wie früher, nur dass er diesmal dafür bezahlte?

»Du hast recht, das ist definitiv zu wenig.« Er sprach immer noch in einem harten Ton mit ihr, als befänden sie sich noch in der Session. »Du packst am besten gleich deine Koffer und kommst mit mir.«

»Was?«

»Du hast schon verstanden oder muss ich dich erst weich klopfen?« Sein Blick fiel auf den Rohrstock, der am Boden lag, bevor seine Stimme sanft wurde und Gabriel sie an seine Brust zog. »Du hast mir so verdammt gefehlt, Trish.«

Plötzlich klopfte ihr der Puls in den Ohren. »Was? Wieso?«

»Kannst du auch noch mehr als zwei Wörter sprechen?« Er lachte und sah dabei so attraktiv aus, dass Trishs Magen zu flattern begann, aber sofort wurde seine Miene wieder ernst.

»Kannst du dir das nicht denken?«

Ihre Stimme zitterte und nur ganz leise brachte sie hervor: »Du bist damals einfach gegangen, Gabriel.«

Seine dunklen Augen bohrten sich in sie. »Ja, und das war der größte Fehler meines Lebens.«

»Du hättest anrufen können. Ich wäre dir überallhin gefolgt.«

»Da war ich mir nicht sicher. Du hast mir deine Zuneigung nie richtig gezeigt, ich dachte immer, deine treuen und verliebten Blicke gehörten zum Spiel. Warum hast du mich nicht einfach gefragt, ob du mich begleiten darfst?«

»Ich war deine Sklavin, es stand mir nicht zu, Wünsche zu äußern.«

»*Meiner* Sklavin schon ...« Gabriel sah sie verträumt an. »Da die Nacht noch nicht vorüber ist und ich für deine Dienste bereits bezahlt habe, befehle ich dir nun, deine Koffer zu packen und mit mir zu kommen.«

Trish konnte nicht glauben, was da für Worte aus seinem Mund kamen. »Du hast nur für eine Stunde bezahlt, Gabriel!«, empörte sie sich, doch er schenkte ihr einen strengen Blick. »Aber ... mein Club?«

Seine Augen funkelten. Trish erkannte Verlangen darin und noch etwas anderes, Wärmeres. »Kein Aber. Du hast Personal, das sich hervorragend um alles kümmern kann. Und von meiner Sklavin dulde ich keinen Widerspruch!«

»Ja, Herr«, grinste Trish bis über beide Ohren, bevor Gabriel sie küsste. Wie hatte sie seine weichen Lippen vermisst! Gabriel legte sich halb auf sie, ließ seine Zunge in ihrem Mund kreisen und stöhnte ihren Namen.

Trish zog ihn fest auf sich und streichelte ihn überall. Es tat so gut, seine Liebe zu spüren. Vielleicht würde sich ihr Traum ja doch noch erfüllen ...

Die Lady und der Dieb

John Smith zog seine Wildlederhose sowie das ramponierte Hemd aus und legte sich in das hohe Gras am Ufer des Waldsees. Gedankenverloren starrte er zu den Baumwipfeln, auf denen ein Eichhörnchen turnte. Eine Weile betrachtete John das Tier und die vorbeiziehenden Wolken. Er genoss die Stille des Waldes, vor allem aber genoss er es, einmal allein zu sein. Die Sorgen über den bevorstehenden Winter wollte er noch weit von sich schieben, immerhin war gerade erst der Herbst hereingebrochen und die Tage noch warm.

Seufzend schloss er die Augen. Seine Hände fuhren durch sein blondes Haar, wanderten über sein Gesicht und den bartschattigen Hals nach unten, bis zu seinem breiten Brustkorb, auf dem sich die Nippel sofort zu Kügelchen zusammenzogen. Während er an einer Brustspitze zupfte, stahl sich die andere Hand zwischen seine Schenkel. John umfasste den geäderten Schaft, der schon längst hart von seinen Lenden abstand, und begann, mit festen Bewegungen daran zu reiben. Irgendwie kam er sich dabei vor, als würde er etwas Verbotenes tun, weil er sich hier im Gras versteckte und Hand an sich legte. Aber er brauchte es so dringend! Heute Morgen hatte er geglaubt, sein Sack würde platzen.

Ohne Unterlass trieb er sein pochendes Geschlecht in die

Faust und verlor sich in den zuckersüßen Vorstellungen an pralle, weibliche Formen. Wie sehr er den Duft und den Geschmack einer Frau vermisste! Es war zu lange her … Und er war auch nur ein Mann, verdammt! Was würde er dafür geben, wenigstens ins nächste Dorf reiten zu können, um dort die Tochter des Wirts aufzusuchen. Sie war dafür bekannt, Männern »Freude« zu bereiten, und er konnte ihr mit seinem Riesenprügel sicher auch den einen oder anderen Laut der Lust entlocken. Nur war er kein Mitglied der Gesellschaft mehr und wollte auf keinen Fall noch zum Geächteten absteigen, weil die Leute ihn vielleicht für einen Dieb hielten. Ein Dieb war er allerdings, wie sollte er sonst überleben. Bis jetzt wurden jedoch weder er oder einer seiner Leute von irgendjemandem erkannt, und so sollte es auch bleiben. Denn er hatte keine Lust, demnächst am Galgen zu baumeln.

John biss die Zähne zusammen und spannte die Gesäßmuskeln an. Er atmete schneller, ganz darauf konzentriert, nicht laut zu stöhnen. Es wäre zu peinlich, wenn ihn einer seiner Männer in dieser Lage erwischen würde. Aus der Spitze des Gliedes perlten bereits die ersten Tropfen. Immer wieder zog er die Vorhaut zurück und nahm nun auch die zweite Hand dazu, mit der er seinen Penis an der Wurzel umfasste. In seiner Fantasie stieß er zwischen die geschwollenen feuchten Falten einer wunderschönen Lady, die ihre Schenkel weit spreizte, um ihn willkommen zu heißen. Tief sank John in ihre heiße Höhle, also rieben seine Hände schneller und fester über seine prallen Hoden und das zuckende Geschlecht, bis sich sein Unterleib zusammenzog. Er kam so heftig, dass der Samen in warmen Schüben weit herausspritzte und auf seinen nackten Bauch klatschte. Sein Penis wollte nicht eher aufhören zu pumpen, bis er ganz leer war. Es hatte sich eine ganze Menge angestaut.

Alle viere von sich gestreckt, blinzelte John durch seine Wimpern. Ah, jetzt ging es ihm schon viel besser! Es war jedoch nicht genau das gewesen, wonach er sich sehnte. Sein Verlangen war noch nicht gänzlich gestillt. Er vermisste einen warmen Leib, an den er sich jetzt schmiegen konnte, aber es sollte eben nicht sein. Welche Frau wollte auch schon an der Seite des Anführers einer Räuberbande ein entbehrliches und gefahrvolles Leben führen?

Kurz bevor er einschlief, zwang sich John aufzustehen und stürzte sich in den Waldsee. Er musste seinen erhitzen Körper abkühlen, der zudem dringend einer Reinigung bedurfte. Als Bandenanführer kam er nicht oft in den Genuss, mal ein wenig Zeit für sich allein zu haben.

Nachdem John auch noch seine Kleider gewaschen hatte, machte er sich auf den Rückweg. Die Sonne senkte sich gerade über die Tannenspitzen des Firtree Forest und John freute sich auf sein Schlaflager. Das Leben als Anführer verlangte ihm einiges ab, und schließlich war er nicht mehr der Jüngste. Bald zählte er dreißig Lenze – es wäre also an der Zeit, die letzten Lebensjahre ein wenig ruhiger anzugehen, aber das konnte er natürlich schlecht. Johns Aufgabe war es, seinen Leuten wenigstens das Überleben zu ermöglichen …

Als John das Getrappel von Hufen hörte, legte er sein nasses Kleiderbündel auf einem Stein ab und blickte, nur mit seiner Bruche – einer knielangen Unterhose – bekleidet, hinter einem Baumstamm hervor. Ein einsamer Reiter, der in ein Kapuzencape gehüllt war, trabte auf einer alten Stute die Handelsroute entlang, die Plymouth mit Exeter verband. Das traf sich gut für Johns Männer, so war ihnen schon der eine oder andere dicke Fisch ins Netz gegangen, nur leider hatte das bis jetzt nicht ausgereicht, damit sich die Diebe zur Ruhe setzen konnten.

John fragte sich, ob der junge Kerl etwas bei sich trug, das ihn näher an seinen wohlverdienten Ruhestand brachte und er irgendwo unterschlüpfen konnte, wo ihn keiner kannte.

»Mit diesem Bürschlein werde ich auch allein fertig«, murmelte John und kletterte auf einen Baum, dessen dicke Äste über den Weg ragten. Aber er war nicht allein mit dieser Idee. Gilbert saß schon dort und zog gerade einen Pfeil aus seinem Köcher. Helle Zähne blitzten John aus einem dreckverschmierten Gesicht entgegen, als der Junge ihn angrinste.

»Nun sieh dir mal diesen Knaben da unten an«, sagte John, der sich neben Gilbert in der Baumkrone versteckte. Von dort oben hatten die beiden einen guten Überblick auf den Waldweg. »Erkennst du den goldenen Ring an seinem Daumen? Vielleicht ist da noch mehr!«

Der Rest von Johns Bande beobachtete den Reiter vom Boden aus, gut getarnt hinter dicken Büschen und mit vermummten Gesichtern, wie John vom Baum aus sehen konnte. Seine Männer waren wirklich auf Zack, das musste er ihnen lassen.

»Der sieht mir eher wie'n armer Schlucker aus«, erwiderte Gilbert. »Und woher willste überhaupt wissen, dass es ein Er is?«

John drückte einen Zweig zur Seite, um den Mann besser sehen zu können, der auf einer Mähre durch den Firtree Forest trabte und sich dabei ständig umsah. Er trug Schnabelschuhe, und helle Strumpfhosen lugten unter dem aufklaffenden Kapuzenmantel hervor. »Es muss ein Jüngelchen sein. Schau doch mal auf die langen, schlanken Beine.«

»John, hast doch wohl kein Auge auf das Bürschchen geworfen, eh?« Gilberts dunkle Pupillen in dem dreckverschmierten Gesicht wurden ganz groß. »Ey, John, ich weiß wie das is, so lange ohne Frau. Da könnt ich sogar bei dir schwach werden.« Der Junge grinste dreckig. »Also, bevor du den da unten nimmst, kannste mich haben.«

Spielerisch zog ihm John eins über. »Komm erst mal in mein Alter, Gilbert, dann reden wir weiter.«

»Dann heißt's also Ja?«

»Du Trottel!« John lachte leise. Der Junge besaß keine Manieren, aber er war wirklich in Ordnung. »Ich habe es nur auf das Vermögen des Bürschchens abgesehen! Und wenn wir nicht bald nachschauen, werden wir nie erfahren, ob er außer diesem Ring noch etwas bei sich hat. Er ist gleich unter uns!« Schmunzelnd schwang sich John vom Ast. Dabei störte es ihn nicht, dass die Zweige an seinem nackten Oberkörper kratzten. Er landete wenig elegant auf dem breiten Pferdehintern und schlang sogleich einen Arm um die Taille seines Vordermannes.

Das alte Pferd bäumte sich auf und hätte sie beide beinahe abgeschmissen, aber der Reiter drückte seine langen Beine in die Seiten des Tieres. Sofort griff John ihm mit den Händen an die Oberschenkel, um Halt zu finden. Als er durch die Strumpfhose das warme Fleisch fühlte, ging ein Ziehen durch seine Lenden. *Verflixt, John, bist du jetzt tatsächlich schon so geil, dass dich ein Knabe erregt?*, dachte er schockiert. Aber was noch viel schlimmer war: Zum ersten Mal in seiner Laufbahn als Dieb hatte John vergessen, sein Gesicht zu bedecken. Nur gut, dass sein Opfer durch die Kapuze selbst in der Sicht eingeschränkt war.

Die anderen Räuber kamen schreiend aus ihren Verstecken und umzingelten das Pferd mit gezückten Waffen. Der junge Mann in Johns Armen geriet in Panik, sodass beide vom Pferd fielen. Die Männer grölten, als sie den Jungen unter John auf dem weichen Waldboden liegen sahen, aber John war überhaupt nicht nach Lachen zumute. Was er zwischen seinen Fingern fühlte, war eindeutig eine weibliche Brust! Nun lagen genau diese prallen Rundungen in seiner Hand, von denen er gerade noch geträumt hatte, um sich Erleichterung zu verschaffen. Und obwohl er seinen Samen bereits verschossen hatte, spürte John, wie er schon wieder hart wurde.

Sein nackter Oberkörper drückte sich an den zitternden Rücken der Frau, die nun den Kopf drehte, um ihn anzusehen. Weit aufgerissene, hellgraue Augen und eine lange Nase blickten unter der Kapuze hervor, aber John konnte nur auf die schön geschwungenen, rosigen Lippen starren. Unter ihm lag wahrhaftig eine Lady und eine wunderschöne noch dazu – es musste also doch einen Gott geben!

Seine Atmung beschleunigte sich. Er konnte sich kaum beherrschen, diesen zusammengekniffenen Mund mit seinen Lippen zu erobern und seine Zunge dazwischenzuschieben, bis sich die Frau unter ihm seinen Zärtlichkeiten ergab.

Bei diesen Gedanken wurde er noch härter. Verdammt, seine Leute würden sofort sehen, wie es um ihn bestellt war, schließlich trug er nur seine Bruche! Er stieß einen unterdrückten Fluch aus, konnte aber einfach nicht seine Augen von der Schönheit nehmen. Johns Faszination hätte ihm beinahe das Leben gekostet, denn die Frau zog ein Messer unter ihrem Umhang hervor und stach damit nach ihm. John konnte gerade noch ihren Arm packen und die Klinge entreißen. Dabei verrutschte ihre Kapuze. Pechschwarze Haare kamen zum Vorschein, worauf John den Stoff sofort wieder über ihre Stirn zog. Einige seine Männer waren ebenso ausgehungert wie er und wenn sie sahen, wer ihr Gefangener war …

Plötzlich erwachte der Beschützerinstinkt in John. Zudem verspürte er keine Lust, seine Geisel mit irgendjemandem zu teilen. Er beugte sich nah zu ihr hin, legte eine Hand auf ihren zuckersüßen Mund und flüsterte: »Keinen Ton, verstanden!« Ihr Messer steckte er sich in den Bund der Bruche, dann rief er nach Gilbert: »Gib mir dein Halstuch, Junge!«

Gilbert grinste frech, als er John das Tuch reichte. Damit verband er der Frau die Augen. Sie durfte nicht sehen, wo das Räubernest lag. Dazu musste er unter ihre weite Kapuze greifen, um das Tuch hinter ihrem Kopf zusammenzuknoten. Himmel! Wie weich ihre Haare waren, sie fühlten sich wie kostbarste Seide an. Warum mussten seine Männer diese Frau ausgerechnet zur selben Zeit wie er finden? John hätte sich auf der Stelle mit ihr vergnügt, denn sein Schwanz zuckte erwartungsvoll gegen ihren warmen Schenkel.

Einer seiner Männer reichte ihm einen Strick, damit er ihr die Hände auf den Rücken fesseln konnte.

John merkte, wie das Mädchen unter ihm zitterte. Obwohl sie vor Angst sicherlich gerade tausend Tode starb, hielt sie sich wirklich tapfer. Hoffentlich entschlüpfte ihr kein kiekender Laut, der sie enttarnte.

John presste ihren federleichten, schlanken Körper dicht an sich, denn seine Erektion spannte die Unterhose wie ein Zelt auf. Es wäre zu peinlich, wenn einer der Männer ihn in diesem Zustand sehen würde. Also legte er seine Gefangene bäuchlings auf den Pferderücken und stieg dann rasch selbst auf, wo er die Frau sofort auf seinen Schoß zog. Die Kapuze fiel ihr dabei so weit über den Kopf, dass niemand sie erkennen konnte.

Anschließend ritt er los und ließ die anderen hinter sich. Er wollte vor ihnen im Versteck ankommen, damit er seine unbekannte Schönheit gleich in seinem Schlaflager in Sicherheit bringen konnte. Die Nacht brach bereits herein und John freute sich gewaltig auf die vor ihm liegenden Stunden!

***

Annes Herz raste. Jetzt hatte sie es so weit geschafft und war schon fast an ihrem Ziel, da musste sie überfallen werden! Der halbnackte Räuber drückte sie fest an seinen heißen Körper und ritt mit ihr durch den Wald. Sie spürte seine Männlichkeit, die sich von unten an ihren Bauch presste, aber da ihre Arme auf den Rücken gefesselt waren, konnte sie nicht von dem Mann runterrutschen. Zudem hatte sie große Angst vom Pferd zu fallen. Sie scheuerte ihr Gesicht so lange an dem Pferdebauch, bis das Tuch vor ihren Augen ein Stück verrutschte. Der Waldboden zog geschwind unter Annes Kopf vorbei, weshalb sie die Lider fest zusammenkniff. Da erst spürte sie, dass der blonde Dieb eine Hand auf ihr Gesäß legte. Anne wusste genau, welches Schicksal ihr blühen würde. Hatte sie nicht schon genug Leid erfahren?

»Von der Hofdame zur Dirne, welch ein Aufstieg«, murmelte Anne sarkastisch in das Fell des Tieres. Gerade erst war sie dem Duke of Canterbury entwischt. Dieser mächtige und unbeherrschte Mann hatte Anne einfach zur Mätresse gemacht, als seine Frau im Kindbett gelegen hatte. Und auch, als die Duchess sich von der Geburt erholt hatte, war der Duke des Nachts oft zu Anne gekommen, um sich zu nehmen, wonach es ihm verlangte. Dabei war er nicht gerade zärtlich mit ihr umgegangen.

Anne war so froh gewesen, diesem Tyrannen endlich zu entkommen. Da kam ihr das Erbe ihres Vaters gerade recht. Vor ein paar Wochen war er in einer Schlacht gefallen und hatte ihr, seinem einzigen Kind, sein Rittergut vermacht. Anne hatte den Tod des geliebten Vaters sehr betrauert und das tat sie noch immer. Allerdings waren Haus und Land, das sie nun ihr Eigen nennen durfte, ihre Chance auf ein neues, unabhängiges Leben. Deshalb war sie bei Nacht und Nebel vom Hof des Duke geflohen. Aber so, wie es schien, zerplatzten ihre Träume gerade wie eine Seifenblase.

Plötzlich blieb das Pferd so abrupt stehen, dass Anne beinahe heruntergefallen wäre. Aber die starken Hände des Räubers hielten sie sicher in seinem Griff. Da die Kapuze weit über ihr Gesicht hing und sie sich noch immer in dieser ungemütlichen Position befand, konnte Anne ihren Kopf drehen wie sie wollte, es war ihr nicht möglich, den großen Mann zu sehen, der gerade eine Hand über ihre bestrumpften Beine gleiten ließ. Anne hatte sich in den Kleidern eines Dieners sicher gefühlt, doch nun waren ihre langen Beine hilflos den Blicken und Berührungen des Räubers ausgesetzt. Anne fühlte, wie seine Fingerspitzen an ihren Schenkeln entlangfuhren, immer höher, bis zwischen ihre Beine, wo er seine Hand gegen ihren Schritt drückte.

Er lachte rau, als sie daraufhin ihre Schenkel zusammenpresste. Leider hielt sie dadurch nun seine Hand in ihrem Schoß gefangen und Anne entspannte sich sofort wieder. Dabei stieß sie einen sehr undamenhaften Fluch aus, der den Räuber abermals zum Lachen brachte.

»Du bist mir ja eine!«

Dieser Mistkerl besaß eine so angenehme, warme Stimme, dass Anne trotz Widerwillen ein Prickeln über den Rücken lief. Sie zuckte zusammen, als er ihr einen leichten Klaps auf den Po gab und wollte gerade protestieren, als er sie vom Pferd direkt in seine Arme zog. Augenblicklich warf er ihre Kapuze über den Kopf und zog das Tuch weg, woraufhin Anne ihn zum ersten Mal richtig anblickte.

»Hi, ich bin John.« Er lächelte, und in seinen Wangen bildeten sich Grübchen.

Himmel, was ist das nur für ein attraktiver Kerl!, dachte Anne, deren Beine plötzlich nachgaben.

John grinste frech und drückte sie noch fester an seine nackte Brust. Anne konnte einfach nicht wegsehen. Seine verstrubbelten, blonden Haare und die kleine Zahnlücke gaben ihm etwas Verwegenes. Sein Körper war groß und kräftig, zudem sah er gesund aus. Die leicht gebräunte Haut und die frechen Sommersprossen um seine Nase brachten Annes Herz zum Hüpfen. Noch nie hatte ihr ein Mann so gut gefallen! Das würde die ganze Sache vielleicht erträglicher machen …

»Willst du mir nicht verraten, wie du heißt?«, raunte John ihr ins Ohr, während er sie von den Fesseln befreite.

»Mein Name ist Anne.« Sie versuchte, ihre Stimme so fest wie möglich klingen zu lassen. »Ich bin die Tochter von Sir Arthur, und wenn Ihr mich nicht sofort gehen lasst, wird Euch mein Vater eigenhändig den Kopf abschlagen!«

John drückte sie an den Schultern ein Stück zurück und sah ihr tief in die Augen. Anne konnte seinem Blick nicht standhalten, deshalb schaute sie nach unten und rieb sich über ihre Handgelenke.

»Du bist wahrlich Sir Arthurs Tochter?« Er klang beeindruckt, doch dann bekam Johns Stimme einen anderen Klang. »Es tut mir leid, aber es hieß, dein Vater wäre in der Schlacht gestorben.«

Anne fluchte innerlich. Sie hätte nicht gedacht, dass die Nachricht schon so weit vorgedrungen war. Aber es wunderte sie – ihr Entführer schien tatsächlich so etwas wie Mitleid für sie zu empfinden.

»Ich bitte Euch, lasst mich gehen!«

»Keine Chance, meine Hübsche! Du hast mein Gesicht gesehen.« Er lachte und zog ihr hastig wieder die Kapuze über den Kopf, als er Anne auch schon über seine Schulter schmiss.

»Was habt Ihr mit mir vor?«, rief sie und versuchte sich zu befreien.

»Sei lieber still, süße Lady, oder willst du meine ganze Diebesbande darauf aufmerksam machen, dass du eine sehr begehrenswerte, junge Frau bist? Nicht nur ich habe Hunger! Und jetzt halte dich fest!« Schon schwang er sich auf den nächsten Baum.

Mit beiden Händen krallte sich Anne in Johns Seiten und kniff die Lider fest zusammen. Immer höher kletterte ihr Entführer, bis er auf einer hölzernen Plattform ankam, die Anne vom Boden aus nicht wahrgenommen hatte, so gut war sie im dichten Blätterwerk versteckt. Eine Plane schützte vor Regen, an den Seiten waren Kisten befestigt und in der Mitte lagen Decken und Felle, auf denen John sie nun ablegte.

Vorsichtig blickte Anne über den Rand der Plattform, bevor sie langsam wieder in die Mitte kroch und nicht wusste, wo sie sich festhalten sollte. Ihr war schwindlig.

»Man gewöhnt sich an die Höhe«, sagte John und reichte ihr einen Apfel. »Hunger?«

Anne war tatsächlich hungrig. Etwas argwöhnisch nahm sie das Obst entgegen, biss aber sofort hinein. Mmm, wie süß der Apfel war ... beinahe so süß wie ihr Entführer. Warum musste dieser Verbrecher auch so gut aussehen! Unter anderen Umständen hätte sie sich sofort in ihn verlieben können.

»Warum starrst du mich so an, Anne?« John kam näher und reichte ihr seine Trinkflasche. Dabei schenkte er ihr sein typisches John-Lächeln, wie schon zuvor. Sie spürte die Wärme, die sein halbnackter Körper ausstrahlte, und Anne konnte seinen außergewöhnlich männlichen Duft wahrnehmen. Oh, er war ein Halunke, durch und durch!

Dennoch versuchte Anne, ruhig zu bleiben. »Ich habe noch nie einen Schurken aus der Nähe gesehen, das ist alles«, erwiderte sie schnippisch. Aber ihre brennenden Wangen verrieten die Wahrheit. Nur gut, dass die Dämmerung bereits hereingebrochen war und sie John nur noch schemenhaft erkennen konnte. Hastig nahm Anne einen Schluck aus der Flasche und gab sie wieder zurück. Dabei verfluchte sie den Duke of Canterbury, der ihr nicht nur die Jungfräulichkeit geraubt, sondern sie auch zu einer Dirne gemacht hatte. Obwohl ihr der Duke nie Befriedigung geschenkt hatte, wusste Anne, dass es etwas zwischen Mann und Frau gab, was durchaus Spaß machen konnte, falls man den richtigen Partner besaß.

»Und jetzt lass uns schlafen, hübsche Lady!« Einladend hob John die Decke an, aber Anne rutschte ein Stück von ihm weg und verschränkte die Arme. Verflixt, wenn der Baum nur nicht so hoch wäre! Niemals kam sie ohne Hilfe wieder hinunter!

»Du weißt, was ich von dir will, also zier dich nicht so«, raunte John. Er kniete sich hin und mühte sich ab, mit Feuerstein und Zunder eine dicke Kerze zu entzünden, die in einem Glas stand. »Ich weiß, dass ich dir gefalle.«

Als der Zunder endlich brannte, entflammte John damit den Docht und wandte sich grinsend Anne zu. Dass sie ihm gefiel, war nicht zu übersehen. Seine aufgespannte Bruche wirkte im flackernden Schein der Flamme richtig bedrohlich! John legte ungeniert eine Hand auf die Beule und rieb seinen Schaft durch den Stoff hindurch. Es war offensichtlich, dass er es kaum erwarten konnte.

Anne konnte nicht die Augen von seiner Hose nehmen. Mit einem Ruck zog sich John die Bruche von den Hüften und präsentiere ihr sein gewaltiges Geschlecht. Herr im Himmel! Sein Penis war gigantisch!

»Ja, mir gefällt er auch.« John grinste überheblich. Dabei rieb er über den prallen Schaft und zog die Vorhaut weit zurück. Selbst im schwachen Lichtschein sah Anne die feinen, leicht bläulichen Verästelungen. Aber am meisten faszinierte sie die glänzende Spitze, die ihr hochrot entgegenleuchtete. Die Männlichkeit des Duke hatte sie nie so genau gesehen.

Anne war mittlerweile mit dem Rücken an den Baumstamm gestoßen. Sie saß hier oben in der Falle, und John kam immer näher. Als er bei ihr war, streifte er ihr den Mantel von den Schultern. Sie ließ es ohne Widerstand zu, warum, das wusste sie selbst nicht genau. Ihre Vermutung war, dass dieser Bandenanführer ihr einfach keine Angst einjagte und etwas an sich hatte, das bei Anne keine richtige Furcht aufkommen ließ. Ihr war, als würde sie ihn schon ewig kennen.

Unter dem Cape trug sie die Kleidungstücke eines Dieners, die John auch schnell entfernte, bis Anne nur noch mit Hemdchen und Strumpfhosen vor ihm saß. Sie musste absolut unattraktiv aussehen, dennoch starrte John sie mit solch einer Intensität an, dass ihr ganz schwindlig wurde.

»Du bist wunderschön«, raunte er und kniete sich vor sie.

In Anne züngelte ein Flämmchen Wut auf. »Ja, das sagt ihr Männer immer, doch wir sind nur Spielzeuge für euch!«

»Pst, nicht so laut, oder willst du gleich das ganze Pack auf dich aufmerksam machen?« Behutsam legte ihr John seinen Zeigefinger an die Lippen.

Lieber nicht, dachte Anne. *Lieber nur von einem Mann genommen werden, als von einer ganzen Horde stinkender Diebe.*

»Hey, John, wo hast du das Bürschlein?«, rief plötzlich jemand zu ihnen herauf, sodass Anne zusammenzuckte. Die anderen Männer hatten anscheinend das Lager erreicht. Würde John sie ihnen nun zum Fraß vorwerfen? Aus großen Augen sah Anne ihn flehentlich an.

John ließ nicht den Blick von ihr, als er grinsend hinunterrief: »Ich hab den Jungen hier oben angebunden. Es sieht nach Regen aus und wir wollen ja nicht, dass er uns über Nacht erfriert. Er hat keine Wertsachen bei sich, aber vielleicht können wir ein hübsches Lösegeld erpressen.«

»Alles klar, gute Nacht, John, und süße Träume!«

»Gute Nacht, Gilbert!«, rief John mit einem breiten Lächeln im Gesicht, bevor er sich wieder Anne zuwandte und flüsterte: »Die werde ich sicher haben.«

Während der ganzen Unterhaltung hatte er nie die Hand von seinem Geschlecht genommen, das immer noch mit seiner glänzenden Spitze auf Anne zeigte. Aber jetzt griff er nach ihrer Hand, um ihr den goldenen Ring abzuziehen, den er sich selbst an einen Finger steckte.

»Bitte nimm ihn mir nicht weg, er gehörte meinem Vater!«, bat sie.

Für einen Moment erkannte sie eine andere Gefühlsregung als Lust in seinen Augen, bevor er spöttisch schmunzelte. »Mal sehen, das kommt auf meine Träume an.«

»Arroganter Kerl«, murmelte Anne. Seufzend schloss sie die Augen und ergab sich ihrem Schicksal. Wenigstens sah dieser Mann gut aus, und bis auf ein paar goldene Bartstoppel wirkte er durchaus gepflegt. Seine Finger strichen über ihr Gesicht und an der Säule ihres Halses hinab. Das dünne Hemd verbarg die weiblichen Formen kaum und ihre verräterischen Brustspitzen zogen sich sofort zusammen, als John sachte seine Hände darauf legte. Sie hörte ihn stöhnen.

Anne blinzelte. John hatte seine Augen ebenfalls geschlossen und den Mund leicht geöffnet. Er schien es sichtlich zu genießen, ihre festen Brüste zu drücken. Sein Penis zuckte.

Anne erwartete, dass er sich wie ein Wilder auf sie stürzte und sie unter seinem schweren Körper begrub. Das war sie gewohnt, denn der Duke hatte sie nicht gut behandelt. Also schloss sie wieder die Lider, darauf wartend, was das Schicksal Schreckliches für sie bereithielt.

Stattdessen spürte sie eine zarte Berührung auf ihrer Wange. Johns Lippen! Seine Haare kitzelten ihre Nase, in die auch sein männlicher Geruch stieg und Johns Atem streifte ihren Hals, als er mit seinem Mund daran hinabwanderte und sie dort küsste.

Anne erschauderte. Diese Zärtlichkeiten passten nicht zu einem Schurken und erst diese Beherrschung!

Kurzentschlossen streckte Anne ihre Hand aus und umfasste seinen pochenden Schaft. Mal sehen, ob er dann immer noch so standhaft blieb.

»Anne ...«, keuchte John.

Sie mochte es, ihren Namen aus seinem Mund zu hören, also drückte sie fester zu. Und John blieb standhaft!

»Anne!« Schwer atmend und mit halb gesenkten Lidern starrte er sie an.

Daraufhin bewegte sie ihre Hand auf und ab. Sie massierte den samtigen Stab, den sie mit ihren Fingern nicht ganz umspannen konnte. Der Schurke besaß eine wahrlich prächtige Rute. Stark und stattlich, und Anne hielt sie fest in der Hand – hielt John fest in der Hand. Wenn sie es ganz geschickt anging und schnell machte, wäre es für ihn schon vorbei, bevor es überhaupt richtig angefangen hatte, und Anne wäre aus dem Schneider. Aber wollte sie das wirklich? Es wäre eine Schande, eine solche Chance verstreichen zu lassen. Also zog sie rasch die Hand weg und blickte John unschuldig an, obwohl die Hitze in ihren Wangen sie beinahe verbrannte.

Ein Beben lief durch Johns angespannten Körper. »Tut eine Lady so was?« Das Grinsen war wieder in sein Gesicht zurückgekehrt. Im Nu hatte er sie von Hemd und Strümpfen befreit und legte die splitternackte Anne auf die Decken.

»Wer sagt denn, dass ich eine Lady bin?« Der Duke hatte sie zur Mätresse degradiert. Warum sollte Anne sich also nicht auch einmal vergnügen? Über ihr kniete ein schöner und williger Mann, mit dem sie sicher ihren Spaß haben konnte. Sie war zwar nicht dem Duke entkommen, um gleich wieder mit einem Mann im Bett zu landen, aber sie wollte das Beste aus ihrer Situation machen. Vielleicht würde John sie morgen laufen lassen, wenn sie ihre Sache gut machte.

»Hör mal, Herr der Diebe«, sagte sie mit möglichst fester Stimme und klappte – selbst erstaunt über ihre Dreistheit – die Beine auseinander, sodass John ihre rosige Spalte erblicken konnte. »Ich schlage dir einen Handel vor: Du bekommst mich für eine Nacht, und morgen gibst du mir meinen Ring zurück und lässt mich weiterziehen.« Da ein ehrbarer Mann sie sowieso nicht mehr zur Frau nehmen würde, hatte Anne nichts zu verlieren.

»So viele Forderungen.« Er grinste sie verwegen an. »Und ich heiße nicht Herr der Diebe, sondern John, verruchte, kleine Lady.« Seine Augen wanderten ununterbrochen an ihrem nackten Körper auf und ab. Ja, John war eben auch nur ein Mann, und Anne wusste mittlerweile, wie sie dieses Geschlecht manipulieren konnte. Wenn sie doch nur etwas mutiger wäre! Hoffentlich bemerkte ihr Gegenüber nicht, wie sehr ihre Knie zitterten.

»Na gut, John«, gurrte sie und fuhr sich mit der Zungenspitze über die Lippen. Sofort hefteten sich Johns Augen auf ihren Mund. War ihr zuvor schon aufgefallen, dass seine Iris die

Farbe des Waldes besaß? Sie leuchtete in solch einem intensiven Grün, dass sich Anne für einen Moment in Johns Augen verlor. Aber sie durfte sich jetzt von solchen Nebensächlichkeiten nicht ablenken lassen. Sie riss ihren Blick los und richtete ihn auf seine Brust. Aber das machte es auch nicht besser. Sehnige Muskelstränge wölbten sich unter den hellbraunen Nippeln; darunter kam sein flacher Bauch, von dessen Nabel eine Spur goldener Härchen direkt zu seinem gewaltigen Geschlecht führte. Schnell wandte Anne sich ab und sah auf die Truhe am Rande der Plattform, vor der die Kerze flackerte.

***

John fühlte genau, dass seine Gefangene etwas vorhatte, denn sie schielte immer wieder zu der Kiste, in die er ihr Messer gelegt hatte und in der sich auch seine anderen Waffen befanden.

»Alles klar«, sagte er gedehnt. »Abgemacht.« Er würde sich mit ihr vergnügen, aber bevor er einschlief, musste er sie fesseln, damit er keine unangenehme Überraschung erlebte. John war schon zu lange Räuber. Er wusste genau, dass Gefangene zuweilen die verrücktesten Sachen machten, um sich zu befreien. Und dieser Frau traute er alles zu. Sie schien verdammt schlau zu sein, zudem war sie die Tochter des berühmten Ritters Sir Arthur. Es würde John nicht wundern, wenn Anne die eine oder andere Kampftechnik beherrschte.

Andererseits konnte er sein Glück kaum begreifen: Diese Lady bot sich ihm freiwillig an! Das machte die Sache erheblich einfacher. Natürlich hätte er sie niemals mit Gewalt genommen – Räuber hin oder her – denn in seinem Herzen war John ein Gentleman geblieben. Aber er hätte sie so lange verführt, bis sie sich ihm willig ergeben hätte.

Mit hinter dem Kopf verschränkten Armen und einem selbstzufriedenen Gesichtsausdruck legte er sich neben sie.

Allein bei dem Gedanken, was sie alles mit ihm anstellen konnte, wurde sein Geschlecht noch härter. »Na, dann zeig mal, was du draufhast. Du musst mich schon von deinen Qualitäten überzeugen, wenn du willst, dass ich dich morgen gehen lasse.«

Für einen Moment flackerte Unsicherheit in Annes steingrauen Augen, aber dann setzte sie sich auf, die Decke fest an ihren Busen gepresst, und beugte sich über ihn. Mit ihren langen schwarzen Haaren strich sie über seinen Oberkörper, woraufhin er dort eine Gänsehaut bekam. Ihre Selbstsicherheit schien plötzlich verflogen, ja, es war beinahe so, als wüsste sie nicht so recht, was sie tun sollte. Das gefiel John. Seine Lady sollte ruhig zappeln und sich tatsächlich Mühe geben. Mal sehen, wie experimentierfreudig sie war.

Zögerlich senkte Anne den Kopf, bis ihre Lippen seine Brustwarze berührten. Als ihre kleine Zunge herausschnellte und darüberfuhr, keuchte John auf. Es war herrlich, endlich wieder von einer Frau berührt zu werden – und einer wunderschönen noch dazu. Er hob Annes dunkles Haar zur Seite, damit er ihr Gesicht besser sehen konnte, und bei ihrem Anblick ging ein Zucken durch seinen Unterleib.

John ließ sich wieder mit geschlossenen Augen zurücksinken, um ihre zarten Berührungen zu genießen. Anne leckte erst über den einen Nippel, bis er so hart war, dass es beinahe schmerzte, dann nahm sie sich den anderen vor. Mit einer ihrer kleinen Hände stützte sie sich dabei auf seinem Bauch ab und ließ die Fingerspitzen kaum merklich über seine Haut gleiten. Anscheinend fand sie ihn, John, attraktiv, was ihn ungemein befriedigte.

John ballte seine Hände zu Fäusten und drehte den Kopf zur Seite. Dabei atmete er schwer; sein Blut rauschte wie ein wilder

Fluss durch seine Adern. Er musste sich unwahrscheinlich beherrschen, Anne nicht plötzlich zu packen, sie umzudrehen und sich auf sie zu legen, um sich in ihr zu versenken. Aber er zwang sich, geduldig sein, sonst würde er sie verschrecken und das wollte er auf gar keinen Fall! Seine Lust war schon zu groß, als dass er sie jetzt noch zügeln konnte. Als Räuber hatte er gelernt, geduldig zu sein, was ihm jetzt zugutekam.

Er glaubte, sich wieder besser im Griff zu haben und wagte einen weiteren Blick auf Anne, die gerade zarte Küsse auf seinem Hals verteilte. Wie gern wollte John jetzt ihre schönen Lippen küssen, aber er wollte sich nicht aufdrängen. *Sei ein Gentleman!,* ermahnte er sich immer wieder selbst.

Ihm stieg der blumige Duft ihrer Haare in die Nase, worauf er in ihre weichen Locken griff und an einer Strähne roch. Ob ihre Haut auch so wunderbar duftete? Eine Weile kraulte er ihr Haupt, bevor seine Hände an ihrem schlanken Hals nach unten wanderten und sich auf ihren Rücken legten. Ihre Haut war ebenso weich wie ihr Haar. John wurde bei so vielen überwältigenden Gefühlen ganz schwindlig.

Plötzlich hörte Anne auf und blickte ihn an. »Könntest du vielleicht das Licht ausmachen?«, fragte sie mit hochrotem Kopf.

John grinste. »Nein!« Das würde er ganz sicher nicht tun, denn es war bereits stockdunkel. Er wollte ihr genau dabei zusehen. Und gemein, wie er war, zog er ihr auch noch die Decke weg, die Anne bis jetzt vor seinen neugierigen Blicken geschützt hatte.

Sie schnaufte empört auf, doch als er sagte: »Denk an deine Freiheit«, beugte sie sich wieder über ihn. Dabei baumelte eine herrliche Brust gefährlich nah über seinem Bauch. Sofort stahl sich Johns Hand nach vorne, um an der rosigen Spitze zu zupfen.

Anne richtete sich kerzengerade auf, die Wangen noch röter als zuvor, aber John ließ seine Hand da, wo sie war. Er begann eine zärtliche Massage und fühlte, wie die Knospe an seiner Handfläche hart wurde.

Anne wimmerte leise und schloss die Augen. Es schien ihr zu gefallen, also wurde John wagemutiger. Er setzte sich neben sie, um auch die zweite Hand dazuzunehmen, mit der er die andere Brust massierte. Dabei pochte sein Glied heftig, so prall war es mit Blut gefüllt.

Anne hockte auf ihren Unterschenkeln, beide Hände auf ihren Knien, und atmete schwer. John fand diese junge Frau wunderschön. Krampfhaft hielt sie die Lider geschlossen, so als hätte sie Angst vor der Reaktion ihres Körpers. Anscheinend hatte sie bis jetzt noch nicht viel Lust erfahren, obgleich John merkte, dass sie schon mit einem Mann zusammen gewesen sein musste. Als sie seinen Riesenprügel zum ersten Mal erblickt hatte, waren zwar ihre Augen groß geworden, aber er hatte ihr keine Angst eingejagt – sie hatte ihn sogar ziemlich begierig angesehen!

Mit aller Beherrschung, die er aufbringen konnte, riss er sich von ihr los und legte sich wieder auf den Rücken. Überrascht öffnete Anne die Augen.

»Unsere Abmachung lautete, dass du *mich* verwöhnst.« John grinste und deutete auf seinen aufgerichteten Schaft. »Also mach weiter und überzeuge mich von deinen Qualitäten.«

Anne starrte sein Glied an, wobei sie sich über die Lippen leckte. Diese Geste raubte John beinahe den Verstand. *Los, mach schon, oder ich sterbe!,* schickte er ihr seine Gedanken.

Ganz langsam beugte sich Anne über ihn und wollte dabei wieder die Decke über ihren Körper ziehen, aber John hielt den Stoff fest. »Ich will dich sehen.«

»Mir ist kalt«, entgegnete sie und versuchte, die Decke zurückzubekommen.

John zwinkerte vergnügt. »Ausrede!« Er konnte Annes Hitze fühlen. Ihr war nie und nimmer kalt!

Als sie seinen steifen Penis vorsichtig zwischen die Finger nahm, keuchte John auf.

Sofort ließ sie los. »Nicht gut?« Anne knabberte an ihrer Unterlippe und sah ihn dabei mit gerunzelter Stirn an.

»Alles bestens!«, wiegelte er schnell ab. Sein Schwanz hatte es einfach nur fantastisch gefunden, mal wieder von jemand anderem außer ihm selbst angefasst zu werden, deshalb hatte John so reagiert. Mann, er benahm sich ja wie ein unerfahrener Jüngling! Was sollte Anne nur von ihm denken?

Aber John konnte sich darüber nicht mehr den Kopf zerbrechen, denn Anne hatte schon wieder ihre Finger an seinem Geschlecht. Vorsichtig strich sie an seinem Schaft auf und ab und wog seine Hoden, bis sie sich zu harten Bällen zusammenzogen. Dabei ließ sie die Augen nicht von seinem Schwanz, als hätte sie noch nie einen gesehen.

Ihr Gesicht kam seiner hochroten Spitze immer näher, bis John ihre Lippen darauf spürte. Er biss sich in die Zunge, damit ihm keine Reaktion entkam, die Anne verunsichern konnte, aber es war verdammt schwer, seine Beherrschung zu wahren. Hauchzart strichen ihre Lippen über sein Geschlecht und brachten John beinahe ins Delirium. Er drückte sich Anne entgegen, um ihr zu zeigen, dass er ruhig etwas mehr Aktivität vertragen konnte. Ihre Zunge wurde auch sofort wagemutiger und züngelte auf seiner Spitze herum, aus der schon ein paar Liebestropfen perlten. Dabei spielten ihre Finger mit seinen Säckchen.

Als sie endlich ihren Mund auf den pochenden Schaft

senkte, krallte John seine Finger in die Decken und stöhnte kehlig. Der Laut hallte durch die Baumkrone, aber in diesem Augenblick war es ihm egal, wenn ihn jemand hörte. Es war einfach ein unbeschreiblich schönes Gefühl und das wollte er voll auskosten.

»Mache ich es gut so?« Mit einem unschuldigen Augenaufschlag blickte sie zu ihm hoch, während ihr Daumen über seine feuchte Spitze glitt.

John musste erst Luft holen, bevor er Anne antworten konnte: »Hm, ja ... äh ... ganz passabel.«

»Nur passabel?« Ihre schwarzen Brauen hoben sich.

John wedelte hektisch mit der Hand. »Mach weiter«, sagte er schnell, »vielleicht konnte ich mir einfach noch kein richtiges Urteil bilden.«

Als sie ihre Lippen wieder auf seinen Schaft senkte, entfuhr ihm ein wohliges Brummen. Anne war fantastisch! John erkannte, dass sie sich tatsächlich Mühe gab, und ihre Berührungen machten ihn unendlich heiß. Sein Schwanz fühlte sich an, als würde er in Flammen stehen und etwas von diesem Feuer war gerade dabei, auf sein Herz überzugreifen.

Verträumt und dem Höhepunkt nahe, beobachtete John seine Lady dabei, wie sie ihn mit Lippen, Mund und Zunge liebkoste und dabei leise seufzte. Es schien sie sehr zu erregen, denn eine Hand hatte sich zwischen ihre Schenkel gestohlen, die sie nun gegen ihre Scham drückte. Erst hatte John gedacht, sie wollte sich bedecken, aber dann sah er, wie sich die Finger in ihrem Schoß bewegten. Anne war dabei, sich selbst Lust zu verschaffen!

Da das Herz eines Gentlemans in Johns Brust schlug, konnte er das natürlich nicht zulassen. Er vergaß seine Bedingungen – denn er befand, dass Anne sie längst erfüllt hatte – und zog ihren Kopf von seinem Geschlecht weg. Er stand kurz davor zu kommen.

»Meine süße Anne, wenn ich dir die Ehre erweisen und dir zur Hand gehen dürfte ...« John schmunzelte trotz Erregung, als er ihren überraschten Gesichtsausdruck sah.

Bereitwillig ließ sie sich von ihm auf die Decken drücken, wo John sofort begann, an ihren harten Brustspitzen zu saugen, bis sich Anne lustvoll unter ihm wand. Dabei streichelte er mit einer Hand über die Innenseiten ihrer Schenkel, wo es immer heißer wurde, je näher er sich ihrer Mitte näherte. Schmatzend tauchten seine Finger in ihre Feuchte. Mit dem Daumen rieb John über die geschwollene Perle und entlockte Anne die süßesten Laute. Es gefiel ihm, wie sie unter ihm seufzte und verhalten stöhnte. Das rüttelte an seiner Beherrschung. Es wurde langsam Zeit, dass er endlich richtig zum Zug kam, aber er konnte den Blick nicht von Annes Gesicht losreißen. Sie hatte ihre Augen geschlossen und die Lippen leicht geöffnet. Immer wieder drehte sie den Kopf von einer Seite zur anderen.

John rieb schneller über ihre geschwollene Knospe, worauf Annes Stöhnen zunahm. Himmel, er kam ja beinahe schon, bloß weil er dieser Lady Lust verschaffte! John versuchte angestrengt an etwas anderes zu denken – im Moment ließ er sich jedoch von nichts ablenken. Er konnte es kaum begreifen, dass hier, in seinem Schlaflager, eine so wunderschöne Frau lag, die sich auch noch bereitwillig von ihm befriedigen ließ. Nein, sie hatten einen Deal, fiel ihm wieder ein, aber wenn er sah, wie sehr Anne erregt war und sein Liebesspiel genoss ...

Als wäre er von Alkohol berauscht, ließ John seine Hände über ihren nackten Körper wandern. Er streichelte ihr hübsches Gesicht, massierte die Brüste und umfasste schließlich ihre schmalen Hüften, um ihren Schoß an sein Gesicht zu ziehen. Und erst der Duft, den ihr Geschlecht verströmte! John konnte nicht anders, als seine Nase in ihrem gelockten Dreieck zu vergraben.

Plötzlich krallten sich Annes Finger in sein Haar und sie versteifte sich unter ihm. »Was tust du da?«

»Ich küsse dich, kleine Lady.«

Anne versuchte, ihre Beine zu schließen. »Aber nicht dort!«

»Überall, wo ich möchte«, sagte er und fuhr mit seiner Zunge in ihren Spalt.

Anne bäumte sich unter ihm auf, während John ihre Beine auseinanderdrückte, damit sie sich noch weiter für ihn öffnete. Seine Zungenspitze flatterte abwechselnd über ihren Kitzler, die kleinen und großen Schamlippen, bevor er sie in ihrem Eingang versenkte. John konnte sich nicht daran erinnern, dass eine andere Frau jemals besser geschmeckt hatte. Wie ein Besessener pflügte seine Zunge durch ihr Tal, das bereits klitschnass von ihrem Saft war. Dabei presste sich sein steifes Glied in die Decken. John spürte, wie sich sein Höhepunkt anbahnte, worauf er sich von Anne losriss. Es wäre zu peinlich, wenn er sich jetzt verströmte.

Anne setzte sich auf und sah ihn empört an. »Du kannst doch jetzt nicht aufhören, wo ich so knapp vor etwas Wundervollem stand!«

John wurde stutzig. Hatte sie etwa noch nie einen Orgasmus erlebt? »Wovor genau hast du gestanden?«, fragte er sie. Das war eine gute Gelegenheit, um sich abzukühlen.

»Ich weiß nicht«, sagte sie mit hochroten Wangen, »aber es hat sich so angefühlt, als würde gleich etwas Großartiges über mich hereinbrechen.«

Verflixt, dachte John, *ich habe ihren ersten Höhepunkt ver-*

dorben! Das musste er schleunigst wieder gutmachen. Ein seltsames Gefühl erwärmte sein Herz, wenn er Lady Anne in die hellgrauen Augen blickte. Er konnte nicht anders, als ihren Körper in seine Arme zu ziehen, um ihre Lippen zu küssen.

Kurz drückte Anne ihre Hände gegen seine Brust, bevor sie sich den Zärtlichkeiten ergab. Ihr Mund schnappte nach ihm, als wäre sie ausgehungert. Seine Zunge fand sofort die ihre und umspielte sie ungestüm. Johns Herz überschlug sich beinahe. Wie konnte es ihm nur passieren, nach so kurzer Zeit einer Frau hoffnungslos zu verfallen? Was hatte diese Lady nur mit ihm angestellt? John erkannte sich nicht wieder.

Während er Anne ununterbrochen küsste, drückte er sie zurück auf die Decken. Ihre zierlichen Arme hielten ihn fest umschlungen, ihre Hände massierten seine Pobacken und brachten Johns Selbstdisziplin nun endgültig zu Fall. Er griff nach seinem Schaft, ließ ihn einige Male durch ihre nassen Falten gleiten und versenkte sich schließlich langsam in ihren Tiefen.

Annes Körper bebte unter ihm, und es fühlte sich so richtig an, in ihr zu sein, dass John alles um sich herum vergaß. Es gab nur noch Anne und ihn. Sie schlang die Beine um seine Hüften und drückte sich ihm entgegen, während er ihre Hände überall auf seinem Körper spürte.

John beschleunigte das Tempo. Er stieß härter und schneller in sie, weil er bemerkte, dass sie es nicht anders wollte.

Anne besaß so viel Leidenschaft! Sie gab ihm zu verstehen, dass sie sich auf ihn legen wollte, deshalb drehte John sich mit ihr herum. Als Anne auf ihm saß, begann sie, ihren Unterleib auf ihm vor- und zurückzuschieben. Sie warf den Kopf in den Nacken, sodass ihr das lange Haar über die Schultern flog, und sah dabei wild und wunderschön aus.

John konnte sich kaum noch beherrschen. Mittlerweile

hatte er es aufgegeben, sie zu stoßen, denn Anne rieb sich an ihm und massierte seine Härte mit ihrem Inneren. Und als er spürte, wie sie sich um ihn verkrampfte und sich ihr Innerstes wie eine glitschige Faust um ihn schloss, da hielt ihn nichts mehr zurück. Er schrie seinen Höhepunkt in die Nacht hinaus, während Anne ihm verhalten ins Ohr stöhnte und John damit noch das letzte Fünkchen Verstand raubte.

John wusste nicht, wie lange er reglos dagelegen hatte, bevor er sich mit Anne auf die Seite drehte und die Kerze ausblies. Auch wenn es nun stockdunkel war, spürte er ihre Blicke auf sich. Er griff in ihr Haar, zog ihr Gesicht heran und suchte ihre Nasenspitze, auf die er einen Kuss hauchte.

Sie wollte sich abwenden und flüsterte: »Nicht auf meine Nase«, aber John ließ es nicht zu.

»Warum?«, murmelte er, noch immer benommen.

»Sie ist nicht besond…«

»Sie ist süß«, unterbrach er sie. »Zuckersüß, wie der Rest von dir.«

»Süß?« Anne klang verwundert. Anscheinend schämte sie sich für ihre lange Nase, aber John fand, dass sie sehr gut in ihr Gesicht passte. Er hatte jetzt auch weder die Kraft noch die Lust, das auszudiskutieren. John fühlte sich rundum wohl und wollte nur noch schlafen. Er zog Anne so fest in seine Arme, als wollte er sie nie wieder gehen lassen. Schon kurze Zeit später entspannten sich seine Muskeln und John merkte, wie er ins Reich der Träume glitt. Er hoffte nur, dass Anne ihm gleich nachfolgen würde, denn er war viel zu erschöpft, um sie noch zu fesseln.

***

Was für ein schöner Traum, dachte Anne, als sie langsam erwachte. Sie war noch ein wenig zu müde, um sich zu wundern, warum sich ihre Nasenspitze beinahe wie ein Eiszapfen anfühlte und sie Vogelgezwitscher vernahm. Sie rieb ihr kaltes Gesicht an warmer, glatter Haut, die köstlich nach Mann duftete, und fühlte sich geborgen.

»Gut geschlafen, Mylady?«, brummte plötzlich eine tiefe Stimme in ihr Haar.

Mit einem Schlag war Anne hellwach. Sie schlug die Augen auf und fand sich in den Armen ihres Entführers wieder, von dem sie gerade geträumt hatte ... oder war etwa alles real gewesen? »John?«, flüsterte sie.

»Sieh an, du hast meinen Namen behalten. Schlaues Mädchen«, murmelte er spöttisch, aber dennoch liebevoll, und zog sie noch näher an seinen warmen Körper. Anne brauchte ihn nicht zu fragen, welches Teil seiner Anatomie sich gerade in ihren Oberschenkel bohrte. Es war dasselbe, das ihr erst vor wenigen Stunden einen Höhepunkt beschert hatte. Der erste ihres Lebens. Allein bei dem Gedanken daran, fühlte Anne ein Prickeln in ihrem Schoß. Solch eine Leidenschaft wie heute Nacht hatte sie noch nie erlebt! Der Duke hatte sie immer nur schnell genommen und dabei hatte Anne keinen Laut von sich geben dürfen, damit niemand der Bediensteten, und besonders nicht die Duchess, etwas von ihrem Verhältnis mitbekamen. Aber mit John war alles so anders gewesen. Er wusste genau, was sie brauchte und wonach sie sich sehnte.

Als Anne plötzlich eine Jungenstimme hörte, schlüpfte sie hastig unter die Decken, sodass sich Johns harter Schaft nun gegen ihren Bauch presste. Sie spürte, wie die Plattform leicht schwankte und wusste: Jemand kam den Baum herauf!

»Hey, John, biste schon wach? Was is los, biste krank?«, fragte die junge Stimme, die plötzlich verstummte.

Anne hielt die Luft an und drückte sich noch näher an John,

der ihren Po umfasste und fast unmerklich seine Lenden an ihrem Bauch rieb. Dieser Flegel!

»John, das is jetzt nich grad fair! Hab mir gleich gedacht, hast dich mit'm Bürschchen vergnügt, so laut, wie de nachts gestöhnt hast …«

Auf einmal wurde die Decke weggerissen, worauf Anne direkt in das schmutzige Gesicht eines jungen Mannes blickte, dessen Augen ganz groß wurden. »Donnerblitz, 'n Mädchen!«

Als wollte er sie beschützen, deckte John sie wieder zu. »Pfoten weg, Gilbert! Und wasch dich lieber mal, du stinkst wie ein Schwein nach dem Suhlen!«

»Beute wird geteilt – wie immer«, grinste Gilbert frech, aber Anne fand das gar nicht lustig.

John räusperte sich: »Die Beute heißt Lady Anne und steht unter meinem persönlichen Schutz. Gleich nach dem Frühstück werde ich sie nach Hause geleiten.«

Er würde also sein Versprechen halten, freute sich Anne, aber warum wurde ihr dann plötzlich so schwer ums Herz?

Gilbert kratzte sich am Kopf. »Na gut. Ach, äh … Frühstück is fertig.« Mit einem Satz sprang er von der Plattform und hangelte sich an den Ästen nach unten.

»Na dann«, meinte John grinsend, »nach Ihnen, Mylady.«

Ja, das würde diesem Schurken so passen, dachte sich Anne. Sie angelte nach ihren Kleidungsstücken, die sie unter der Decke anziehen wollte, während es John sichtlich Spaß machte, sich nackt vor ihr zu zeigen. Dabei ließ er bei jeder Gelegenheit seine Muskeln spielen, der Angeber.

Plötzlich musterte John sie skeptisch. »Du willst doch nicht allen Ernstes wieder in diese Fetzen steigen?«

Annes Herzschlag beschleunigte sich. Er wollte, dass sie nackt vom Baum kletterte?

John musste anhand ihres empörten Gesichtsausdrucks gesehen haben, was sie dachte. Er beugte sich, nur mit seiner Bruche bekleidet, über die Plattform und rief: »Hey, Gilbert, bist du noch da?«

»Und ob!«, ertönte es auf einmal ganz nah an Annes Ohr. Erschrocken wirbelte sie herum. In der Baumkrone blitzten Zähne auf.

John war schon aufgesprungen und zog Gilbert am Ohr aus den Blättern. »Wolltest du Lady Anne etwa beim Anziehen zusehen, du Rotzlöffel?«

Trotz der Schmutzschicht, die Gilberts Gesicht bedeckte, erkannte Anne, wie der Bengel rot um die Nase wurde.

Stotternd wand er sich in Johns Griff, aber ihm fiel keine Ausrede ein. John ließ ihn los, doch er konnte dem Jungen anscheinend nicht böse sein. »Geh zu Jeb und Mort. Die beiden heben doch alle Klamotten auf. Sie haben bestimmt auch etwas in ihren Truhen, was einer Lady würdig ist.«

»Ja, Sir, bin schon weg!« Abermals schwang sich Gilbert von der Plattform, aber diesmal überprüfte John, dass er auch tatsächlich unten ankam.

***

Es war Anne immer noch ein Rätsel, wie sie heil vom Baum gekommen war, aber mit Hilfe von John und Gilbert hatte sie es irgendwie geschafft. Sie hatte sich an einem Bach ein wenig frisch gemacht, wobei John sie keine Sekunde aus den Augen gelassen hatte, und saß nun in ihren neuen Kleidern um ein Lagerfeuer. Das Gewand, das sie trug, hatten die Räuber einer sehr wohlhabenden Lady abgeluchst, die mit ihrer edlen Kutsche durch den Wald gekommen war, erzählte ihr ein alter Mann namens Mort. Er lächelte sie zahnlos und sichtlich vergnügt an, seine wässrigen Augen blitzen.

Annes Kleid war aus grüner Seide gefertigt, besaß eine hoch angesetzte Taille und einen tiefen Ausschnitt. Auf den Spitzhut hatte Anne allerdings verzichtet. Der war im Wald eher hinderlich.

Auch John sah ausgezeichnet aus in seiner Kleidung. Immerhin hatte sie ihn nur in Unterhosen kennengelernt. Er trug einen kurzen Rock sowie enge Hosen und Stiefel aus Wildleder, die seine männlichen Oberschenkel besonders gut zur Geltung brachten.

Unzählige Augenpaare starrten Anne neugierig an. Die Räuberbande war ein ziemlich bunter Haufen, auch wenn ihre Kleidung eher eintönig war: Sie bestand ausschließlich aus Grün- und Brauntönen. Kein Wunder, dass Anne die Diebe im Gebüsch nicht gesehen hatte, als sie überfallen wurde. Es waren aber nicht nur Männer anwesend, auch Frauen und Kinder, ja, ganze Familien hatten sich zum Frühstück um das Feuer versammelt. Erleichtert atmete Anne auf. John hatte sie also nur damit aufgezogen, dass alle seine Männer »ausgehungert« waren. Das traf höchstens auf John selbst zu, so leidenschaftlich, wie er gewesen war.

Anne hatte ja nicht geahnt, wie kühl es frühmorgens an einem Herbsttag im Wald sein konnte. Sie rutschte ein wenig näher an das Lagerfeuer, um sich ihre kalten Zehen zu wärmen, die in zierlichen Stiefeln steckten. Jeb und Mort, die zwei ältesten Männer im Lager, hatten ihr die Schuhe mitgebracht. Die beiden sahen eigentlich ganz nett aus mit ihren faltigen Gesichtern und den grauen Bärten, ebenso die anderen. Anne erfuhr nach und nach ihre Geschichten, während Beerenwein und gebratener Fisch herumgereicht wurden. Alle von ihnen hatten sich nur deshalb für dieses Leben entschieden, weil ihnen die Grundherren entweder alles genommen hatten oder so hohe Abgaben verlangten, dass die Dorfbewohner sie nicht bezahlen konnten. Daraufhin flüchteten die verarmten Dörfler. Ihre einzige Chance zu überleben, war, Reisende, die durch den Firtree Forest kamen, zu überfallen, während die Frauen im nächsten Dorf selbst hergestelltes Geschirr und andere Dinge verkauften.

Schmunzelnd setzte sich Gilbert neben John, der weiterhin nicht von Annes Seite wich. »Hey, Chef, wir hatten schon Wetten abgeschlossen, dass des mit dem Jüngelchen treibst. Ihr wart ja nich grad leise …«

Anne spürte, wie ihr die Hitze in die Wangen schoss. Deshalb starrten sie wohl alle an! Ein paar Männer grinsten dreckig, während die Frauen miteinander tuschelten. »Die beiden würden ein hübsches Paar abgeben«, hörte Anne sie flüstern, worauf ihr noch heißer wurde.

Anne schielte zu John. Alle im Lager sahen zu ihm auf. Sie behandelten ihn mit Respekt – bis auf Gilbert – und mochten ihn anscheinend.

»Gilbert, deine Fische schmecken wirklich köstlich!«, lenkte John vom Thema ab und reichte Anne ein Stück, das auf einem großen Blatt lag.

Dankbar nahm Anne es entgegen. Fisch am Morgen? Egal – ihr Magen knurrte laut. Sie hatte wirklich Hunger. Sie nahm das weiche Fleisch zwischen die Finger und steckte es sich in den Mund. Dabei spürte sie Johns Augen auf sich. Anne wurde es bei seinen Blicken schnell wärmer. Niemals zuvor hatte sie ein Mann auf diese Art angesehen. Es würde ihr sicher schwerfallen, in Zukunft auf diese heißen Blicke verzichten zu müssen.

Schon kurze Zeit später verabschiedete sich Anne von der geselligen Truppe und ging mit John ein Stück in den Wald, wo in einem einfachen Unterstand ein paar Pferde standen. Anne erkannte sofort die alte Stute, die sie vom Hof des Duke of Canterbury entwendet hatte. Wenn herauskam, dass sie ein Pferd gestohlen hatte … Eigentlich war Anne kein bisschen anders als die Diebe. Anne hatte auch nur aus ihrer Not heraus gehandelt.

Aber John ging nicht zu der Mähre, sondern hob Anne auf einen prächtigen Hengst. »Dein Pferd behalte ich, als Andenken an dich«, sagte John.

Doch die Wahrheit sah wohl anders aus: Die Mähre würde John und seine Gruppe eine Weile ernähren.

Anne fühlte sich plötzlich sehr unwohl. Ihr hatte es im Leben an nichts gefehlt, und die letzten Jahre auf dem Hof des Duke hatte sie beinahe wie eine Prinzessin gelebt. Der Adel hauste wie die Made im Speck, während ein paar Ecken weiter die Menschen ums tägliche Überleben kämpften.

John saß hinter ihr auf und hielt sie fest, da sie sich im Seitsitz und zudem noch ohne Sattel, nicht gut halten konnte. Dann trabte das Tier los.

Es freute Anne, dass John ihr nicht die Augen verbunden hatte. Er schien ihr vollkommen zu vertrauen. Anne spürte, dass ihre Seelen irgendwie miteinander verbunden waren. Heute Nacht hatte ihr dieser Schurke nicht nur ihren Ring gestohlen, sondern auch ihr Herz. »Vaters Ring!« Anne drehte sich zu John und hielt sich sofort an seiner Taille fest, als das Pferd ein wenig scheute.

Sofort plagte sie wieder ihr Gewissen. Der Ring war aus purem Gold und wenn John ihn verkaufte, hätte seine Gruppe ein paar Sorgen weniger. Aber es war ein Andenken ihres Vaters. Er hatte ihn zeit seines Lebens getragen.

Anne schlug die Augen nieder und flüsterte: »Du kannst ihn behalten.«

Aber John zog sie näher zu sich und sagte: »Ich weiß, wie viel er dir bedeutet.« Dann nahm er den Ring vom Finger und steckte ihn Anne an den Daumen.

»Danke«, hauchte sie und zwinkerte ein paar aufsteigende Tränen weg.

Die Bäume wurden immer weniger, bis Anne auf einem Hügel das Rittergut ihres Vaters sehen konnte. Es war das einzige Haus, das aus Stein gebaut war. Darum gruppierten sich ein paar Hütten, ein großer Stall, die Küche und das Backhaus. Dahinter erstreckten sich Wiesen und Felder, auf denen gerade das Getreide stand, reif zur Ernte. Anne wunderte sich kurz, warum die Ernte noch nicht eingebracht war, bevor John das Tier am Waldrand zum Stehen brachte. Er rutschte vom Pferderücken und hob Anne hinunter. Aber anstatt sie abzustellen, hielt John sie in seinen Armen.

»Kann ich dich wirklich allein lassen?« Eindringlich blickten Johns grüne Augen sie an. Wie gern wollte Anne ihn bitten zu bleiben, aber das war natürlich unmöglich. Er war ein Dieb, vielleicht sogar ein Geächteter – sie war eine Lady! Auch wenn der Duke ihr die Unversehrtheit genommen hatte, hoffte Anne auf eine gute Partie, damit sie das Gut ihres Vaters weiterführen konnte. Das war sie Sir Arthur schuldig. Deshalb nickte sie kurz, aber John hielt sie noch fester.

»Falls du wieder einmal eine heiße Nacht mit einem Schurken verbringen möchtest, dann weißt du ja jetzt, wo du mich findest«, raunte er ihr ins Ohr, sodass Anne am liebsten ihre Beine um ihn geschlungen hätte, um ihn nie wieder loszulassen. So ein Mann wie John – nur die Nicht-Räuber-Version – wäre genau die Art Mann, nach der sie sich schon ihr ganzes Leben sehnte.

Anne spürte, dass John etwas sagen wollte, aber es kam

kein Laut über seine Lippen. Stattdessen streichelte er über ihren Rücken. Für einen kurzen Moment gab sich Anne einer schönen Illusion hin und legte den Kopf an seine Brust. Auch sie wollte ihm noch so viel erzählen, aber sie mussten sich jetzt voneinander verabschieden, sonst würde es immer schwerer werden.

Irgendwie merkte Anne, dass sich John nicht von ihr lösen konnte, deshalb machte sie einen Schritt zurück, um es ihnen beiden einfacher zu machen.

»Oh, Annie! Annie!«, rief plötzlich jemand ihren Namen. Überrascht wandte Anne den Kopf der Frauenstimme zu.

»Izabelle!« Es war ihr ehemaliges Kindermädchen! Immerhin hatte eine bekannte Seele hier die Stellung gehalten.

Lachend drehte sich Anne zu John um, aber er war verschwunden. Anne wurde das Herz schwer. Sie hatten sich nicht einmal richtig verabschiedet. Wenigstens einen letzten, leidenschaftlichen Kuss hätte sie sich gewünscht. Schon jetzt wollte sie wieder zurück in seine Arme. Ein leichter Anflug von Panik überkam sie. Würde sie tatsächlich wieder in das Lager finden? Anne war während des Ritts so von Johns Nähe gefesselt gewesen, dass sie überhaupt nicht auf den Weg geachtet hatte.

Die alte Dame kam aufgeregt auf Anne zugelaufen. Sie trug ein beigefarbenes, lang geschnittenes Gewand, über dem eine Schürze ihren runden Bauch zierte. In einigem Abstand folgte ihr ein junges Mädchen, das ebenfalls einfache Kleider trug, aber Anne kannte es nicht.

»Oh, Annie, es tut so gut, dich zu sehen!« Izabelle drückte sie herzlich an ihren üppigen Busen. »Ich bin so froh, dass du gekommen bist!« Theatralisch wedelte Izabelle mit den Händen vor dem Gesicht und unterdrückte ein paar hervorbrechende Schluchzer. »Es ist alles so furchtbar!«

»Izabelle, was ist denn passiert?« Anne blickte abwechselnd die alte Frau und das Mädchen an, das vor ihr einen Knicks machte und sich hektisch als Margarite vorstellte.

»Oh, Annie, als die anderen von Sir Arthurs Tod erfahren haben, nahmen sie alles mit, was nicht niet- und nagelfest war. Margarite und ich haben versucht, so viele persönliche Sachen zu verstecken wie möglich, aber das meiste ist verloren.«

Anne hatte es die Sprache verschlagen. Die Angestellten ihres Vaters waren auf und davon? Sir Arthur hatte sie doch immer anständig behandelt und die Abgaben so gering wie möglich gehalten. Wer sollte sich denn jetzt um alles kümmern und die Felder bestellen? Wovon sollte Anne in Zukunft leben und wie sollten sie den Winter überstehen? »Wie konnte das nur passieren?«

»Es ging das Gerücht um, dass es keinen neuen Gutsherren mehr geben würde.« Izabelle schnäuzte sich in ein großes Taschentuch.

»Und die Tiere?«, fragte Anne hoffnungsvoll.

»Wir haben nur noch unsere alte Milchkuh.«

Alles verloren ... Anne stand vor dem Nichts.

Während sie zum Gutshaus gingen, legte Izabelle ihr einen Arm um die Schultern. »Lass den Kopf nicht hängen, Annie. Wir haben gerade eben hohen Besuch bekommen. Vielleicht kann er dir helfen.«

»Besuch?« Anne runzelte die Stirn, während sie über die Schwelle in das Haus trat. Wer konnte das sein? »Ist es ein Freund meines Vaters?«

»Oh nein.« Izabelles Augen leuchteten, ebenso ihre Wangen. »Es ist der Duke of Canterbury!«

»*Was?!*« Anne schien es, als würde sämtliches Blut in ihren Adern zu Eis gefrieren. »*Der Duke?!*«

»So ist es, meine Liebe!« Die unverkennbar kühle Stimme des Adligen drang aus einer dunklen Ecke, bevor er plötzlich vor ihr im Hausflur stand.

Aus den Augenwinkeln beobachtete Anne das Mädchen Margarite, das den Duke geradezu anbetete. Anne musste zugeben, dass er äußerst gut aussah. Er war hoch gewachsen und kaum älter als Anne, besaß breite Schultern – die er zusätzlich auspolsterte – und ein sehr männliches, wenn auch noch junges Gesicht. Aber er hatte ein Herz aus Stein und war nur an seinem eigenen Vergnügen interessiert. Dafür ging er über Leichen, auch wenn er die Drecksarbeit anderen überließ. Dazu war er sich zu fein und wohl auch zu feige.

Langsam schritt Anne rückwärts auf die Haustür zu. »Und was verschafft mir die Ehre Eures Besuchs, Euer Gnaden?«, fragte sie, obwohl sie die Antwort kannte: Der Duke wollte einfach nur seine Mätresse zurück.

»Die Herzogin vermisst ihre Hofdame, Lady Anne«, sagte er mit schmeichlerischer Stimme und umfasste ihren Oberarm, bevor er sich an Izabelle wandte: »Gibt es hier einen Ort, wo ich ungestört mit Lady Anne etwas besprechen kann?«

»Oh ... ja, natürlich ...«, stotterte Izabelle. »Im ersten Stock gibt es ein Arbeitszimmer.« Die Alte flüsterte Anne zu: »Die schweren Sessel und den Schreibtisch haben die anderen hiergelassen.«

Anne schenkte ihrem ehemaligen Kindermädchen, das sich anscheinend in ein Mädchen für alles verwandelt hatte, einen hilflosen Blick, aber Izabelle nickte ihr aufmunternd zu. Die alte Dame hatte ja keine Ahnung, was sie Anne damit antat! Anne wünschte sich aus vollem Herzen, dass John jetzt bei ihr wäre.

Energisch schob der Duke Anne die ausgetretenen Holzstufen nach oben. Nur am Rande nahm sie wahr, dass das Haus sehr karg aussah. Sogar die meisten Bilder an den Wänden waren verschwunden. Aber darüber konnte sich Anne jetzt keine Gedanken machen. Ihr Herz schlug hart gegen die Rippen. Was hatte der Duke jetzt mit ihr vor? Anne konnte seinen gierigen Blick förmlich in ihrem Nacken spüren, als er sie weiter die Treppe nach oben schubste, bis sie einen schmalen Flur erreichten. Gleich die erste Tür auf der rechten Seite führte ins Arbeitszimmer ihres Vaters. Anne verband mit diesem Raum nur angenehme Erinnerungen, aber sie befürchtete, dass sich das gleich ändern würde. Sie blickte auf den abgewetzten Ledersessel, der vor einem kalten Kamin stand. Dort hatte ihr Vater oft stundenlang gesessen, Pfeife geraucht und Anne vor dem Zubettgehen noch etwas vorgelesen. Ihre Mutter war gestorben, als Anne sehr klein war. Sie konnte sich kaum noch an sie erinnern, aber Izabelle und Sir Arthur hatten ihr viel Liebe entgegengebracht.

Im Gegensatz zum Duke. Der schloss die Tür hinter ihnen und blinzelte Anne gefährlich an. »Was fällt dir ein, einfach wegzulaufen? Und wo warst du? Das Hausmädchen sagte mir, du wärest noch gar nicht hier gewesen!«

Was sollte sie dem Duke denn erzählen? Dass sie eine fantastische Nacht in den Armen eines Räubers verbracht hatte? »Ich habe noch eine Bekannte besucht«, log Anne, wobei sie sich langsam rückwärts durch den Raum bewegte. Leider stieß sie bald an den wuchtigen Schreibtisch ihres Vaters.

Der Duke presste sie mit seinem Körper gegen die harte Kante. Jetzt war er ihr so nah, dass sie seinen Atem riechen konnte. Er hatte wohl zu viel Wein getrunken, denn seine Augen wirkten glasig. Der Adlige packte Annes Hinterkopf und drückte seine Nase gegen ihre Halsbeuge, bevor er sie zum tiefen Ausschnitt ihres Kleides wandern ließ. »Du warst bei einem anderen Mann!«

In Anne kochte der Zorn hoch. »Ich bin Euch keine Rechenschaft schuldig«, funkelte sie ihn an und stieß ihn von sich. »Ich kann tun und lassen, was ich will!«

»Irrtum, Lady Anne. Solange du die Hofdame meiner Frau bist, gehörst du *mir*. Du hast keine Privilegien, wenn *ich* sie dir nicht gestatte.« Der Duke legte eine Hand gegen Annes Brust und drückte ihren Oberkörper auf den Schreibtisch.

Anne wand sich unter ihm. »Ich habe mit Eurer Frau gesprochen. Sie hat mich aus ihren Diensten entlassen!«

»Das kann sie gar nicht«, knurrte der Duke. Er drehte Anne auf den Bauch und drückte ihr die Hände hinter dem Rücken zusammen. Er war stark. Anne hatte keine Chance gegen ihn. Noch ehe sie sich versah, hatte er ihre Handgelenke gefesselt. »Ich habe schon gewusst, warum ich ein Seil mitgenommen habe, meine störrische Schönheit. Ich werde es nun handhaben wie bei einem Wildpferd. Nachdem ich dich zugeritten habe, wirst du mir lammfromm folgen.«

»Niemals!«, spie Anne ihm entgegen. Sie versuchte sich zu wehren, aber vergeblich. Der Duke drückte sie mit seinem ganzen Gewicht auf die harte Platte. Anne wusste genau, was sie erwartete. Aber das wollte sie nicht mehr. Nie wieder! John hatte ihr gezeigt, welche Freuden ein Mann einer Frau bereiten konnte, und auf die wollte sie nicht mehr verzichten.

»Ich vermisse meine kleine Hure«, raunte der Duke ihr ins Ohr, während er ihre Röcke raffte, sodass der Stoff über Annes Rücken fiel. Sie fühlte sich nackt und ausgeliefert.

»Ich bin nicht Eure Hure! Kehrt lieber zu Eurer Frau zurück!« Anne versuchte, mit den Füßen nach ihm zu treten, doch der Duke drückte ihr die Beine auseinander und nagelte Anne damit förmlich an den Tisch. »Ich will nicht länger Eure Mätresse sein. Das wollte ich noch nie!«

Der junge Adlige streichelte Annes nackte Schenkel. Anne spürte, wie sich seine Härte durch die Hose an ihren Po drückte.

»Eine Frau darf nicht über eigenen Besitz verfügen. Du weißt, dass ich dich jederzeit enteignen lassen könnte.« Anne wurde es bei seinen Worten eiskalt, aber der Duke setzte noch eins drauf: »Vom Gesetz her steht dir das Gut nicht zu.«

»Ihrem Ehemann aber schon!«, donnerte es plötzlich hinter ihnen, worauf der Duke herumwirbelte.

»John!« Anne verrenkte ihren Hals und konnte ihr Glück kaum begreifen: Dort im Türrahmen stand ihr leidenschaftlicher Räuber! Sein Gesicht war zornentbrannt, die Hände hatte er zu Fäusten geballt.

Anne erschrak. Wie viel von ihrem Gespräch hatte er schon mitbekommen? Plötzlich war es Anne peinlich, dass John wusste, dass sie mit dem Duke das Bett geteilt hatte.

»Finger weg von meiner Frau!«, knurrte John und stürzte sich auf den verblüfften Duke, um ihn von Anne wegzureißen und ihm einen Kinnhaken zu verpassen.

Dieser ging taumelnd in die Knie, wobei er schützend die Hände vors Gesicht hielt. »Anne ist nicht verheiratet.«

»Doch ist sie, seit gestern«, herrschte John ihn an und trat auf ihn zu. »Und deswegen ist das Rittergut in meinen Besitz übergegangen.«

Anne wollte schon etwas erwidern, aber Johns durchdringender Blick sagte ihr, dass sie jetzt besser den Mund halten sollte. Was dachte sich dieser Mann überhaupt? Was dachten sich überhaupt *alle* Männer?

Andererseits war Anne froh, dass John vielleicht einen Weg gefunden hatte, wie sie das Rittergut behalten konnte. Und noch glücklicher war sie darüber, dass er zur rechten Zeit aufgetaucht war. Aber warum? Was suchte er hier? War er ihretwegen zurückgekommen oder verfolgte er andere Ziele?

Der Duke sprang auf die Beine, blickte zu Anne herab und zischte: »Du wagst es, dir einen anderen Mann zu nehmen!«

»Droht Ihr *meiner* Frau?« John war mit einem Satz beim Duke und packte ihn am Kragen.

»Sie gehört mir!«, knurrte der Adlige, traute sich aber anscheinend nicht, zurückzuschlagen. John besaß unverkennbar die beeindruckendere Statur und sagte von daher lässig: »Sir Arthur hatte mir die Hand von Lady Anne schon vor Jahren versprochen!«

Anne rollte mit den Augen. Die zwei führten sich auf wie Kampfhähne! Sie bewunderte jedoch, wie überzeugend John lügen konnte. Beinahe glaubte sie seinen Worten selber.

Die Augen des Adligen verengten sich: »Ihr könnt Anne dennoch nicht haben! Dafür werde ich sorgen!«

John zog ihn am Kragen so nah zu sich, dass sich ihre Nasen fast berührten, und sagte bedrohlich: »Dann werde ich dafür sorgen, dass Eure Frau und der König erfahren, zu welch schändlichen Taten Ihr die ehrenwerte Lady Anne gezwungen habt!«

Alle Farbe wich aus dem Gesicht des Duke. »Das wagt Ihr nicht!«

»Wetten«, grinste John. »Annes Vater war der berühmte Sir Arthur, der mächtige Freunde hat, die Lady Anne jederzeit einen Gefallen erweisen würden.«

Anne hatte keine Ahnung, wovon John sprach, aber dem Duke schienen langsam die Argumente auszugehen.

»Wer seid Ihr überhaupt, dass Ihr ihren Vater kanntet?« Der Adlige war kurzzeitig beeindruckt.

»Ich habe schon mit Sir Arthur in einer Schlacht gekämpft, da habt Ihr gerade gelernt, wie man dem König die Stiefel leckt!«

Anne kicherte in sich hinein, denn sie konnte sich das sehr gut vorstellen.

John war der Frage des Duke geschickt ausgewichen. Wenn der erführe, dass John ein Räuber war ... Aber etwas anderes versetzte Anne einen Stich ins Herz: John hatte tatsächlich ihren Vater gekannt?

Der Duke riss sich von John los und sagte in einem verächtlichen Tonfall: »Dann nehmt die Hure! Sie ist genauso gut wie jede andere.«

Anne sah, wie sich Johns Miene noch mehr verfinsterte. Er holte aus und schmetterte den Adligen gegen die Wand, sodass der Putz absprang. Schwankend stand der Duke auf und verließ eilig den Raum.

John grinste selbstzufrieden und klopfte sich die Hände an seiner Hose ab. »Den wären wir los!«

Anne lag immer noch auf dem Schreibtisch, die Arme auf dem Rücken. »John, machst du mir endlich die Fesseln ab?«

Gerade, als sie versuchte sich aufzurichten, drückte John sie wieder nach unten. »Nein, wir haben noch nicht alles geklärt.«

Anne riss die Augen auf. »Was denn geklärt?«

»Das mit uns.«

»Mit uns?« Hatte er seine Worte tatsächlich ernst gemeint? »John, du bist ein Gesetzloser und ich ... bin nicht besser als eine Hur...«

»Das will ich nicht mehr hören!« Er legte sich leicht auf sie, die Arme rechts und links neben ihrem Körper abgestützt. »Außerdem habe ich nicht gegen das Gesetz verstoßen. Noch nicht. Offiziell zumindest«, wand er sich heraus. »Niemand kann mir oder meiner Truppe etwas nachweisen.«

Als Anne Johns warmen Bauch an ihren gefesselten Händen fühlte und ihr sein Geruch in die Nase stieg, musste sie wieder an ihre Liebesnacht denken. »Hast du wirklich meinen Vater gekannt?«, wollte sie wissen, um sich abzulenken, denn John streichelte ihre nackten Pobacken, die sich ihm schutzlos vor die Lenden streckten.

»Ja, aber leider nicht so gut, wie ich ihn gern gekannt hätte. Ich habe tatsächlich mit ihm in einer Schlacht gekämpft.«

Dann hatte er diese Geschichte also nicht gänzlich erfunden.

»Wenn ich natürlich geahnt hätte, dass er so eine hübsche Tochter hat ...« John drückte seine Hand gegen ihre Scham.

Anne keuchte auf. »Was hast du vor?«

»Wonach sieht es denn aus?«, fragte er verschmitzt und begann, ihre Schamlippen zu massieren.

Anne fühlte, dass sie immer feuchter wurde. John wusste genau, wie er sie berühren musste, um sie schwach zu machen.

Er strich ihre Haare zur Seite und küsste Annes Nacken. Dabei ließ er einen Finger auf ihrer Perle kreisen. »Ich hab außerdem noch was gut bei dir.«

»Warum?«

»Ich habe dir deinen Ring zurückgegeben«, sagte er rau und schob einen Finger in sie hinein.

»Ja, du edler Dieb«, versuchte sie zu spotten, was ihr aber nicht ganz gelang. Anne schloss die Augen und genoss Johns erregendes Spiel. »Deswegen sind wir aber noch lange nicht Mann und Frau. Also, was willst du wirklich? Warum bist du zurückgekommen?«

Anne vermochte kaum zu sprechen. Sie hoffte, dass Izabelle und Margarite nicht mitbekamen, was sie hier oben trieben.

»Ich bin um das Gut herumgeritten, weil ich sehen wollte, ob du sicher im Haus angekommen bist, da erblickte ich die edle Kutsche. Ich war nur neugierig, wer dich besucht.«

Er hatte ihr nachspioniert? Aus Eifersucht oder purer Neugier? Oder wollte er wissen, ob es für ihn etwas zu holen gab?

John richtete sich auf, hob Anne nach oben, drehte sie herum und setzte sie so auf den Tisch, dass John nun zwischen ihren geöffneten Beinen stand. Ihr Räuber war ja ein wahrer Gentleman, dachte Anne, weil er sie aus ihrer unangenehmen Position befreit hatte. Er schob ihr das Kleid wieder über die Schenkel, um ihre Mitte zu streicheln. Anne glaubte, bald vor Lust zu zerspringen. »John, sag endlich ... was du ... von mir ... willst.«

»Das hier ...«

Anne sog die Luft ein, als plötzlich sein harter Schaft in sie fuhr. Er umfasste ihre Hüften und massierte mit seinem dicken Phallus ihr Inneres, bevor er mit einer Hand an ihrem Kitzler rieb.

Fasziniert sah Anne auf die Stelle, wo ihre beiden Körper miteinander verbunden waren. Johns Geschlecht rutschte zwischen ihren Falten raus und rein, während es dick mit ihrem Saft bedeckt war. Zugleich kämpfte Anne mit ihren Fesseln, die mittlerweile recht locker saßen.

»Und da gibt es noch etwas ... Ich habe gesehen, dass das Gut verlassen ist. Meine Männer und ihre Familien brauchen wieder eine anständige Beschäftigung und ein Dach über dem Kopf.«

»Und ich soll sie einstellen?« Anne versuchte, sich von seinen Liebkosungen nicht ablenken zu lassen und einen kühlen Kopf zu bewahren. Sie könnte tatsächlich eine Menge helfender Hände gebrauchen, um das Gut wieder auf Vordermann zu bringen.

»Was ist nun, Anne? Der Winter steht vor der Tür. Die Dächer müssen neu gedeckt werden, Holz gehackt, die Ernte eingebracht ...«

»Versuchst du mich zu überreden oder mit deinen Künsten zu beeindrucken?« Hätte er gesagt, dass er nur zurückgekommen war, weil er sich in sie verliebt hatte, dann hätte Anne sofort zugestimmt. Denn würde John auch noch so zuvorkommend und liebevoll sein, wenn sie tatsächlich verheiratet waren?

Anne spürte, wie sich ihr Unterleib verkrampfte, genau wie letzte Nacht im Wald. Auf dieses berauschende Gefühl, von dem sie einmal gekostet hatte, wollte sie nämlich nie wieder verzichten, wenn sie mit einem Mann zusammen war. Sie legte ihre Schenkel um Johns Hüften und zog ihn näher, sodass er noch tiefer in sie fuhr.

»Du bist also ... nur zurückgekommen, weil ... du einen Handel ... vorschlagen willst?«, stieß sie keuchend aus.

»Das war ... nicht der ... Hauptgrund«, erwiderte John ebenso atemlos und legte noch an Tempo zu.

Endlich hatte es Anne geschafft, sich von den Fesseln zu befreien. Der Duke hatte keine Ahnung gehabt, wie man einen guten Knoten machte. Wenn John sie gefesselt hätte ...

Anne brachte gerade noch die Wörter »Was willst du denn noch?« heraus, bevor John seine Lippen auf ihren Mund drückte und Anne leidenschaftlich küsste.

Sie fuhr mit ihren Händen in sein blondes Haar, sah tief in seine grünen Augen und wollte in diesem Augenblick nirgendwo anders sein als bei ihrem Herr der Diebe.

Als John sie mit seiner Wärme füllte und in ihren Mund stöhnte: »Ich will dich. Ganz für mich allein«, kam auch Anne.

Führe mich nicht in Versuchung No. 2

»Hey, Kate, dich habe ich hier ja schon ewig nicht mehr gesehen!« Die Barkeeperin kam mit einem schiefen Lächeln auf Kate zu.

Bildete es sich Kate ein, oder hatte Riana ihre fröhliche Laune nur aufgesetzt? Sie beobachtete, wie Riana dem Inhaber des »Temptation« einen kurzen Blick zuwarf. Duncan O'Sullivan betrachtete Kate daraufhin mit gerunzelter Stirn. Hatte sich denn womöglich jeder gegen sie verschworen?

»Ich leide schon an Paranoia«, brummte Kate, die Vampirjägerin, als sie auf einem Barhocker Platz nahm und Riana begrüßte: »Gut siehst du aus, Ria, nur ein wenig zu blass um die Nase.«

Riana arbeitete schon ewig für die Behörden, Kate konnte ihr vertrauen. Sie selbst hatte vor drei Jahren Riana auf Duncan O'Sullivan angesetzt, weil es im »Temptation« zu seltsamen Vorfällen gekommen war, aber es hatte sich anscheinend um einen Fehlalarm gehandelt. Seitdem arbeitete die junge Frau in dem urigen Lokal als Barkeeperin und hielt die Behörden auf dem Laufenden.

»Was führt dich her?« Riana sah Kate mit hochgezogenen

Brauen an, während sie nebenher einen Cocktail mixte.

»Mein Bodyguard.«

»Dein ...« Kate schien ihre Neugier geweckt zu haben, denn Riana beugte sich weit über den Tresen und flüsterte: »Warum brauchst du einen Bodyguard, Kate? Was ist denn passiert?«

Kate rutschte ebenfalls ein Stückchen näher und senkte ihre Stimme, obwohl es in der Kneipe so laut war, dass sie sowieso niemand verstanden hätte. »Ich bekomme schon seit Wochen Drohbriefe und Telefonanrufe. Irgendein Verrückter hat herausgefunden, dass ich im Vorstand bin. Er sagt, wenn wir die Jagd nicht sofort einstellen, wird er mich töten.«

»Oh Gott, das ist ja furchtbar!« In Rianas Gesicht stand aufrichtige Anteilnahme. »Meinst du, der Erpresser ist ein ...«

»Ja, natürlich. Wer sollte wohl sonst wollen, dass wir keine Vampire mehr jagen.« Kate seufzte. »Derweil bin *ich* es doch gewesen, die die Maßnahmen entschärft hat. Seit einem Jahr gibt es keine Hinrichtungen mehr.«

Riana bekam große Augen. »Das wusste ich ja noch gar nicht!«

Kate winkte ab. »Weil nur unsere bewaffneten Headhunter davon Kenntnis haben.«

Riana war lediglich eine Informantin, deswegen waren diese Neuigkeiten noch nicht bis zu ihr vorgedrungen.

»Aber ich muss gestehen, dass wir schon ewig keinen erwischt haben«, fuhr Kate fort. »Angeblich ist Irland jetzt clean, aber seit zwei Wochen bin ich mir da nicht mehr so sicher.«

Ein paar Mal blinzelte Riana und wich ein Stück vor Kate zurück. »Wie meinst du das?«

Nachdem sie tief durchgeatmet hatte, sagte Kate: »Na ja, erst tauchte dieser Erpresser auf, und jetzt hat sich auch noch Nathan verdächtig gemacht.«

»Nathan?« Rianas Stirn legte sich in Falten. Ihr Gesicht glich einem einzigen Fragezeichen, was Kate ein Lächeln entlockte.

»Nathan Rousseau, mein Bodyguard. Er kommt aus Belgien, ist aber eigentlich Franzose. Ich habe ihn über das Internet engagiert, weil ich hier niemandem mehr trauen kann.«

»Wo ist er?« Riana richtete sich auf, um sich umzublicken. »Ein toller Bodyguard, wenn er nicht an deiner Seite ist!«

Kate seufzte. »Er musste mal für kleine Jungs, nehme ich an. Er ist auch nur ein Mensch ... oder auch nicht?« Sie fuhr sich durch die kurzen Haare und murmelte: »Ich weiß nicht, was ich tun soll, Ria, aber ich muss ihn testen lassen.«

»Du musst gar nichts, wenn du nicht willst.« Eindringlich sah Riana sie an.

»Himmel, Ria, ich gehöre dem Vorstand an! Es ist meine Pflicht!«

Riana schüttelte den Kopf und schielte dann zu Duncan hinüber, der sie mit einem heißen Blick bedachte. Selbst Kate konnte die Schwingungen spüren, die beide aussandten.

»Seit wann seid ihr zusammen?«, wechselte Kate das Thema.

»Woher weißt du ...«

Kate grinste. »Sogar ein Blinder könnte das erkennen.«

In diesem Moment presste sich ein heißer Körper an Kate. Es war Nathan, der sich neben sie auf einen Barhocker setzte. Er hatte so eine große Statur, dass sich sein langes Bein gegen ihren Oberschenkel drückte. Anscheinend dachte er nicht einmal daran, sich professioneller zu benehmen, denn er rückte noch ein Stück näher, um sie mit seinem unwiderstehlichen, französischen Akzent zu fragen: »Alors, was möchtest du trinken, Kate?«

Sie konnte nur atemlos in seine eisblauen Augen starren, die sie eindringlich ansahen. Eine pechschwarze Haarsträhne hing ihm in die Stirn, und Kate war versucht, sie wegzustreichen.

Sein heißer Schenkel, der in einer dunklen Jeans steckte, die seine langen Beine besonders gut zur Geltung brachte, raubte ihr noch den Verstand. Wie sollte sie diesen Mann an die Behörden ausliefern, wenn sie sich total in ihn verguckt hatte? Zudem fühlte sie sich an seiner Seite so sicher und beschützt wie noch nie – dennoch, was passierte, wenn *er* dieser Erpresser war? Konnte Nathan ein Vampir sein? Es sprachen einige Anzeichen dafür: Er trug immer eine Sonnenbrille, obwohl zu dieser nasskalten Jahreszeit in Irland meist graue Wolken den Himmel bedeckten und der Nebel tief hing. Zudem gähnte er ihr den ganzen Tag ins Ohr, während er nachts hellwach durch ihre Wohnung streifte wie ein nervöser Panther. Und er hatte die Reflexe eines Tieres.

Natürlich reichte das nicht aus, um ihn zu verhaften, doch Kate hatte da so ein Gefühl …

»Kate, hast du dich jetzt entschieden?« Nathans angenehme Stimme brachte sie wieder in die Realität zurück. Ihr wurde bewusst, dass sie ihn immer noch anstarrte, weshalb sie schnell die Augen auf die Karte richtete, die Riana ihr vor die Nase hielt.

Nathan kam ihr jedoch zuvor: »Alors, ich nehme einen Blue Moon, den solltest du auch mal probieren.«

»Okay, dann nehme ich so einen«, antwortete sie atemlos. Plötzlich war ihr heiß und ihre Wangen brannten.

»Oui?« Nathan wandte sich an Riana. »Dann nehmen wir zwei Blue ...« Als er Riana in die Augen blickte, verstummte er sofort. Auch die Barkeeperin konnte Nathan nur mit geöffnetem Mund anstarren. Kate registrierte verwundert, dass auf einmal Duncan neben Riana getreten war und ihr einen Arm um die Schulter gelegt hatte. Auch er sah Nathan seltsam an. Es schien beinahe so, als wäre Nathan die Attraktion des Jahrhunderts.

»Habe ich was verpasst?«, fragte Kate in die Runde. »Kennt ihr euch?«

»Nein!« Duncan, der braunhaarige Hüne, hatte als Erster die Sprache wiedergefunden. »Es passiert nur so selten, dass jemand einen Blue Moon bestellt. Ich gebe eine Runde aus.«

»Merci!« Nathan nickte den beiden hinter der Bar zu und drehte sich dann grinsend zu Kate um: »Deine Freunde sind wirklich nett.«

Riana war nicht unbedingt eine Freundin, mehr eine Kollegin, und Duncan O'Sullivan kannte sie praktisch überhaupt nicht, dennoch sagte Kate: »Ja, das sind sie.«

Kate und Nathan nahmen ihre Gläser mit der bläulichen Flüssigkeit entgegen und stießen miteinander an. Dabei sah ihr Nathan so tief in die Augen, dass Kate glaubte, in den seinen zu ertrinken. Sie spürte, dass der Bodyguard ihr ebenfalls nicht ganz abgeneigt war und das brachte ihre Brustwarzen zum Prickeln.

Aber würde er eine Beziehung mit ihr eingehen? Wenigstens fürs Bett? Sofort schossen Kate Bilder des Films »Bodyguard« mit Whitney Houston und Kevin Costner ins Gedächtnis, worauf sie lächeln musste.

»Es ist schön, dass es dir gut geht«, sagte Nathan und stieß ein weiteres Mal mit ihr an. »Santé!« Kate kam es dabei so vor, als rückte er noch näher an sie heran, wenn das überhaupt möglich war. Nathan saß beinahe schon auf ihrem Schoß!

Er bestellte sich ein Sandwich und eine ganze Schachtel Donuts. Nathan musste einen Bärenhunger haben, denn er trommelte ungeduldig mit den Fingern auf die Tischplatte, bis Riana ihm das belegte Brot und die Donuts hinschob. »Merci beaucoup.«

Sofort nahm er das Sandwich zwischen seine langen Finger

und biss herzhaft hinein. Mit geschlossenen Augen kaute er genüsslich, um kurz darauf wieder einen Riesenbissen zu nehmen.

Riana und Duncan sahen ihn ebenso überrascht an wie Kate. Als Riana kurz in Kates Richtung blickte, zuckte Kate mit den Schultern. Nein, Nathan konnte unmöglich ein Vampir sein. Anscheinend hatte sie sich komplett geirrt.

Sie beobachtete ihn noch eine Weile dabei, wie er das Essen verschlang. Ab und zu brummte er ein »Mmm« oder nuschelte ein »Formidable«. Nathan tat gerade so, als verspeiste er eine kulinarische Spezialität.

Auf einmal hielt er ihr einen Donut unter die Nase. »Probier mal, der ist köstlich!«

Kate kannte diese Marke. Die war wirklich nicht besonders gut, da gab es wesentlich bessere. Dennoch tat sie ihm den Gefallen und biss hinein. Das Gebäck schmeckte genau so, wie sie es erwartet hatte. Es war fettig und viel zu süß. Aber die Krümel, die in seinem Mundwinkel hingen, hätte sie jetzt dennoch gern weggeleckt.

Nathan hielt ihr den Donut immer noch an die Lippen, worauf sie mit der Zungenspitze leicht über seine Fingerkuppe fuhr. Ihr Bodyguard tat jedoch so, als hätte er es nicht bemerkt. Aber Kate registrierte, wie sich seine andere Hand in seinen Schritt stahl, wo sie kurz an dem Jeansstoff zupfte. Der Platz in seiner Hose schien wohl enger zu werden, freute sie sich.

»Superbe, nicht wahr?« Nathans blaue Augen strahlten, als er sich den Rest zwischen seine sinnlichen Lippen schob und anschließend die Zuckerkrümel von den Fingern leckte. Bei diesem Anblick wurden Kates Knie weich. Nur gut, dass sie gerade saß. Dieser Mann war das erotischste Wesen, das sie jemals gesehen hatte. Nur schien er das selbst überhaupt nicht zu bemerken. Er gab sich absolut natürlich.

Während Nathan ein weiteres Sandwich bestellt und vertilgt hatte – Kate fragte sich langsam, wie er seine Figur behielt –, füllte sich die Bar immer mehr. Die Musiker trafen ein, die wie an jedem Samstagabend ihr Können zum Besten gaben. Sie spielten einen schnellen Reel, ein keltisches Stück, und Riana dämpfte das Licht.

»Kate, hast du Lust zu tanzen?«, schnurrte es plötzlich an ihrem Hals. Nathan hatte sich so nah zu ihr hergebeugt, dass seine Lippen ihre Haut streiften. Nur ein kleiner Dreh mit dem Kopf und sie hätte ihn küssen können. Jetzt, wo sie wusste, dass er kein Vampir sein konnte, wurde er für sie zur unwiderstehlichen Verlockung. Ihr Herz raste, als sie seinen männlichen Duft in sich aufnahm. Es war eine warme, balsamische Note.

Kate kippte sich den restlichen Blue Moon in die Kehle und sagte mutig: »klar«, während Nathan sie zur Tanzfläche zog. Seine großen Hände legten sich an ihren Rücken und drückten sie an seinen festen Körper, dann wirbelte er sie auch schon herum.

Kate konnte es kaum fassen: Obwohl Nathan aus Belgien stammte und in Frankreich geboren wurde – zumindest nahm sie das an, denn das hatte in seinen Unterlagen gestanden – beherrschte er die keltischen Tänze wie kaum ein anderer. Die Gäste klatschten und feuerten sie an, und als die Musiker ein Solo spielten, erschien auch Duncan auf der Tanzfläche. Die beiden Männer lieferten sich einen Wettstreit. Die Arme vor der Brust verschränkt, steppten sie, was die Bodenbretter hielten, wobei sie ausgelassen lachten.

Schon lange hatte sich Kate nicht mehr so göttlich amüsiert. Sie hatte die Gefahr, die ihr ständig im Nacken saß, sogar für kurze Zeit vergessen.

Es wunderte sie, wie sich Duncan und Nathan ansahen. Es lag etwas Vertrautes in ihrem Blick, und als das Lied zu Ende war, fielen sich die beiden in die Arme. Sie grinsten und klopften sich auf die Schultern, bevor sie sich voneinander lösten.

Atemlos kam Nathan zu ihr und zog sie zu sich. Sein heißer Körper dampfte und roch einfach unwiderstehlich. »Jetzt habe ich Hunger!«

»Soll ich dir noch ein Sandwich und Donuts bestellen?«, lachte Kate übermütig. »Jetzt weiß ich ja, woher dein Kalorienverbrauch kommt.«

»Ich habe nicht *so* einen Hunger«, sagte Nathan und küsste sie ungestüm.

Als Kate seine weichen Lippen auf den ihren spürte, begann sich die Welt um sie herum zu drehen. Nathan küsste sie fordernd und drängte sie dabei rückwärts an den umstehenden Leuten vorbei. Sie wusste nicht, wie ihr geschah, aber plötzlich befanden sie sich in einem Nebenraum.

Nathan warf die Tür hinter ihnen zu und drückte auf den Lichtschalter. Eine alte Glühbirne beleuchtete das Chaos nur dezent. Kaputte Barhocker stapelten sich neben Bierkisten und sonstigem Kram, aber das nahm Kate kaum wahr. Nachdem Nathan einen Stapel Tischdecken von einem Bord gefegt hatte, hob er Kate darauf. Das alles tat er, ohne seinen Mund von dem ihren zu nehmen.

Ungeduldig presste er sich an sie, wobei ihre Schenkel automatisch auseinandergedrückt wurden. Seine Lenden rieben sich an ihrem Schritt und Kate spürte die Härte in seiner Hose. Sie legte ihre Beine um seinen Körper und zog ihn somit noch fester an sich.

»Ich will dich!« Er stöhnte in ihren Mund, während er

ihre Brüste knetete. Sofort wurden ihre Nippel steinhart und drängten sich gegen den dünnen Stoff der Bluse. Nathans Leidenschaft ließ Kate ganz schwach werden. Er benahm sich wie ein Tiger, ja, er gab sogar leise, knurrende Laute von sich, als er ihre Brustwarzen durch die Stofflagen zusammendrückte.

»Excusez-moi, Kate, aber du machst mich total wild!« Nathans Lippen schnappten nach der Haut an ihrem Hals, und er saugte immer wieder ein Stück davon in seinen warmen Mund, wo er sie mit der Zunge ableckte. Dabei drängten sich seine Lenden hart gegen ihre Scham, die bereits verlangend pochte. »Kate, bitte, ich will dich so sehr!«

Was soll's, dachte Kate. Wo stand denn geschrieben, dass sie es nicht mit ihrem Bodyguard treiben durfte? Zudem hatte er sie schon so heiß gemacht, dass es für Kate kein Zurück mehr gab. »Ich will dich auch«, sagte sie heiser, worauf Nathan die Knöpfe an seiner Jeans öffnete. Lange, athletische Schenkel kamen zum Vorschein und ein Glied, bei dem Kate die Luft wegblieb. Es erinnerte sie an ein Foto, das sie mal von einem nackten Ureinwohner gesehen hatte. Kein Wunder, dass dieses Teil keinen Platz in seiner Hose fand, es war auch im halb erigierten Zustand schon Furcht einflößend. Dennoch nahm das Pochen in ihrem Unterleib noch zu.

Da auch Kate eine Hose trug, blieb ihr nichts anderes übrig, als sie ganz auszuziehen. Nathan half ihr dabei und riss ihr das Kleidungsstück sowie den Slip förmlich von Leib. Danach setzte er Kate sofort wieder auf das Bord.

Wie Nathan so vor ihr stand, mit heruntergelassenen Hosen, die ihm um die Knöchel hingen – das hatte schon etwas Verruchtes. Kate konnte es kaum erwarten, von ihm ausgefüllt zu werden. Noch nie hatte sie so schnellen Sex gehabt, aber für alles andere wäre sie jetzt auch nicht zu haben gewesen.

Sie brauchte Nathan sofort, oder sie würde sterben.

Sie griff nach seinem heißen Schaft, der wie samtiger Stahl in ihrer Hand lag, und drückte ihn an ihren Eingang.

Nathan wich zurück. »Nicht so schnell, Kate, gib mir einen Moment.« Seine Finger fuhren unter ihre Bluse und unter den BH, wo sie an ihren steifen Nippeln rieben. Kate stöhnte. Mit geschickten Bewegungen massierte er nur ihre Brustwarzen, die er immer wieder zwirbelte und leicht zusammendrückte.

Aber dann schien Nathan etwas anderes im Sinn zu haben, denn plötzlich griff er nach ihren Pobacken, um Kates Schoß nach vorne zu ziehen, bis zu seinem Gesicht. Ohne Vorwarnung presste er seinen Mund auf ihre geöffnete Spalte. Kates Schamlippen präsentierten sich dunkelrot und geschwollen seinen hungrigen Lippen. Nathan vergrub seinen Mund in ihrem Fleisch, als wollte er sie tatsächlich aufessen! Er war wild wie ein Raubtier und saugte ihre Klitoris in seinen Mund, wo er sie hart mit der Zunge leckte, bis Kates Beine vor Lust zitterten. Dabei schob er zwei Finger in sie, um ihren Eingang zu dehnen. Kate war bereits so nass, dass es schmatzte und ihr Saft herausgedrückt wurde, während Nathan sie hemmungslos bearbeitete. Bald nahm er einen dritten Finger dazu. Seine halbe Hand verschwand in ihr, um sie von innen zu massieren und zu weiten, und dabei flatterte seine Zunge ohne Unterlass über ihren Kitzler.

Das Blut rauschte Kate in den Ohren, als sie zu dem attraktiven Mann zwischen ihren Schenkeln hinabblickte. Sie spreizte ihre Beine weiter und stellte die Fersen auf dem Bord ab, sodass sich ihm alles darbot.

In Kates Unterleib pochte und vibrierte jeder Nerv. Lange konnte sie sich nicht mehr zurückhalten. »Nathan«, entfuhr es ihr atemlos, »nimm mich endlich!«

Und mit einem animalischen Laut kam er über sie und drang in sie ein. Kate spürte, wie er ihre Vagina dehnte, bis er sie voll ausfüllte. Sie griff zwischen ihre Körper, dort, wo sie miteinander verbunden waren, und fühlte, dass er immer noch nicht ganz in ihr war. Sein Penis war ebenso groß wie der Rest von ihm.

Er stieß nicht gerade sanft zu, trotzdem kam Kate ihm entgegen, da sie spürte, dass er noch ein Stück mehr in sie eintauchen konnte, je mehr sie sich ihm hingab.

»Du bist der reine Wahnsinn!« Keuchend stieß er seinen Atem in ihren geöffneten Mund, bevor sich ihre Scheidenwände verkrampften. Ihr Innerstes schien nach seinem Schaft zu greifen und ihn zu melken, während Nathan sie mit seiner Hitze füllte.

Vor Kates Augen löste sich die Welt auf. Sie ließ sich einfach fallen und Nathan hielt sie fest, während gewaltige Wellen der Ekstase über sie hinwegrollten. So schnell und heftig war sie schon ewig nicht mehr gekommen. Das wollte sie unbedingt noch mal erleben! Das Funkeln in Nathans hellen Augen sagte ihr, dass auch er noch nicht genug hatte …

***

»Nathan?« Kate tastete die Bettseite neben sich ab. Sie war noch warm, aber ihr Bodyguard befand sich nicht darin. Doch weit konnte er nicht sein, immerhin war es seine Aufgabe, sie zu beschützen. Dafür bezahlte sie ihn schließlich. Aber wie änderte sich jetzt ihr geschäftliches Verhältnis? Kate beschloss, vorerst nicht daran zu denken.

Sie hatten sich in der Nacht noch mehrmals geliebt und es war einfach wunderbar gewesen. Nathan schien ein unermüdlicher Liebhaber zu sein. Zuvorkommend und doch leidenschaftlich. Nathan hatte sie verzaubert und ihr Herz gestohlen.

Schmunzelnd machte sie sich auf den Weg ins Badezimmer. Als sie an der Küchentür vorbeikam, wehte ihr schon der Geruch von frisch aufgebrühtem Kaffee entgegen. Aber von Nathan war nichts zu sehen.

Ein Geräusch im Bad ließ Kate herumfahren. Eine gemeinsame Dusche wäre jetzt genau das Richtige, überlegte sie und schlich sich an, denn zwischen ihren Schenkeln klebte alles. Nathan hatte keine Gnade gekannt und sie fachmännisch bearbeitet. Er wusste genau, was einer Frau Lust verschaffte.

Leise öffnete Kate die Badezimmertür und war beinahe enttäuscht, dass der Raum mit warmen Dampf angefüllt war. Durch den Dunst erkannte sie Nathans Silhouette. Kate pirschte sich einen Schritt näher an ihn heran. Er war nackt! Vielleicht wollte er sie noch einmal unter der Dusche lieben? Denn obwohl sich Kates ganzer Unterleib leicht wund anfühlte, wollte sie noch mehr von diesem Mann. Aber etwas stimmte nicht: Nathan saß am Badewannenrand, den Kopf leicht in den Nacken gelegt, und atmete schwer.

Kates Herz setzte einen Schlag aus. In seiner rechten Hand hielt er eine Spritze, deren Nadel in seiner linken Armbeuge steckte. Geschockt zog sie sich zurück und schloss geräuschlos die Tür. Ihre zitternden Beine trugen sie noch bis in die Küche, wo sie sich auf einen Stuhl plumpsen ließ.

»Gott, nein, das darf nicht wahr sein!« Sie wollte heulen und schreien zugleich. »Er nimmt Drogen? Ich wusste doch, dass an ihm etwas seltsam ist!«, murmelte sie.

»Was ist seltsam, mon cœur?« Gut gelaunt trat er in die Küche, als wäre nichts gewesen. Er hatte sich nur ein Handtuch um seine schmalen Hüften geschlungen und sah einfach umwerfend aus. Sein Körper war die pure Sünde. Dennoch verdichtete sich die Wut in Kates Magen.

»Du schuldest mir eine Erklärung«, fuhr sie ihn an.

Nathans gute Laune war mit einem Mal verflogen. »Was?«

»Ich hab dich gesehen. Im Bad. Du bist gefeuert!«

»*WAS?!*«, schrie er beinahe.

»Jetzt tu nicht so unschuldig! Oder willst du mir jetzt weismachen, dass du krank bist und dir irgendeine Medizin gespritzt hast?«

Er griff sich kurz in sein feuchtes Haar, bevor seine Faust auf den Tisch sauste und das Geschirr zum Klappern brachte. »Verdammt, ja!«

Kate sprang von ihrem Stuhl auf. »Dann klär mich doch bitte mal auf!«

Nathan stemmte die Hände in die Hüften und schüttelte den Kopf. »Das kann ich nicht«, sagte er leise, ohne sie anzusehen.

In diesem Moment klingelte Kates Handy. Sie drückte sich an Nathan vorbei in den Flur und holte das Gerät aus ihrer Jackentasche.

***

»Das war mein Kollege Tom O'Brian«, klärte sie Nathan schnell auf, als sie das Gespräch beendet hatte. »Ich muss sofort zum alten Wasserturm rausfahren. Sie haben das Versteck eines ... Terroristen entdeckt.« Kate hatte die Nachricht bekommen, dass ein Vampir dort gesichtet wurde. Die Einsatztruppe war schon unterwegs. Kate musste als Leiterin nur noch ihr Okay für den Zugriff geben. Natürlich durfte Nathan davon nichts erfahren. Die Operationen waren streng geheim. Für ihn war sie einfach nur eine Regierungsbeamtin, die vom Schreibtisch aus gewisse Order erteilte.

»Allons! Du kannst da jetzt nicht hinfahren, Kate. Es könnte eine Falle sein!«

»Es stand Toms Nummer auf dem Display und es war definitiv seine Stimme«, rechtfertigte sie sich.

»Dann komme ich mit!« Nathan zerrte sich das Handtuch von den Hüften und verschwand im Schlafzimmer.

»Du bist entlassen, schon vergessen?«, pampte sie ihn an, als sie sich hastig anzogen.

»Dann komme ich eben als dein ... ich komme mit, tonnerre, zum Donnerwetter noch mal!« Nathan prüfte, ob seine Waffe geladen war, bevor er sie in einem Brusthalfter unter seiner Lederjacke verbarg.

Zähneknirschend entschied Kate, dass er erst einmal mitfahren konnte. Der Vampir hatte oberste Priorität. Um Nathan würde sie sich später kümmern.

***

Der Regen trommelte unaufhörlich auf das Autodach, was Kate sehr gelegen kam. Das Geräusch übertönte wenigstens das Schweigen, das wie eine Mauer zwischen ihnen lag. Der Himmel war so finster wie ihre Stimmung. Dennoch züngelte ein kleines Fünkchen Hoffnung in Kate. Was war, wenn Nathan tatsächlich krank war und sich deswegen etwas gespritzt hatte? Aber in die Vene? Sie wollte ihm so gern glauben, doch er rückte einfach nicht damit heraus, was das für eine Krankheit war. Aber er hatte ihr hoch und heilig versichert, dass sie nicht ansteckend wäre und sie sich keine Sorgen um ihre Gesundheit zu machen bräuchte.

Kate schielte zu Nathan hinüber, der mit seiner Sonnenbrille spielte und dabei aus dem Beifahrerfenster starrte, weshalb sie sein Gesicht nicht richtig sehen konnte. Was mochten ihm wohl gerade für Gedanken durch den Kopf gehen? Er wirkte ebenso unglücklich, wie sie sich fühlte.

»Wir sind da«, sagte sie leise, als sie vor sich den alten Wasserturm ausmachen konnte. Durch die verschmierte Scheibe sah sie schemenhaft eine Gestalt, die am Eingang stand und ihr zuwinkte, bevor sie in das Gebäude ging.

»Ist Tom wahnsinnig?!«

Auch Nathan hatte es gesehen. Bevor er aus dem Auto stieg, zog er seinen Revolver. »Bleib im Wagen, Kate!«

»Verdammt«, fluchte Kate, als Nathan vor ihr ausstieg. »Wo bleibt die Einsatztruppe?« Aus dem Handschuhfach holte sie ihre Pistole, die mit Patronen aus geweihtem Silber geladen war. Nathans Munition würde nicht viel helfen, falls es sich tatsächlich um einen Vampir handelte.

Sie verfluchte Tom ebenfalls, weil er anscheinend im Alleingang den Untoten erledigen wollte. »Tom weiß doch, dass sich die Vorschriften geändert haben!«

Dann stieg auch sie in den strömenden Regen, in der Hoffnung, dass bald Unterstützung eintraf. Ihre Ausbildung lag schon zu lange zurück. Kate wusste nicht, ob sie alles richtig machen würde, falls es zu einem Kampf käme. Sie hielt die Waffe mit zitternden Händen vor ihren Körper.

»Nathan!«, zischte Kate in den dunklen Eingang des Wasserturmes und erschrak, als sich in den Schatten etwas bewegte. Ihr Finger auf dem Abzug zuckte. Oh Gott, was war, wenn ihn der Vampir erwischt hatte? Sie hatten sich noch nicht einmal ausgesprochen!

Als sie Nathan erblickte, wurde ihr sofort leichter ums Herz, aber dann sah sie den Körper, den er hinter sich herzerrte und vor dem Eingang ablegte.

»Oh mein Gott!« Es war Tom. Sein Anzug war makellos sauber, aber sein Kopf halb vom Rumpf abgetrennt. Es gab nur ein Wesen auf dieser Welt, das so etwas bewerkstelligen konnte ohne einen Tropfen Blut zu vergießen.

Tom war schon lange tot gewesen, als er ihnen gewunken

hatte. Der Vampir musste hinter ihm gestanden und ihn wie eine Marionette benutzt haben, nur hatte Kate das durch den dichten Regen nicht erkennen können.

»Kate, lass uns hier schleunigst verschwinden!« Ob Nathan ahnte, wer dafür verantwortlich war? Wie viel wusste er über Vampire und ihre Art zu töten? »Er ist noch hier, los, komm endlich!«

»Hast du ihn gesehen?«, fragte Kate, als sie mit Nathan zum Auto lief.

Aber Nathan konnte ihr keine Antwort mehr geben. Als Kate sich umdrehte, sah sie eine vermummte Gestalt hinter dem Wasserturm hervortreten. Ihr Kopf war mit einem schwarzen Helm verdeckt, sie trug Handschuhe und hielt eine Waffe auf sie gerichtet.

Kate war wie gelähmt, dennoch schrie sie auf. »Nathan!«

Während ihr Bodyguard herumwirbelte und den Abzug des Revolvers drückte, schoss die ganz in Schwarz verhüllte Person mehrmals, wobei sie geschickt Nathans Projektilen auswich – und zwar so schnell, dass sie wie ein Schatten aussah, der durch den Regen huschte. Nathan schirmte Kate mit seinem breiten Rücken ab, während sein Körper bei jedem Treffer gegen sie geworfen wurde, bis er zusammenbrach und Kate unter sich begrub. Der Unbekannte feuerte alle Patronen ab, bevor er blitzschnell hinter dem Turm verschwand. Keine fünf Sekunden später raste ein Auto mit komplett verdunkelten Scheiben an ihnen vorbei und verschwand im Regenschauer.

Die Zeit schien stillzustehen. Kate hörte ihr eigenes Herz in ihren Ohren klopfen und stellte sich auf den Schmerz ein, der bald kommen würde. Sie musste getroffen worden sein, denn überall war Blut. Aber es dauerte eine Weile, bis sie begriff, dass es nicht ihr Blut war. Nathan lag reglos auf ihr und nahm ihr die Luft zum Atmen. Er hatte sich vor sie gestellt, um sie zu beschützen.

»Nathan?«, fragte sie kaum hörbar, während sie versuchte, sich unter ihm hervorzuwinden.

Er stöhnte, als sie es endlich geschafft hatte und vorsichtig seinen Kopf auf die nasse Wiese bettete. »Kate?«

»Pst, nicht sprechen.«

Blut lief aus seinem Mundwinkel, das er mit der Zunge aufleckte, bevor der Regen es wegspülte.

»Ich werde einen Krankenwagen rufen!« Kates Hände zitterten so stark, dass sie es kaum schaffte, ihr Handy aus der Tasche zu ziehen. Sie wusste, dass er keine Überlebenschance besaß. Sein Oberkörper war förmlich durchsiebt. Aus zahlreichen Öffnungen sickerte Blut und verfärbte sein Hemd.

»Es tut mir so leid, Nathan.« Tränen und Regen nahmen ihr die Sicht. Sie konnte die kleinen Tasten auf ihrem Handy nicht erkennen.

»Hey«, hörte sie Nathan flüstern. »Die können mich nicht retten.« Er nahm ihr das Handy mit schmerzverzehrtem Gesicht aus der Hand und warf es in die Wiese.

»Was tust du?«

»Bring mich ins Temptation«, presste er heraus und versuchte sich aufzurichten. Wie er das in seinem Zustand schaffte, war Kate ein Rätsel.

»Du musst ins Krankenhaus!«

Nathan drückte seine Hände auf den blutverschmierten Bauch. »Dafür ist es zu spät. Nur Duncan und Riana können mich noch retten.«

Kate verstand nichts von dem, was er nuschelte. »Was redest du für wirres Zeug!«

»Kate!« Er packte ihr Handgelenk und zog sie zu sich. »Ich darf nicht sterben, denn dann kann ich dich nicht mehr beschützen. Erst wenn ich diesem Vampir die Kehle aufgeschlitzt habe …«

Kates Atem stockte. »Du weißt, was er war?«

Er gab ihr keine Antwort, sondern rappelte sich auf die Beine. Kate fragte sich abermals, wie er das schaffte. Er müsste längst tot sein! Dennoch half sie ihm so gut sie konnte zum Auto, wo er auf den Rücksitz kroch und sich zusammenrollte.

»Wie können dir Ria und Duncan helfen?« Kate startete den Wagen und blickte sich um, aber Nathan bewegte sich nicht mehr.

»Nathan!« Entgegen aller Vernunft trat sie aufs Gaspedal und fuhr schnurstracks zum »Temptation«.

***

Nach mehrmaligem Klingeln öffnete eine total verschlafene Riana die Hintertür des Gebäudes, in der sich Duncans Wohnung befand. »Kate, was ist denn los?«, murmelte sie und blinzelte, bevor sie einen Schritt zurück in den dunklen Flur machte. Dort zupfte sie an ihrem T-Shirt, das ihr gerade mal über den Po reichte. Aber als der blutüberströmte Nathan im Türrahmen zusammenbrach, schien sie mit einem Mal hellwach.

»Duncan!«, schrie Riana aus Leibeskräften, sodass es Kate in den Ohren klingelte.

Sofort kam der dunkelhaarige Hüne angelaufen. Er war nur mit einer Pyjamahose bekleidet.

»Verflucht, Nathaniel!« Duncan griff ihm augenblicklich unter die Arme, um ihn nach oben zu ziehen.

Nathaniel?, wunderte sich Kate, während sie hinter Riana und Duncan herlief, die Nathan in ihre Mitte genommen hatten. Kate fragte sich, wie Riana, dieses zierliche Persönchen, so stark sein konnte. Gemeinsam mit ihrem Freund trug sie Nathan die Treppen hinunter in die Souterrainwohnung, als würde er nichts wiegen. Auf dem gefliesten Küchenboden legten sie ihn ab. Duncan riss ihm förmlich das Hemd vom Körper, wobei es so aussah, als hätte er plötzlich Krallen anstatt Fingernägel.

Kate wurde beim Anblick von Nathans durchlöchertem Oberkörper speiübel. Riana drückte sie an den Schultern zurück in den Flur. »Du solltest das nicht mit ansehen.«

»Was ist los? Was macht Duncan mit ihm?« Tränen standen ihr in den Augen. Kate wusste, dass Nathan nicht mehr lange leben würde. Ja, es grenzte an ein Wunder, dass er überhaupt noch lebte!

»Er wird ihn retten«, sagte Riana knapp.

»Ich muss zu ihm!«

»Nein, Kate!« Rianas Stimme klang plötzlich rau. Ihre Pupillen hatten sich zu Schlitzen verengt, ihre Nasenflügel blähten sich.

Kate stockte der Atem. »Ria, was ...«

Hinter Rianas Rücken gab Duncan ein animalisches Knurren von sich, bevor er seine Zähne in Nathans Hals versenkte.

»Oh Gott, ihr seid Vampire, alle beide!« Mit vor Entsetzen geweiteten Augen wollte sie sich an Riana vorbeidrängen. »Nathan!«

Die Vampirin hielt sie an den Schultern zurück. »Er wollte es so, Kate!«

Nein, das konnte doch gerade nicht wirklich passieren! Das musste ein Albtraum sein!

Abermals sah Kate ihre Kollegin an. »Und warum bist du auch ein Vampir, Ria?« Kate fand kaum noch Kraft zu sprechen.

»Weil *ich* es so wollte«, knurrte sie als Antwort und drehte sich von Kate weg. Mit einem fauchenden Laut stürzte sie sich auf Nathan und riss ihm die restlichen Fetzen des Hemds vom Körper.

Kate stand wie erstarrt im Türrahmen und konnte den Blick nicht von dem monströsen Schauspiel abwenden, das sich ihr gerade bot. Während Duncan ihrem Bodyguard auch noch das letzte bisschen Blut aussaugte, leckte Riana begierig über die Schussverletzungen. Wie durch ein Wunder drückten sich die Projektile aus den Löchern, bevor sich die Haut schloss.

Als Nathan blass und reglos unter ihnen lag, ritzte sich Duncan sein Handgelenk auf und ließ sein infiziertes Blut in Nathans Mund laufen, um ihn mit dem letzten Schlag seines Herzens zu einem Vampir zu machen. Kate schmerzte es, ihren starken Beschützer so leblos zu sehen. Gleich würde er zu einem Untoten werden ... zu solch einem Wesen, das sie, Kate, jagte. Sie sank auf die Knie und ließ ihren Tränen freien Lauf.

»Wie kann es sein, Nathaniel?«, hörte sie Duncan, als Nathans Lider sich flatternd öffneten. »Als ich dich vor hundert Jahren das letzte Mal sah, warst du ein Vampir!«

Kates Herz setzte einen Takt aus. Jetzt verstand sie, warum Duncan ihn in der Bar so seltsam angeschaut hatte ... und auch Riana. Sie mussten es irgendwie gespürt haben, dass Nathan einer von ihnen war.

»Es gibt ein Heilmittel«, sagte Nathan mit matter Stimme.

»Ein Heilmittel?« Duncan blickte ihn eindringlich an, doch Nathan war zu schwach, um weiterzusprechen.

Es gab ein Heilmittel? Selbst Kate traf diese Erkenntnis wie ein Schlag. Warum wusste sie nichts davon? War es das, was er sich gespritzt hatte? Konnten Vampire wieder zu Menschen gemacht werden? Sie wischte sich die feuchten Spuren von der Wange und atmete tief durch.

»Er braucht Blut!«, rief Duncan, wobei er Kate mit zusammengekniffenen Lidern anblickte, wahrscheinlich deshalb, damit sie seine raubtierhaften Pupillen nicht sah.

Sofort wich Kate vor ihm zurück und landete auf dem Po, da sie glaubte, dass sie jetzt herhalten musste, aber Duncan knurrte: »Schnell, im Kühlschrank liegen Blutkonserven!«

Kate verstand sofort. Sie sprang auf die Beine und riss die Tür des Kühlschranks auf. Es lag nur ein Beutel darin, gefüllt mit dunkelroter Flüssigkeit. Diesen nahm sie heraus und reichte ihn Duncan, der ihn gleich öffnete. Gierig verschlang Nathan die Blutprobe, wobei sich Kate der Magen umdrehte. Sie konnte noch nicht recht begreifen, was sich soeben vor ihren Augen abspielte. Nathan war jetzt ein Vampir, ebenso Riana und Duncan.

Wie viele von ihnen gab es noch in Irland ... auf der ganzen Welt?

Achtlos warf Duncan den leeren Beutel zur Seite und half Nathan, sich aufzusetzen. »Er braucht mehr.«

»Mehr war nicht da!«, rechtfertigte sich Kate. Sie erkannte, dass Nathans Leben am seidenen Faden hing.

»Ich werde in die Pathologie fahren und welches holen«, bot Riana an, aber Nathan sagte mit leiser Stimme: »Bleib. Ich möchte dich keiner Gefahr aussetzen.«

»Ich hätte Ria auch niemals gehen lassen«, knurrte Duncan an seiner Seite. »*Ich* gehe!«

»*Non!*« Nathan hielt ihn am Arm fest. »Es regnet zwar in Strömen, aber du würdest nicht lange durchhalten.«

»Du hast einmal mein Leben gerettet, Nathaniel. Ich schulde dir noch was.«

»Du hast deine Schuld soeben beglichen, alter Freund. Ich werde mir heute Nacht selbst etwas besorgen.«

Plötzlich drehten sich alle zu Kate um.

»Was machen wir jetzt mit ihr?«, fragte Duncan, und zu Nathan gewandt: »Sie arbeitet für die Behörden.«

»Das habe ich mittlerweile auch herausgefunden.« Nathan starrte sie mit einem Ausdruck an, den Kate nicht deuten konnte. Ihr Magen zog sich zusammen. Sie war nicht ganz ehrlich zu ihm gewesen, als sie ihn engagierte. Sie hatte sich lediglich als Politikerin ausgegeben. Schließlich durfte niemand erfahren, welche Personen der Organisation der Vampirjäger angehörten.

Kates Blick fiel auf Riana. Es musste eine Schwachstelle geben, immerhin hatte ein Vampir davon erfahren, dass sie eine Jägerin war.

Unbewusst griff Kate an ihren Gürtel, doch sie trug ihre Waffe nicht. Sie musste sie auf der Wiese verloren haben, als Nathan auf sie gefallen war.

»Ich kümmere mich um sie.« Schwankend kam Nathan auf die Beine.

Kate wich vor den drei Vampiren zurück, doch noch bevor sie den Flur erreicht hatte, stand Riana hinter ihr. »Kein Wort an die Behörden, oder du hast drei Vampire mehr, die dir an die Kehle wollen.«

»Lass sie«, knurrte Nathan. »Sie wird nichts sagen.«

Rianas Gesicht wurde weicher. Als könnte sie Kates Gedanken lesen, sagte sie: »Es war keiner von uns, Kate. Wir haben dich nicht verraten. Wir haben nicht einmal daran geglaubt, dass es noch andere unserer Art gibt, bis Nathan aufgetaucht ist.«

Die beiden Frauen blickten sich eine Weile an, bis sie sich in die Arme fielen. »Pass gut auf ihn auf, Kate«, flüsterte Riana in ihr Ohr. »Duncan hat mir alles über Nathan erzählt. Sei gut zu ihm. Er wird dir nichts tun.«

Kate nickte, wobei sie sich eine Träne aus dem Augenwinkel wischte. Sie wünschte sich, auch alles über den Mann zu wissen, dem sie ihr Herz geschenkt hatte. Aber konnte sie ihn noch lieben, jetzt, wo er wieder ein Vampir war? Kate war total durcheinander. In der letzten halben Stunde waren zu viele unglaubliche Dinge passiert.

Nathan kam an ihre Seite, doch er schwankte gefährlich.

»Du willst dich um mich kümmern?«, spottete sie und versuchte, ihre Fassung wiederzuerlangen. »Ich glaube eher, dass ich mich um dich kümmern muss, mon ami. Du kommst erst mal zu mir nach Hause.«

Nathan schnaubte nur und vermied es, sie anzusehen. Kate wusste, dass auch er gerade aussah wie ein Raubtier. Er hatte Blutdurst.

Riana drückte ihr eine Decke in die Hand, und gemeinsam mit Duncan brachte sie Nathan nach oben.

»Jetzt müsst ihr allein weiter«, sagte Riana an der Wohnungstür. Es hatte aufgehört zu regnen, aber die Sonne war hinter einer dicken Schicht Wolken verborgen. Dennoch könnte die UV-Strahlung ausreichen, um Nathans Haut zu verbrennen. Kate warf ihm die Decke über Kopf und Oberkörper und bugsierte ihn schnell auf den Rücksitz ihres Wagens, auf dem bereits das geronnene Blut trocknete. Wie sollte sie ihrem Vorgesetzten nur erklären, was gerade geschehen war?

Sie verständigte über Funk die Behörden, denn Kate musste sie über Toms Tod informieren, falls es die Einsatztruppe noch nicht erledigt hatte. *Merkwürdig, dass sie nicht vor Ort waren,* dachte Kate. Der Vampir musste ihr eine Falle gestellt und Tom dazu missbraucht haben. Seine Leiche lag vielleicht immer noch am Wasserturm, ebenso ihre Waffe.

Kate erzählte ihrem Chef alles, bis auf die Tatsache, dass der Untote auf sie geschossen hatte und Nathan verwundet worden war. Hoffentlich hatte der Regen mittlerweile das Blut von den Grashalmen gespült …

Wenigstens hatte der Vampir einen Trommelrevolver benutzt. Es waren diesbezüglich keine verräterischen Hülsen der Projektile am Tatort zu finden. Das hätte nur weitere Fragen aufgeworfen. Jetzt war es ein Vorteil, dass Nathans Körper sämtliche Geschosse geschluckt hatte.

***

»Lass mich«, moserte Nathan, als Kate ihm den Weg in die Dusche versperrte.

»Du kannst dich doch kaum auf den Beinen halten.« Ihre Augen sogen jedes Detail seines nackten Körpers auf. An den Stellen, wo die Kugeln ein- und ausgetreten waren, konnte sie nur noch ein paar blasse Narben erkennen.

Mit einer Hand stützte Nathan sich gegen den Türrahmen und atmete schwer. »Ich spüre noch immer Rianas Zunge auf mir.« Er schüttelte sich gespielt. »Deine Zunge wäre mir lieber gewesen.« Nathan bedachte sie mit einem heißen Blick, seine Nasenflügel blähten sich.

Kate spürte, wohin er sah: auf die pochende Ader an ihrem Hals. Nein, sie wollte kein Vampir werden, um nichts auf der Welt! Schnell drehte sie sich von ihm weg und zog im Schlafzimmer die Vorhänge zu. »Leg dich hin, ich werde dich saubermachen.«

»Oui, maman«, grinste er und ließ sich ins Bett fallen. Nathan streckte sich lang aus und gähnte herzhaft, worauf Kate seine ausgefahrenen Fangzähne sah.

Es dürstet ihn immer noch nach Blut, wusste sie. In diesem Zustand war ein Vampir unberechenbar, doch Nathan hatte sich anscheinend gut unter Kontrolle. Aber er verfolgte aufmerksam jede ihrer Bewegungen.

Nachdem Kate aus dem Badezimmer einen feuchten Lappen geholt hatte, fuhr sie ihm damit über den Oberkörper. Nathan schloss die Augen und gab Laute von sich, die sie an das Schnurren eines Katers erinnerten.

»Das, was du dir gespritzt hast, war das ein Antiserum?«, fragte Kate, um sich etwas abzulenken. Diesen aufregenden Körper zu waschen, machte sie ganz kribbelig. Sie wollte sich jetzt gern nackt auf Nathan reiben.

Ihm schien es auch nicht anders zu ergehen, denn sein Penis schwoll immer mehr an.

»Oui, es ist eine Art Antiserum«, antwortete Nathan mit geschlossenen Augen. »Es unterdrückt das Virus ... das uns so ... anders sein lässt.«

»Ich hole es dir. Wo hast du es?« Kate wollte ihren alten Nathan wieder zurückhaben. Sie wollte den Nathan, der fettige Donuts und belegte Brote liebte.

»Non!« Kraftvoll packte er ihr Handgelenk. »Ich werde mich dieser Prozedur nicht unterziehen, solange jemand da draußen herumläuft, der dir schaden will. Als Vampir kann ich dich besser beschützen.«

»Aber du bist schwach.« *... und verdammt gefährlich,* dachte sie. Nathan brauchte dringend Blut!

Er ließ nie die Augen von ihr. Seine Pupillen waren immer noch verengt. Ein zischender Laut entwich seiner Kehle, seine Mundwinkel zogen sich nach oben. Ohne zu zögern hielt Kate ihm ihr Handgelenk an die Lippen, obwohl sie große Angst hatte. Aber nicht vor Nathan, sondern vor dem Biss.

»Führe mich nicht in Versuchung, Kate!«, knurrte er und schlug ihre Hand weg.

Tapfer hielt sie ihm ihr Gelenk wieder an den Mund. »Du musst dich stärken. Ich weiß, dass ein paar Schlucke frisches Blut reichen, um dir neue Energie zu verleihen.«

Sie konnte es in seinem Gesicht ablesen, wie er mit sich rang. »Du wirst nicht zu viel trinken. Ich vertraue dir, Nathan.«

Schließlich nahm er ihren Unterarm in beide Hände und grollte: »Ich würde dir dieses Leben auch niemals antun wollen.« Sein Mund verzog sich zu einem wölfischen Lächeln. »Stell dir vor, du könntest keine Donuts mehr essen ...«

Als seine scharfen Zähne wie Rasiermesser in ihre Haut fuhren, gab Kate einen kurzen Schrei von sich. Aber der Schmerz währte nicht lang. Während Nathan an ihr saugte, breitete sich von dieser Stelle ein herrliches Gefühl in ihrem ganzen Körper aus. Kate dachte, sie wäre beschwipst. In ihrem Kopf drehte sich alles, und das sanfte Klopfen zwischen ihren Beinen sagte ihr, was sie jetzt wollte.

Auch Nathan schien es ungemein zu erregen, ihr Blut zu trinken. »Du schmeckst so gut«, nuschelte er an ihr Handgelenk. »Das macht mich schon wieder ganz wild auf dich.«

Anschließend fuhr er mit der Zunge über die kleinen Öffnungen, um sie zu verschließen. Er hatte tatsächlich nur ganz wenig von ihr genommen, sodass sie den Blutverlust überhaupt nicht bemerkte. Aber das Adrenalin rauschte durch ihren Körper wie ein Schnellzug.

Schwer atmend starrte Nathan sie an und leckte sich über die Lippen. Wie wunderschön er war. Kate, der nicht aufgefallen war, dass er sie auf seinen Schoß gezogen hatte, umschloss seine Wange mit ihrer Handfläche. »Danke, dass du mir das Leben gerettet hast.«

»Immer wieder gern«, sagte er ernst, bevor er sie auf die Matratze drückte. »Ich muss mit dir schlafen, mon ange. Ich muss einfach!« Wilde Gier spiegelte sich in seinen Pupillen.

Allein sein Anblick brachte Kates Schoß zum Prickeln. Seine durchdringenden Augen, das schwarze Haar, das ihm wirr vors Gesicht viel, der geschmeidige Körper ... Das alles ließ ihn sexy und gefährlich zugleich wirken.

Er war nun wieder ein Vampir und tatsächlich gefährlich, wusste sie, aber das vergrößerte ihr Verlangen nach ihm zusätzlich. »Nimm mich, Nathan«, wisperte sie heiser. »Still deine Lust an mir.«

Er warf den Kopf zurück. Mit einem Fauchen zerrte er ihr die Kleidung vom Leib, bis sie nackt und verwundbar vor ihm lag. »Warum tust du das für mich, wo du mich doch hassen müsstest?«, knurrte er.

Sie lächelte verschämt. »Ich wollte schon immer mal mit einem Vampir schlafen.«

Nathan leckte von ihrer Ohrmuschel bis zu ihrem Schlüsselbein hinunter. »Lügnerin ...«

Während Kates Hände über seine schmalen Hüften und den breiten Rücken streichelten, schob Nathan mit seinen Knien ihre Schenkel auseinander.

Diesmal bereitete er sie nicht auf seine Länge vor, dafür war er wohl schon zu erregt. Mit einem ungezügelten Stoß trieb er sich zwischen ihre Schamlippen, und Kate keuchte auf. Sie umfasste sein muskulöses Gesäß, um ihn fest auf sich zu ziehen, und spürte, dass kein Platz mehr in ihr war. Dennoch schaffte Nathan es irgendwie, sich mit jedem Hieb noch tiefer in ihr zu versenken. Ihre Scheidenwände wurden extrem gedehnt, schienen sich jedoch problemlos seiner Länge anzupassen.

Nathan warf abermals seinen Kopf zurück, das Gesicht von Ekstase verzerrt. »Was machst du mit meinem Schwanz, Kate? Wie schaffst du das?«

Hatte ihn noch nie eine Frau ganz aufgenommen? Es freute Kate, dass sie die erste war, die das geschafft hatte. Es fühlte sich fantastisch an, bis aufs Äußerste ausgefüllt zu sein.

Nathan wurde immer unbeherrschter. Er knurrte vor Verlangen, wobei Kate bemerkte, wie sich seine Fangzähne noch weiter aus dem Kiefer schoben. Nathan gab einen unglaublich animalischen Eindruck ab, wild und gefährlich. Mit den geschlitzten Pupillen sah er tatsächlich wie ein Raubtier aus. Während sich sein Schaft schmatzend in ihr bewegte, drehte Nathan plötzlich Kates Kopf zur Seite.

Ihr Herz hämmerte. Anscheinend hatte sich Nathan kaum noch unter Kontrolle. Sie hörte ihn nur noch »Ich brauche ...« knurren, bevor seine Zähne in die Säule ihres Halses glitten. Das Tier in ihm hatte die Oberhand, dennoch verspürte Kate keine Furcht. Dafür war sie viel zu berauscht. Das Saugen seines Mundes und das zarte Kratzen seiner Zähne erregten sie zusätzlich. Sie spürte keinen Schmerz, nur ein süßes Brennen, das sich durch ihren ganzen Körper fraß und ihre Liebessäfte noch mehr zum Laufen brachte. Sie war so feucht, dass Nathans Schwanz förmlich in ihr badete.

Immer wieder trieb er sich hart in sie, ja, er pfählte sie regelrecht und öffnete tief in ihrem Inneren eine Pforte, die niemals zuvor einem Mann Zutritt gewährt hatte.

Kate schrie – die Ekstase raubte ihr den Verstand! Nathan drang immer tiefer, er brach sie auf und sie hätte unvorstellbare Schmerzen spüren müssen, aber sein Biss brachte das Adrenalin in ihr zum Kochen.

Als Kate fühlte, wie sich ihr Unterleib verkrampfte und Nathan noch weiter in sich saugte, erreichte auch Nathan seinen Höhepunkt. Mit einem kehligen Fauchen ergoss er sich so tief in sie, wie noch niemals ein Mann zuvor, wobei er sich noch einen großen Schluck von ihr nahm. Dann zog er sich aus ihr zurück.

Kate kam sich plötzlich seltsam leer vor.

»Verzeih, ich konnte nicht widerstehen«, entschuldigte er sich, aber Kate war zu berauscht, um ihm eine Antwort zu geben. Alles in ihrem Unterleib pochte. Er war zu tief in ihr gewesen, das wusste Kate. Gleich würde der Schmerz kommen.

Nathan versiegelte die Bisswunde mit einem sanften Kuss. Es würden keine Spuren an Kates Körper zurückbleiben, dafür aber in ihrer Seele. Was sie gerade mit Nathan erlebt hatte, übertraf alles. Und die zu erwartenden Schmerzen blieben auch aus. Dafür sorgte anscheinend Nathans Speichel, der sich mit ihrem Blut vermischt hatte und auch ihren aufgedehnten Muttermund beruhigte.

Kate ließ sich von Nathan zudecken, denn selbst dazu war sie im Moment nicht fähig. Es rauschte und pulsierte rhythmisch in ihren Adern, jeder Nerv schien noch leicht zu schwingen.

»Bist du mir böse, weil ich dir verschwiegen habe, dass ich eine Jägerin bin?«, flüsterte Kate, als sie erschöpft, aber hochbefriedigt in Nathans Armen lag.

»Ich bin sogar sehr froh, dass du es mir nicht gesagt hast. Sonst hätte ich dich vielleicht getötet, bevor ich mich in dich verliebt habe.«

»Was?!« Kate versteifte sich.

»Das mit dem Töten war ein Scherz«, grinste Nathan. »Das andere meinte ich ernst.« Er küsste Kate sanft auf die Lippen, und sie erwiderte seine Zärtlichkeiten fordernder. Sie konnte spüren, dass sich seine Fangzähne in den Kiefer zurückgezogen hatten. Nathans Hunger war gestillt. Aber mit ihren Küssen hatte sie wohl schon wieder einen anderen Hunger in ihm geweckt.

»Du warst als Mensch schon unersättlich, aber als Vampir ...«

»Das liegt nicht an mir, sondern an dir«, unterbrach er sie. Mit verklärtem Blick schob Nathan sich auf sie.

»Nathan«, protestierte Kate halbherzig, wobei sie selig grinste und ihre Hände an seine Brust drückte, »ich kann nicht mehr.«

»Du musst nichts tun, mon ange, lass mich nur machen.« Und als er ihre Schamlippen mit seinen Fingern teilte, wusste Kate, dass sie ihm hoffnungslos verfallen war.

***

»Am Anfang ist es recht schmerzhaft. Es fühlt sich an, als würde glühendes Metall durch deine Adern gepumpt«, erklärte Nathan, als er Riana und Duncan eine Ampulle über die Theke schob. »Ihr müsst jeden Tag eine Dosis nehmen, später reicht eine in der Woche. Aber die Umwandlung dauert Monate, vielleicht Jahre. Es ist schwer, das Zeug zu beschaffen, aber ich habe einen Mittelsmann in England. Deswegen war ich froh, den Job hier in Dublin bekommen zu haben, nicht weit entfernt von der Fähre nach England.« Nathan blinzelte in Kates Richtung. »Auch als Informant hat er mich noch nie im Stich gelassen.«

»Könnten wir Kinder haben?«, fragte Duncan leise.

Nathan nickte.

Riana und Duncan fassten sich an den Händen und sahen sich kurz an, während Duncan nach der Ampulle griff. »Wir werden es uns überlegen«, meinte der Hüne, doch Kate spürte deutlich, dass die beiden ihre Entscheidung längst gefällt hatten.

Auch dass Nathan die ganzen Qualen noch einmal auf sich nehmen wollte, zeigte ihr, wie sehr er sie liebte. Aber zuvor würde ihr Beschützer auf die Jagd gehen.

»Ich werde den Verbrecher finden, das schwöre ich dir.« Nathan hob das Glas mit der dunkelroten Flüssigkeit, Kate nahm ihren Blue Moon in die Hand, und gemeinsam mit Ria und Duncan stießen sie an.

»Dass du meinetwegen einen von deiner Art jagen willst,

finde ich sehr edel von dir«, flüsterte Kate ihm ins Ohr. Dabei lutschte sie an seinem Ohrläppchen.

»Ich tue es ja nicht umsonst«, raunte Nathan. »Als Dank wirst du mir einen ganzen Karton voller Donuts kaufen und gemeinsam mit mir verzehren. Wir werden eine zuckersüße Donuts-Orgie veranstalten.«

Kate folgte seinem Blick, den er auf die Tür des Nebenraumes gerichtet hielt, in dem sie das erste Mal wilden Sex miteinander gehabt hatten. »Ich hasse Donuts.«

»Oui, ich weiß.«

»Ich werde dich auf andere Art entlohnen.« Kate griff nach Nathans Hand, um ihn vom Barhocker zu ziehen, und steuerte auf die verschlossene Tür zu.

Fortsetzung im Buch »Lucy Palmer - Mach mich gierig!«

»LOVE-TOYS NO. 2«
DIE INTERNET-STORY

MIT DEM GUTSCHEIN-CODE
LP2TBUOP
ERHALTEN SIE AUF
WWW.BLUE-PANTHER-BOOKS.DE
DIESE EXKLUSIVE ZUSATZGESCHICHTE ALS PDF.
REGISTRIEREN SIE SICH EINFACH ONLINE ODER
SCHICKEN SIE UNS DIE BEILIEGENDE
POSTKARTE AUSGEFÜLLT ZURÜCK!

Weitere erotische Geschichten von Lucy Palmer:

Lucy Palmer
Mach mich scharf!

Begeben Sie sich auf eine sinnliche Reise voller erotischer Begegnungen, sexuellem Verlangen und ungeahnter Sehnsüchte ...

Ob mit dem Chef im SM-Studio,
heimlich mit einem Vampir,
mit zwei Studenten auf der Dachterrasse oder
unbewusst mit einem Dämon ...

»Lucy Palmer schreibt einfach super erotische, romantische und lustvolle Geschichten, die sehr viel Lust auf mehr machen.« Trinity Taylor

LESEPROBE:

TRINITY TAYLOR

»ICH WILL DICH GANZ & GAR«

MACHTSPIELE

Die Party war in vollem Gange. *Es sind bestimmt sechzig bis achtzig Leute hier,* kam mir in den Sinn. Ich bewunderte die Garderobe der Frauen. Fast alle weiblichen Gäste hatten sich mächtig in Schale geworfen. Abendkleider in lang und kurz, Flippiges, Abstraktes und Klassisches. Alles Elegante und Schicke war vertreten. Die Musik mischte mit Klängen aus Jazz und ultimativem Chart-Pop auf. Auch das Buffet konnte sich sehen lassen. Auf einem etwa fünf Meter langen Tisch war für jeden etwas dabei. Sogar zwei Kellner wirbelten um das Buffet, halfen beim Anrichten der Teller des warmen Essens oder füllten leere Schalen und Platten auf. Es war lange her, dass ich mich so wohl gefühlt hatte. Ich stand allein nahe der Tanzfläche, wippte im Takt der Musik und summte im Stillen mit.

Ryan kam auf mich zu und lächelte. Er war sehr galant, verdammt clever, ungeheuer redegewandt, hochgradig schwul und ein phantastischer Gastgeber. Eigentlich war er der perfekte Ehemann. Er hatte sich in einen silberblauen Anzug geworfen, von dem es einem Laien unmöglich war, die Qualität zu bestimmen. »Na, Schätzchen, amüsierst du dich?«, fragte er und nahm einen großzügigen Schluck Tequila Sunrise.

»Auf jeden Fall! Bei einer solchen Party mit den vielen Leuten, der guten Musik, dem leckeren Buffet und den ausgefallenen Cocktails, kann es einem nur gutgehen.«

Ryan strahlte übers ganze Gesicht. »Danke dir, Herzchen. Freut mich, wenn's dir gefällt. Sag mal, bist du noch immer mit Shawn zusammen?«

Ich lachte. »Ja klar, was hast du denn gedacht! Wir sind doch erst seit einem Monat zusammen.«

Ryan nippte an seinem Glas und blickte in die Runde.

Mein Gesicht wurde ernst. »Warum, was ist denn?«

Ryan betrachtete anscheinend einen knackigen Tänzer.

»Ryan!«

Er zuckte zusammen. »Entschuldige, Herzchen! Ich war gerade abgelenkt. Was hast du gefragt?«

Ich stemmte eine Hand in die Hüfte und legte den Kopf schief. »So! Du hast mir also nicht zugehört ...«

»Doch, habe ich. Aber ich weiß nicht genau, was ich darauf antworten soll. Es war nur so eine Frage ins Blaue hinein.«

»So wie ich dich kenne, gibt es keine Fragen ins Blaue hinein. Ist denn irgendetwas mit Shawn, von dem ich noch nichts weiß? Wird hinter meinem Rücken laut gelacht oder mit dem Finger auf mich gezeigt, weil er eine beknackte Frisur hat oder Ziegenfüße?«

»Nein, nein, Schätzchen. Es war doch nur eine Frage von mir, ob ihr noch zusammen seid und du noch glücklich bist.«

»Hallo, Schmusekatze!«, sagte Shawn und gab mir einen Kuss auf den Hals. In beiden Händen hielt er einen Drink. »Willst du noch einen?«

Ich schüttelte den Kopf.

»Hi, Ryan. Geile Party! Darfst du gern öfter machen.« Shawn lachte.

Ryan zwang sich ein Lächeln ab. »Wenn du versprichst,

nicht immer anwesend zu sein, gern. Wir sehen uns noch, Schätzchen.« Er zwinkerte mir zu und verschwand mit hochgehobenem Arm, an seinem Tequila Sunrise schlürfend, zwischen den Partygästen.

»Ist ihm eine Laus über die Leber gelaufen?! Worüber habt ihr gerade gesprochen?« Shawn blickte Ryan unwirsch hinterher und nahm einen beherzten Schluck aus einem der beiden Gläser.

»Sag mal, musst du dich so volllaufen lassen, Shawn? Ein Glas hätte genügt!«

»Hey, was ist denn jetzt los? Erstens war das andere Glas für dich bestimmt und zweitens klingst du wie meine Mutter. Also, lass das bitte, klar?!«

»Ach, hör auf. Du verdirbst mir die ganze Stimmung!« Angesäuert sog ich an meinem Strohhalm und blickte auf die Tanzenden.

»Was denn? *Ich* verderbe dir den Abend? Ich vermute eher, dass Ryan irgendetwas Intelligentes gesagt hat, das dich nervt.«

»Shawn, du bist ja völlig betrunken.«

»Ach Quatsch! Ein bisschen angeheitert vielleicht. Aber wer ist das hier nicht. Sag mal, was soll dieser Moralapostel-Kram? Ich glaube, du brauchst mal wieder einen ordentlichen Fick!«

Geschockt blickte ich ihn an. Geschockt, dass er dieses Wort so laut in der Partyöffentlichkeit aussprach, geschockt, dass er diesen Gedanken hatte und geschockt, dass mein Körper darauf reagierte. »Du spinnst ja wohl völlig!«

»Ach komm, Süße, du willst es – ich weiß es! Dafür kenne ich dich zu gut.«

»Nach nur einem Monat kannst du mich nicht kennen.«

»Alles Ausflüchte«, winkte er ab und kam mir so nahe, dass ich sein Parfum riechen konnte. Seine Lippen senkten sich auf die meinen, und sofort schob er die Zunge in meinen Mund. Mein Herz klopfte, und meine Muschi wurde feucht. Ich erwartete, dass er seinen Unterleib an mich presste, um mich spüren zu lassen, was er empfand. Doch er behielt den Abstand bei, blickte mir stattdessen in die Augen und raunte mir zu: »Komm, wir schleichen uns in eins der oberen Schlafzimmer und sehen dann weiter …« Ich wusste, dass Ryan, aus welchen Gründen auch immer, über drei Schlafräume verfügte.

»Nein, Shawn, das können wir nicht tun«, zierte ich mich. Doch je mehr ich darüber nachdachte, desto verführerischer wurde für mich die Vorstellung: es zu tun, während andere eine Party feierten und im gleichen Haus waren. Shawn schien meine Gedanken gelesen zu haben. Langsam schob er seine Hand, die auf meinem freien Rücken lag, nach unten in mein tief ausgeschnittenes, flaschengrünes Abendkleid und stoppte erst, als seine Hand auf meinem Po ruhte.

»Shawn, bitte nicht!«

»Wenn du dich noch mehr bewegst, werde ich dir dein Kleid zerreißen.«

»Alle können deine Hand durch den dünnen Stoff sehen.«

»Ach, es ist also nicht schicklich, meine Hand unter dem Stoff zu sehen, aber schicklich, deine steifen Brustwarzen zu erkennen. Hm …«

Ich musste gegen meinen Willen schmunzeln und spürte, wie sich meine Nippel bei dem Gedanken sofort noch mehr versteiften.

Shawn beugte sich zu mir hinunter und flüsterte: »Was mich an diesem Fetzen Stoff völlig verrückt macht, ist, wenn du mit den steifen Brustwarzen durch die Gegend marschierst, dann wippen deine Brüste auf und ab. Bitte, tu mir den Gefallen und geh dort zum Fenster und sieh hinaus. Komm dann mit schnellem Schritt wieder und lass mich deine Brüste sehen.«

Ich lachte: »Du spinnst ja!«

»Los, mach!«, scheuchte er mich und sagte dann liebevoll schnurrend: »Bitte!«

Ich stieß die Luft durch die Nase und ging los. Interesse vortäuschend blickte ich aus dem Shawn gegenüberliegenden Fenster, drehte mich dann um und kam schnellen Schrittes auf Shawn zu. Dieser starrte mir auf die wippenden Brüste. Ich spürte, wie der Stoff meine erigierten Nippel rieb und mich selber scharfmachte. Kaum war ich bei Shawn angelangt, fasste er nach meiner Hand und zog mich mit sich fort. Sogleich stiegen wir unbemerkt die Treppe hinauf und schlossen uns im ersten Schlafzimmer ein.

Shawn schlang die Arme um mich und bedeckte meinen Mund mit Küssen. Lange hielt er sich dort nicht auf, sondern glitt sofort hinunter zu meinen Brüsten, die er mit einem Ruck am Nackenbändchen freilegte. Der Stoff floss nach unten und landete wie ein Häufchen Nichts auf dem Boden. Nur mein String bekleidete mich noch. Eine Gänsehaut legte sich über meinen Körper. Shawns Saugen und Nuckeln an den steifen Nippeln machte mich unendlich geil, und ich verlangte nach mehr. Deswegen machte ich einen Schritt nach hinten und ließ mich aufs Bett fallen. Shawn lächelte über meine Eigeninitiative. Ruck zuck zog er sich seine Klamotten aus, schritt kurz zur Tür, lauschte und kam dann zum Bett. Bevor er sich neben mich fallen ließ, zog er mir den String aus. Erst dann versenkte er sein Gesicht in meiner Scham. Ich seufzte, als ich den warmen Atem zwischen meinen Beinen spürte. Spontan öffnete ich die Schenkel für ihn, und sofort war seine Zunge da. Sie leckte meine Spalte und stieß dann in meine Möse hinein. Ich schrie auf.

Augenblicklich sah er mich an und hielt mir den Mund zu. »Pst, Darling, nicht so laut!«

Ich nickte.

Er nahm seine Hand runter, glitt mit der Zunge wieder zwischen meine Beine und drang sofort ein. Ich riss ein Kissen zu mir heran und biss hinein. Endlich konnte ich meine Lust gedämpft hinausstöhnen. Mein Körper war so elektrisiert, dass ich nach seinem Schwanz suchte. Shawn erriet meine Gedanken und schob sich meiner Hand entgegen. Als ich ihn packte und seine Vorhaut vor- und zurückschob, war er am Stöhnen. Ich zog ein weiteres Kissen heran.

Wir grinsten über unsere Improvisation. Doch wir waren sofort wieder bei der Sache, denn unsere Körper glühten vor Lust. Shawn rückte so hoch und nahe an mich heran, dass ich seinen nach männlicher Geilheit riechenden Schwanz in den Mund nahm. Es durchfuhr meinen Körper mit noch mehr Sinneslust. Ich war so scharf, dass es mir schwerfiel zu atmen und mich im Zaum zu halten. Ich wollte endlich diesen harten Schaft in mir spüren und in die höchsten Höhen getrieben werden.

Als hätte Shawn meine Gedanken erraten, entzog er mir seinen Schwanz, um ihn mir an anderer Stelle wiederzugeben. Fast schon tierisch stieß er mir seinen harten Penis in die Möse, hielt einen Moment keuchend inne und flüsterte: »Mann, ist das geil, Baby!«

Dann stieß er wieder zu, während ich ihm mein Becken entgegenwarf und nach Befreiung fieberte. Unsere Körper klatschten aufeinander und schenkten sich gegenseitig die höchsten Wonnen der Lust.

Plötzlich zog Shawn sich aus mir zurück und kniete sich hin. Erschrocken blickte ich zu ihm hoch. »Was ist los?«

»Ich will dich lecken, Baby!« Damit versank sein Kopf wieder zwischen meinen Schamlippen, und er saugte an der vernachlässigten Klitoris. Sofort presste ich das Kissen vor meinen Mund und stöhnte hinein. Mit flatternden Bewegungen flog seine Zunge über die Lustperle und schickte Lichtblitze durch meinen Körper.

»Oh, Shawn, komm endlich zu mir und vögel' mich!«, keuchte ich.

Er lächelte mich an. Schnell war sein steifer Schwanz in mir und stieß immer wieder energisch in meine Möse.

Ich spürte ihn, nicht nur den Schwanz, sondern auch den Höhepunkt. Er nahte und drohte, mich zu überrollen. Ich hielt mich krampfhaft am Kissen fest und wollte ihn herankommen lassen, als ich einen fremden Ausruf von der Tür wahrnahm. Sofort schnellte mein Kopf hoch.

In der geöffneten Tür erkannte ich ein Pärchen der Partygäste. Entsetzt blickte ich Shawn an. Dieser hatte sich schnell von der Tür abgewandt und sah mich mit einem Blitzen in den Augen an. »Ist doch geil, Baby! Zuschauer!« ...

Weitere erotische Geschichten:

Anna Lynn
FeuchtOasen Erotische Bekenntnisse

Anna Lynn berichtet aus ihrem wilden, erotischen Leben. Es ist voll von sexueller Gier, Wollust und wilden Sexpraktiken.

Anna Lynn kann immer, will immer und macht es immer ... Sex!
Pastorinnen, Reitlehrer, Architekten, Gärtner, Chauffeure, Hausdamen & Co.
Alle müssen ran!

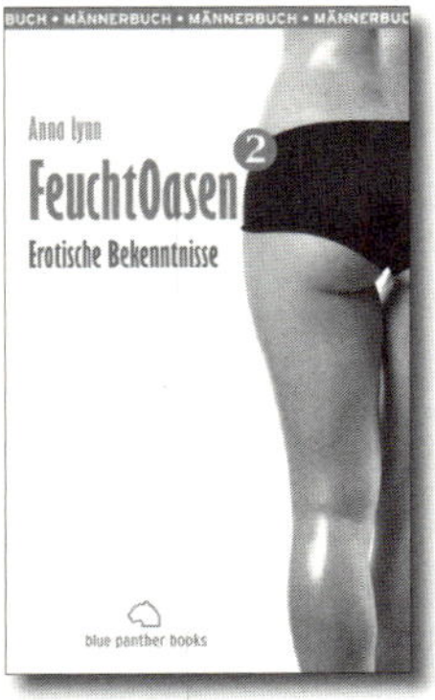

Anna Lynn
FeuchtOasen² Erotische Bekenntnisse

Anna Lynn berichtet weiter aus ihrem wilden, erotischen Leben. Es ist voll von sexueller Gier, Wollust und wilden Sexpraktiken.

Anna Lynn kann immer, will immer und macht es immer ... Sex!
Chorknaben, Mathelehrer, Heilpraktiker, Opernsänger, Taxifahrer, Tennisluder & Co.
Alle müssen ran!

Henry Nolan
KillerHure

Eine Hure aus Passion, ein smarter Agent und ein tödlicher Auftrag ...

Sie verführt ihre Opfer mit Sex, Schönheit und Raffinesse.

Tauchen Sie ein in eine Welt voller Intrigen, Adrenalin, Erotik, Liebe und unerwarteter Wendungen.

»Man genießt, leidet und fiebert mit der Hauptfigur! Großartig!« Trinity Taylor

Weitere erotische Geschichten:

Helen Carter
AnwaltsHure

Eine Hure aus Leidenschaft,
ein charismatischer Anwalt und
ein egozentrischer Sohn ...

... entführen den Leser in die Welt
der englischen Upper Class,
in das moderne London des Adels,
des Reichtums und der scheinbar
grenzenlosen sexuellen Gier.

Helen Carter
AnwaltsHure 2

Eine Hure aus Leidenschaft,
ein charismatischer Anwalt und
ein egozentrischer Sohn ...

... Die spannende Fortsetzung von
Reichtum, Sex, Zuneigung,
Wollust, Eifersucht, Liebe und
dem ältesten Gewerbe der Welt.

Lesen Sie, wie es mit Emma, George,
Derek und neuen Kontrahenten weitergeht.

Helen Carter
AnwaltsHure 3

Eine Hure aus Leidenschaft,
ein charismatischer Anwalt und
ein egozentrischer Sohn ...

Für die londoner Edelhure Emma Hunter sieht es
nach einem ganz gewöhnlichen Job aus.
Doch was als erotisches Date beginnt, endet für
sie in einem Strudel aus Rache, Sex, Intrigen und
Leidenschaft. Emma erkennt zu spät,
dass die Menschen nicht immer das sind,
was sie zu sein scheinen.
Es beginnt ein Kampf um Liebe, Leben und Tod ...